Anne Goldmann

LICHTSCHACHT

Ariadne Krimi 1220
Argument Verlag

Ariadne Krimis
Herausgegeben von Else Laudan
www.ariadnekrimis.de

Deutsche Originalausgabe
Alle Rechte vorbehalten
© Argument Verlag 2014
Glashüttenstraße 28, 20357 Hamburg
Telefon 040/4018000 – Fax 040/40180020
www.argument.de
Umschlag: Martin Grundmann, unter Verwendung
eines Bühnenbilds des Cirque du Soleil
Lektorat: Else Laudan
Satz: Iris Konopik
Druck und Bindung: CPI Moravia Books, Pohorelice,
Printed in Czech Republic
Gedruckt auf säure- und chlorfreiem Papier
ISBN 978-3-86754-220-3
Erste Auflage 2014

Ein Lichtschacht ist eine durch alle Stockwerke gehende Lücke im Baukörper, wie sie in alten Mietskasernen üblich war. Damit werden gefangene Räume, also Zimmer ohne Fenster, vermieden. Ein typischer Lichtschacht ist nur etwa zwei mal zwei Meter groß. Das genügt meist nicht, um auch die Wohnungen in den unteren Etagen ausreichend mit Helligkeit zu versorgen. In den Lichtschacht münden daher die Fenster von Räumen, die nur kurz genutzt werden: Badezimmer, Abstellkammer oder Klosett.

Sie saßen nebeneinander auf dem Dach, keine sechzig Meter von ihr entfernt. Direkt vor den roten Schornsteinen, wo noch vor kurzem die Rabenkrähen sich gewärmt, Schutz gesucht hatten vor dem eisigen Wind: zwei Frauen, rechts davon ein Mann. Sie wirkten aufgedreht, waren ständig in Bewegung. Wandten die Köpfe. Schauten über die Dachlandschaft. Nach unten. Sie hielten Gläser in den Händen und prosteten einander zu. Die Frau in der Mitte warf den Kopf zurück und lachte. Die zweite – größer, schlank, mit langen weißblonden Haaren – hob ihr Glas an den Mund und leerte es in einem Zug.

Lena stand in der offenen Terrassentür und schaute sehnsüchtig zu ihnen hinüber. Sie winkte, aber niemand nahm Notiz von ihr. Hastig zog sie den Arm zurück. Der Rauch der Selbstgedrehten in ihrer Hand kräuselte hoch. Ein leichter Wind bewegte den Saum ihres Kleids. Sie fröstelte und wickelte die warme grüne Strickweste enger um sich.

Der erste laue Tag nach einem endlosen Winter ging zu Ende. Es roch würzig. Nach Frühling, Aufbruch. Nach Neubeginn. Lena seufzte. Sie war wohlig benebelt. Entspannt. Mit geschlossenen Augen nahm sie einen weiteren tiefen Zug und blies langsam den Rauch aus. Sie durfte es nicht übertreiben. War es nicht gewohnt. Entschlossen dämpfte sie den Stummel aus und drückte ihn im Blumentopf neben der Tür tief in die feuchte Erde.

Sie konnte ihren Blick nicht von den dreien lösen. Wie waren sie auf das Dach gekommen? Was feierten sie? Der Mann hob

die Flasche und schenkte sich ein. Er stieß mit seiner Sitznach-
barin an. Die mit der langen Mähne zog die Beine eng an den
Körper. So saß sie eine Weile reglos, den Kopf ein wenig nach
rechts geneigt, als hörte sie den anderen zu oder hinge ihren eigenen Gedanken nach. Nun hielt sie dem Mann ihr Glas hin. Er
füllte es auf. Streckte dann unvermittelt den Arm aus und ließ
die Flasche los. Sie prallte auf die Dachziegel und verschwand
kopfüber im Abgrund. Drei Köpfe ruckten vor und schauten
nach unten. Lena hielt die Luft an. Die waren verrückt, sich
dort oben zu betrinken! Das war gefährlich. Wie leicht konnte
jemand das Gleichgewicht verlieren, ins Rutschen geraten.
Abstürzen. Fünf Stockwerke tief, dachte sie, das überlebt man
nicht. Ihr wurde übel. Der Puls dröhnte in ihren Ohren.

Nun rückten sie enger zusammen. Es schien, als umarmten
die beiden außen Sitzenden ihre Freundin, die sich einmal nach
links, dann nach rechts wandte und schließlich zurücklehnte.
Ihre Bewegungen wirkten verlangsamt. Die Frau am Rand
hielt ihr Glas nachlässig mit dem Kelch nach unten, der Mann
starrte auf den flammend roten Streifen am Horizont, der rasch
schmaler wurde und schließlich verschwand.

Lena spähte angestrengt hinüber. Die Dämmerung schluckte die Farben, die ersten Straßenlampen gingen an. Die drei
machten keine Anstalten, sich zu erheben. Zurückzuklettern.
Sie gähnte und streckte sich. Ihr war kalt. Ein Windstoß fuhr
ihr unter das Kleid und wehte ihr die Haare ins Gesicht.

Als sie wieder hinsah, war der Platz in der Mitte leer.

Sie schrie auf und schlug die Hand vor den Mund. Scannte
das Dach: Nichts! Keine Spur von der zweiten Frau! Die beiden
anderen saßen reglos.

Wieder kam Wind auf. Er wirbelte die langen glatten Haare
der Frau durcheinander. Erst nach einer Weile neigte sie den
Kopf ein wenig, fasste sie zusammen und schlang sie zu einem
Knoten. Der Mann wandte sich ihr zu. Er rückte näher und

zog sie zu sich hin. Ihr Kopf sank auf seine Schulter. Er strich ihr über das Haar, das sich wieder löste und sie wie ein heller Schleier umfloss. Eine ganze Weile saßen sie so, wie festgefroren, während Lena sich am Türrahmen festklammerte und nach Luft rang.

Nun hob die Frau langsam den Kopf. Sie schaute über die Dächer: nach rechts, wo am Horizont die Weinberge den Blick begrenzten. Über die Stadt. Der Mann bewegte sich nicht. Die Frau wandte sich um und deutete auf Lena.

Draußen war es längst dunkel. Das monotone Ticken der Küchenuhr tropfte in die Stille. Lena kauerte auf dem Boden. Sie war benommen, wie leicht betrunken. Ihr Herz pochte beängstigend schnell. Sie versuchte sich zu beruhigen: *Das ist normal. Kann vorkommen, wenn du kifft.* Das letzte Mal lag schon Jahre zurück.

Die Tür war einen Spalt weit offen geblieben und schlug immer wieder gegen ihre linke Schulter. Sie hatte die Arme um sich gelegt. Kälte kroch über ihre Haut. Wieder raffte sie die grob gestrickte Weste über der Brust zusammen. Langsam, wie in Trance, erhob sie sich und schloss die Tür. Sie stellte sich ans Fenster und starrte angestrengt ins Dunkel über den Dächern. Unmöglich, etwas auszumachen. In einer der Wohnungen im Nebenhaus brannte ein schwaches Licht, das nach einer Weile erlosch.

Sie musste die Polizei anrufen! Bekifft? Und dann? *Ich habe einen Mord beobachtet!* Hatte sie gesehen, wie jemand die Frau in die Tiefe gestoßen hatte? Eben! Sie konnte übers Dach zurückgeklettert sein. So schnell? Wenn man geraucht hatte, veränderte sich das Zeitgefühl. Ja, das war es wohl. Die eine war gegangen. Zurück in eine der Wohnungen, die von den Häusern davor verdeckt wurden. Das Pärchen war noch eine Weile auf dem Dach geblieben. Nun saßen sie irgendwo, ein, zwei

Stockwerke tiefer, beduselt wie sie, tranken vielleicht noch ein Glas oder aßen eine Kleinigkeit, bevor einer von ihnen – oder ein Pärchen – nach Hause gehen würde. Vielleicht waren sie ja eine Familie? Vater. Mutter. Tochter.

Lena dachte an die Sonnenfinsternis vor vielen Jahren. In einer anderen Stadt. Sie war neun. Ihr Vater, damals schon über vierzig, und Sanja, kaum halb so alt wie er, waren mit ihr aufs Dach geklettert. Sie hatten mit Sekt angestoßen. Der Vater hatte Sanja auf eine Weise geküsst, die ihr peinlich war. Als die Vögel verstummten und die Stadt unter ihnen, saß sie ein gutes Stück von den beiden entfernt an einen Schornstein gelehnt und fühlte sich ausgeschlossen. Wie eine Welle rollte das Grau heran und über sie hinweg. Es war totenstill.

‖

Er hatte einen Schrei erwartet. Aber da waren nur ihre weit aufgerissenen Augen. Sein eigener Atem. Ein dumpfer Aufprall. Und dann Stille. Ausatmen. Verkehrslärm, an- und abschwellend wie die Brandung. Einatmen. Hin und wieder ein Hupen. Weiteratmen. Ein Folgetonhorn. Von unten, aus dem Hof, kein Laut. Wenn man fünf Stock tiefer mit dem Kopf voran auf den Betonboden knallt, ist man tot.

»Es war ein Unfall«, flüsterte sie und sah ihn beschwörend an. Fuchtelte mit ihren Händen vor seinem Gesicht herum. »Wir müssen die Polizei rufen. Die Rettung.« Er hörte ihre Zähne aufeinanderschlagen.

»Komm her«, sagte er leise. Vorsichtig rückte sie Stück für Stück näher. Ihr ganzer Körper bebte. Eiskalte Finger. »Kannst du aufstehen?«

Sie nickte. Ihr Blick flackerte. Sie atmete hastig, hechelnd. Ihre rechte Hand umklammerte immer noch das Glas.

Er nahm es ihr ab und warf es in die Tiefe. »Bind dir die

Haare zusammen.« Sie schaffte es nicht. »Komm.« Er fasste sie
an der Hand und half ihr auf. Sie krallte sich in seinen Unterarm. »Halt dich an den Ziegeln fest«, wies er sie an. »Genau.
Auf allen vieren. Noch ein Stück. Gut. Schau, da ist schon die
Leiter.« Wenn sie jetzt strauchelte, ausrutschte ... Es wurde
schon dunkel ... Nein, er würde sie abfangen!

Über die Terrasse gelangten sie in die Wohnung. Er machte
kein Licht. »Setz dich!«

Sie sank in einen Fauteuil, der mitten im Raum stand. »Wir
müssen die Rettung ...« Sie stand unter Schock. Ihre Knie
schlackerten.

»Pscht«, machte er. Trat hinter sie, legte seine Arme um sie
und zog sie an sich. Nach kurzem Widerstreben gab sie nach.
Nun weinte sie leise. Er streichelte mechanisch ihre Oberarme
und wartete.

»Denkst du, sie ist – tot?«

»Ja. Es sind fünf Stockwerke.« Wir haben keine Eile, dachte
er. Ich kann in Ruhe überlegen.

Sie schluchzte auf.

Er ging in die Küche, die zur Straße hin lag, und machte
Licht. Nahm ein Glas und ließ es mit Wasser volllaufen. Trank,
füllte es wieder auf und brachte es ihr. Während sie hastig
schluckte, es mit beiden Händen hielt wie ein Kind, ging er
ins Nebenzimmer, zum Schreibtisch der Toten, und nahm ihr
Handy und den Buchkalender an sich. Schob den Schein zwischen die Seiten und klappte ihn zu.

Sie saß noch genauso da, wie er sie verlassen hatte. Umklammerte ihr Wasserglas. Die Knöchel traten weiß hervor. Er löste
ihre Finger und brachte es in die Küche. Als er sich umwandte,
stand sie in der Tür. Er schaltete den Geschirrspüler ein.

»Wir reden später«, sagte er. »Zu Hause. Komm.« Er führte
sie ins Badezimmer, wo sie sich das Gesicht wusch und vor dem
Spiegel die Haare kämmte. Sie sah verheult aus. Er müde.

Er löschte das Licht. Schloss sorgfältig ab und zog sie an sich, als im Stiegenhaus das Licht aufflammte. »Guten Abend.«

»Guten Abend.«

Es dauerte lange, bis er sie davon überzeugt hatte, dass es besser war, nichts zu überstürzen.

||

Lena blinzelte und drehte sich zur Seite. Sie zog das rechte Bein an den Körper, seufzte wohlig und umarmte ein bauschiges weißes Kissen. Die zerknitterte Decke lag quer über dem Bett und bedeckte kaum ihren Hintern, die dünnen Träger ihres Nachthemds waren über die Schultern gerutscht. Ein leichter Wind bewegte die Gardinen, Straßengeräusche drangen ins Zimmer. Sie fasste nach der Decke und zog sie sich über die Brust. Langsam öffnete sie die Augen. Ihr Blick fiel auf einen Wäscheständer, auf dem ordentlich aufgereiht fremde Kleidungsstücke, drei ihrer eigenen Kleider und ihre Unterwäsche hingen. Einen weißen, spiegelnden Schrank dahinter. Der Teppich neben dem Bett sah weich und teuer aus. Langsam verzog sich ihr Mund zu einem Lächeln. So schön hatte sie noch nie gewohnt.

Sie rollte sich auf den Rücken, streckte sich wie eine Katze und setzte sich schwungvoll auf. Beugte sich zur Seite und tippte auf den Wecker. Kurz vor halb sieben. Es klappte immer, dass sie wach wurde, bevor er lospiepste. Sie hob die Gardinen an, raffte sie zur Seite und öffnete das Fenster ganz.

In der Küche schaltete sie das Radio, die Kaffeemaschine ein, stellte sich auf die Zehenspitzen und schaute auf die Straße hinunter. Der orangefarbene Müllwagen vor dem Haus verursachte Lärm und einen kleinen Stau, der erstaunlicherweise kein Hupkonzert nach sich zog. Lena gähnte. Die Fußgänger hatten es eilig. Ihr Blick folgte einem Mann mit Brille und einer dünnen

Frau in einem engen, quietschgrünen Mantel, die schweigend nebeneinander dahinhasteten. Glück sah anders aus.

Sie öffnete die Terrassentür. Eine Rabenkrähe flog erschrocken auf. Kühle Luft strömte in den Raum und streifte ihre nackten Beine. Sie fröstelte und zog die Schultern hoch.

Das rote Ziegeldach lag im Schatten. Nichts deutete darauf hin, dass jemand dort oben gewesen war.

Sie musste geträumt haben. Hatte sich in ihrem Dusel etwas eingebildet. Ganz sicher!

Eine Schnapsidee. Sie hatte das Zeug beim Aufräumen von Steffis Chaos gefunden, gleich nach ihrem Einzug. Es ein paar Tage liegen lassen und es dann, schon ein wenig benebelt von den zwei Gläsern Wein, schließlich geraucht. Kein Wunder, dass sie Gespenster sah.

Aber: Die Frau hatte zu ihr herübergeschaut! Den Mann auf sie aufmerksam gemacht. *Kifferparanoia*, beruhigte sie sich. Sie dachte daran, wie sie einmal, vor vielen Jahren, in einer fremden Wohnung in regelrechte Panik verfallen war, als jemand klopfte. Sich sicher gewesen war: Polizei! Man kam sie holen. Sie hatte sich tot gestellt und kaum zu atmen gewagt. Später hatten sie alle darüber gelacht. *Kommt vor. Das kennt fast jeder. Entspann dich, Lena!*

Sie kniff die Augen zusammen und beugte sich vor. Hinter den Schornsteinen, zur anderen Seite hin, schien es eine Leiter zu geben. Man sah eine Art Geländer. Darunter lag wohl eine Terrasse. Man konnte mit wenigen Schritten auf der anderen Seite sein. *Du hast dich da in etwas hineingesteigert!* Die neue Umgebung, alles noch fremd, der Alkohol – und dann der Joint. Niemand war zu Schaden gekommen, niemand war abgestürzt. *Alles in Ordnung, Lena. Beruhige dich.* Würden Freunde so ruhig sitzen bleiben, wenn eine von ihnen vom Dach fiel? Eben.

Entschlossen wandte sie sich um. Ging ins Bad, duschte und wusch sich die Haare. Machte das Bett und schloss mit

Schwung das Schlafzimmerfenster. Nun war auch der Kaffee fertig. Sie trank ihn im Stehen – langsam, in großen Schlucken –, goss sich noch eine Tasse ein und wanderte damit zum Schreibtisch. Im Hintergrund zwitscherte das Radio.

Keine Mail von zu Hause. Keine von Steffi. Sie überflog die Nachrichten und klappte ihr Notebook wieder zu.

Schnappte sich ihre Tasche, fuhr mit dem Lift nach unten und verließ das Haus. Im letzten Moment sah sie ein zerdrücktes, verschmiertes Stück gelber Hundescheiße und sprang zur Seite. Sie fand an einem Radständer Halt und kontrollierte ihre Schuhsohlen. Nichts, zum Glück. Schon mehrmals hatte sie fluchend am Randstein das stinkende Zeug abgekratzt und den Geruch dennoch bis ins Geschäft geschleppt. Sie war es nicht gewohnt, ständig auf den Boden zu schauen, und wollte sich auch nicht daran gewöhnen. Hunde, dachte sie im Weitergehen, gehörten einfach nicht in die Stadt.

Das große Fenster eines Cafés warf ihr Spiegelbild zurück. Sie strich sich die Haare hinter die Ohren und rückte ihre Umhängetasche zurecht. Ihre Arbeitskleidung war noch ungewohnt. Der kurze Rock wippte über ihrem Hintern, der ärmellose hochgeschlossene Pulli war ihr über der Brust ein wenig zu weit und warf Falten. Die Jacke immerhin saß wie angegossen. *Schwarz und schlicht*, hatte er beim Vorstelltermin letzte Woche verlangt. Ihre eigene Garderobe beschränkte sich auf einige Kleider, grobe Strickwesten und zwei Jeans. Zum Glück hatte Steffi Unmengen schwarze Klamotten.

Sie wich einer Baustelle aus. Die kleine Grube war nachlässig gesichert und wirkte völlig verlassen. Weit und breit kein Arbeiter, keine Baumaschine.

Ein alter Mann mit grauem Haarkranz und sein Hund blockierten das schmale Trottoir. Das kompakte struppige Tier stemmte seine Vorderbeine in den Boden und sah stur vor sich hin. »Komm«, lockte der Mann. Er ging ein wenig in die

Knie und klopfte auf seinen rechten Oberschenkel. Der Hund reagierte nicht. Der Alte seufzte. »Na komm«, sagte er wieder und machte ermunternde Gesten. »Die anderen warten schon.« Der Hund hob eine Braue. »Kommst du jetzt – bitte?« Das Tier und sein Besitzer wechselten einen langen Blick, dann setzte sich der Hund gemächlich in Bewegung, beschleunigte und hoppelte schließlich neben dem Mann her. Lena grinste. Hier war klar, wer das Rudel führte.

An der Hausecke blieb sie stehen. Das Haus wirkte anonym, verschlossen. Im obersten Stockwerk gab es Terrassen. *Wenigstens nachsehen!* Das Tor war geschlossen. Am Klingelbrett nur Türnummern, keine Namen. Was hatte sie erwartet?

Sie wich einem Radfahrer aus, der ihr auf dem Gehsteig entgegenkam. Er zwinkerte ihr zu. Überrascht schaute sie ihm nach. Die Umhängetasche schlug gegen ihre Hüften. An der Ecke wandte er sich noch einmal um und winkte. Zögernd hob sie die Hand und ließ sie wieder fallen.

Ein Blick auf die Uhr: Sie musste sich beeilen. Sie fasste ihre Tasche fester, drückte sie gegen den Oberkörper und rannte los.

Außer Atem erreichte sie die Straßenbahn, dankte dem hageren, bekümmert wirkenden Fahrer, der mit der Abfahrt auf sie gewartet hatte, mit einem Lächeln und ließ sich auf den nächsten freien Sitzplatz fallen. Sie zog ihren Rock zurecht und stellte die Beine eng nebeneinander. Mit einem Ruck fuhr der Zug an, bimmelte und machte gleich darauf eine Vollbremsung. Ein dumpfer Schlag. Eine Frau schrie auf.

»Na alsdann«, brummte der Fahrer, als hätte er so etwas kommen sehen. Ein verbeultes Auto stand quer auf den Schienen, zwei blasse, verschreckte Gesichter starrten zu ihnen herauf.

»Betriebsstörung.« Die ersten Fahrgäste hasteten laut schimpfend zu den Ausstiegen, während der Straßenbahner Kontakt mit der Leitstelle aufnahm und der Autofahrer sich langsam aus seiner Starre löste und zu seiner Gefährtin hinüberbeugte.

Das hier konnte dauern. Besser, sie ging zu Fuß. Sie stieg aus, umrundete einen Pulk von Gaffern und beschleunigte den Schritt. Knapp fünfzehn Minuten später hatte sie ihr Ziel erreicht.

Das Haus war relativ neu. Ein begrünter Innenhof, Pflastersteine. *Zweite Türe rechts*, hatte er gesagt. Neben dem Eingang stand ein mit bunten Bändern geschmücktes Olivenbäumchen in einem lichtblauen Topf. Sie drückte den Handballen auf den Klingelknopf und wartete.

Der Mann war groß und hager. »Komm weiter«, bat er und wandte sich um. Er hatte schüttere, flaumige Haare am Hinterkopf – wie ein Baby – und keinen Hintern in der Hose. Der hübsche, fast quadratische Vorraum war mit Holzspielzeug und Schuhen zugemüllt. Keine Türen. Viel Holz und Glas. Und Grünpflanzen. In der Wohnküche saß der Rest der Familie um einen großen Tisch: Eine tatkräftig wirkende Frau mit halblangen glatten Haaren hielt ein Kleinkind auf dem Schoß, das wie ein Vogel den Mund öffnete, sobald sie sich ihm mit dem Löffel näherte. Gegenüber ein zerzaustes, etwas größeres Mädchen. Es hatte ein Müsli vor sich stehen und las in einem dicken Buch. Er stellte sie einander vor. »Magst du Kaffee?«

Lena nickte.

»Setz dich.«

Der Sessel vor ihr war von einer dicken Katze belegt. Sie ließ sich neben dem Mädchen nieder. Es kaute mit vollen Backen und warf ihr einen prüfenden Blick zu. Die Mutter schob mit dem Löffel die Breireste um den Mund des Babys zusammen und spachtelte sie ihm zwischen die Lippen. Alle drei hatten die gleichen großen blauen Augen.

Der Kaffee war gut. Lena nahm einen weiteren Schluck und stellte die Tasse ab. »Sie brauchen jemanden, der sich um die Katzen kümmert.«

»Katze«, sagte das Mädchen ohne aufzublicken und blätterte geräuschvoll eine Seite um. »Wir haben nur eine. Jonas. Der kann nicht mit.«

»Wir fliegen für zwei Wochen auf die Insel«, erklärte der Mann und nahm ihr gegenüber Platz. »Nach Gomera. Jana, die unseren Haushalt führt, erledigt das sonst. Sie hatte einen Todesfall in der Familie. Ist nach Hause gefahren. Sie kommt erst zwei Tage vor uns zurück.«

Lena nickte und griff nach ihrer Tasse.

»Machst du das schon länger«, erkundigte sich die Frau, »Wohnungen hüten?« Das Baby rülpste.

»Ja. Katzen versorgen, Blumen gießen. Früher habe ich auch geputzt.« Sie wühlte in ihrer Tasche. »Pass. Meldezettel. – Meine Referenzen«, setzte sie nach. Das Paar sah sie überrascht an.

»Das brauchen wir nicht«, wehrte der Mann ab. »Wolfgang kennt dich. Das genügt.« Dann griffen beide gleichzeitig nach den Unterlagen, schauten auf, einander an. Dann zu ihr. Lachten ein bisschen unsicher. Wie ertappt. »Nur, weil du sie mit hast … ich wollte immer schon einmal sehen, was die da so schreiben.«

»Passt schon«, sagte Lena. Es ist ihnen peinlich, dachte sie.

»Jana«, erklärte die Frau hastig, »gehört mittlerweile richtig zur Familie. Ich weiß gar nicht, wie ich –«, sie stockte kurz, »wie wir das alles schaffen würden ohne sie: Kinder, Haushalt, den Job. Ich bin Architektin.« Lena nickte. Die andere stand auf, strich ihr Baumwollkleid glatt und schob sich das Kind auf die linke Hüfte. »Gut. Ich zeige dir jetzt die Wohnung.«

Die Katze plumpste vom Sessel auf den Boden und folgte ihnen.

‖

Er hatte sich schnell daran gewöhnt, das ganze Bett wieder für sich allein zu haben. Nun lag sie da. Wie früher jeden Morgen – flach auf dem Bauch, als wäre sie hingefallen, irgendwo heruntergefallen. Und nicht wieder aufgestanden. Er würde nie kapieren, wie man so schlafen konnte. Ihr Mund stand ein wenig offen. Sie atmete leise und gleichmäßig. Ihr Atem roch säuerlich. Er hielt die Luft an. Dachte kurz an Kathrin. Sie hatte sie nicht gemocht.

Vom ersten Moment an Abneigung: »Sie ist – nett. Ein wenig – nimm's mir bitte nicht übel – naiv vielleicht. Wie sie drauflosplaudert. Zu dir aufschaut. Gut, sie ist noch sehr jung.«

Kathrin hatte ihr Lächeln erwidert. Ein naives Landkind, nicht besonders schlau.

»Woran denkst du?« Jetzt war sie wach. Stützte sich auf den linken Arm und strich sich die Haare aus dem Gesicht. Sie sah etwas benommen aus.

Er überging ihre Frage. »Kaffee?« Sie nickte. Er hörte sie ins Bad gehen, während er sich in der Küche zu schaffen machte, Laden öffnete und schloss, eine Kapsel in die Maschine drückte und eine Tasse, eine zweite, aus dem Regal nahm. Seine Morgen waren ihm heilig. Er vertrug keine Musik, keinen Lärm, keine Fragen. Sie wusste das.

Sie kam frisch geduscht mit feuchten, zu einem Zopf geflochtenen Haaren und vollständig bekleidet aus dem Badezimmer. Er hielt ihr eine Tasse hin. Sie dankte mit einem Nicken. Sie tranken schweigend. Sie sah ihn ein-, zweimal von der Seite an. Er reagierte nicht. Sie hielt die Schale mit beiden Händen, als wollte sie sich wärmen. Blickte ins Leere.

»Ich muss arbeiten«, sagte er schließlich. »Wir reden morgen weiter. Ich werde mich um die Sache kümmern.« Sie zuckte zusammen. »Hast du die Tabletten? Soll ich dich nach Hause bringen?«

»Nein danke. Ich komm schon zurecht.« Sie zögerte. »Kann ich dich anrufen? Am Abend?«

»Ich melde mich bei dir. Besser, wir reden nicht am Telefon.« Er strich ihr übers Haar. »Mach dir keine Sorgen. Dir wird nichts passieren«, murmelte er.

Ihr Kopf flog herum. Mit weit aufgerissenen Augen starrte sie ihn an.

‖

Als Lena vor dem Geschäft ankam, stand die Tür bereits offen. Sich schon in der Früh hetzen zu müssen war wirklich das Letzte! »Guten Morgen. Bin ich zu spät?«

Ihr Chef drehte sich um. »Morgen, Lena.« Er lächelte und wies auf seine Armbanduhr. »Pünktlich auf die Minute.«

Warum sieht er mich so an? Sie stellte die Tasche ab und schlüpfte aus ihrer Jacke. Im zweiten Raum, der als Lager und Werkstatt diente, blubberte der Wasserkocher. Wolfgang verschwand nebenan und goss sich eine Tasse Tee auf. Lena zupfte an ihrem Rocksaum und zog ihn energisch nach unten. Zu kurz, dachte sie. Noch immer kam sie sich wie verkleidet vor.

»Ich muss in einer halben Stunde wieder weg. Denkst du, du schaffst das schon allein?«

»Ja, klar«, sagte sie forsch und nahm Rechnungsblock und Füllfeder aus der Schublade. Jedes Kind konnte das. Die Ware war ausgepreist. Rechnungen wurden – in Schönschrift, hatte er verlangt – mit der Hand geschrieben, das Bargeld in einer Kassette verwahrt. Die Bankomatkasse war kein Mirakel.

Als sie aufblickte, stand er mit einem Hocker mitten im Raum. Sie nahm ihn ihm ab und trug ihn vor die Tür. Er folgte mit einem kleinen Tischchen.

Wolfgang war schon älter, sicher vierzig, fünfundvierzig, schlank mit einem kleinen Bauchansatz, den er mit lässig

geschnittenen, meist schwarzen Klamotten zu kaschieren versuchte. Dunkle kurze Haare, etwas Grau an den Schläfen. Kein
Bart. Gutaussehend, wenn man diesen Typ Mann mochte. Lena
hielt ihn für ein wenig eitel. Er hatte sie nach einem kurzen
Gespräch eingestellt.

»Es geht um etwa drei Dienste pro Woche. Kann auch einmal
kurzfristig sein.«

»Passt. Wenn ich es am Vortag weiß, kann ich mir das einteilen.« Sie brauchte dringend etwas Fixes, durfte keine großen
Ansprüche stellen.

»Ich nehme an, es ist okay für dich, wenn wir uns duzen?«

Wie mein Vater, dachte sie. Sie glauben, es macht sie jünger.

»Ja, kein Problem.«

Wolfgang hatte das Geschäft vor knapp zwei Jahren eröffnet.
EigenART stand in großen Lettern auf dem Schaufenster. Dahinter ein ganz in Weiß gehaltenes Lokal. Kühl. Stylish. Wie
die Wohnung, in der ich jetzt lebe, dachte sie. Man könnte
viel daraus machen. Aus der Wohnung. Aus dem Laden. Aber
beides gehörte nicht ihr.

Wolfgang verkaufte Kleinmöbel, vornehmlich Designerware,
Dekoration und seine aktuelle Serie von künstlerisch verfrem-
deten Gebrauchsgegenständen. Die Kunden hatten Geld. Einige waren mit ihm befreundet. Manchmal kamen auch Leute
in ihrem Alter, Studentinnen, Schüler. Sie sahen sich lange um,
fragten viel und wählten dann eine Kleinigkeit, ein Geschenk
für eine Freundin, ein Spiel, Klebebuchstaben, die aus irgend-
einem Grund der große Renner waren. Ich würde nie in einem
Geschäft wie dem hier einkaufen, dachte sie. Auch nicht, wenn
ich Geld hätte. Die meisten Sachen waren viel zu teuer und
nicht besonders originell. Und die wirklich schönen Stücke …

Wolfgang riss sie aus ihren Gedanken. »Hast du die Schorns
schon angerufen?« Er trat einen Schritt zurück und betrachtete
das Schaufenster. Er sah zufrieden aus.

»Ich komm grade von dort«, sagte sie schnell.

Ein kurzer Blick. »Und – machst du's?«

»Ja.«

Er wandte sich um. Plötzlich hatte er es eilig. »Ich fahr dann.«
Sie nickte und trat zurück in den Laden.

Die Zeit verging quälend langsam. Niemand kam. *Jetzt bloß nicht grübeln!* Sie holte Glasreiniger und Putzlappen und nahm sich das Regal hinter der Theke vor. Sie liebte es, aufzuräumen. Vor Sauberkeit blitzende Flächen zu hinterlassen. Das half immer, wenn sie unruhig war. Wenn sie das Drumherum wieder in Schuss brachte – und sich selber –, ordnete sich auch das Durcheinander an Ängsten und Zweifeln, in dem sie sich manchmal verhedderte. Mit jedem weiteren Handgriff klärten sich ihre Gedanken. Sie wusste: Wenn Menschen aus dem Takt gerieten, sah man es ihnen über kurz oder lang an. Sie pflegten sich nicht mehr und ihre Wohnungen versanken im Chaos.

Im Spital hatte sie immer wieder Patienten erlebt, die aufgegeben hatten, sich gehen ließen. Hatte versucht, sie zum Duschen zu bewegen, statt sie wie üblich schnell im Bett zu waschen. Sie dachte an Herrn Klein, ihren ersten Tumorpatienten, der eigentlich nicht auf ihre Station gehörte, aber aus Platzmangel dort gelandet war: wie er nach längerem Sträuben gegen ein Bad still und glücklich unter dem warmen Wasserstrahl hockte, nur noch Haut und Knochen, das Gesicht nach oben gewandt, die Augen geschlossen, als säße er in der warmen Herbstsonne, während sie ihn vorsichtig rasierte. Später, im frisch bezogenen Bett, von Seifengeruch umhüllt und noch ein wenig atemlos von der Anstrengung, hatte er ihre Hand gedrückt. Da glaubte sie noch, dass sie für diese Arbeit wie geschaffen war. Knapp zwei Jahre später hatte sie alles hingeschmissen und war gegangen.

Sie atmete tief durch und wandte sich dem Verkaufstisch zu. Hingebungsvoll polierte sie die Tischfläche, die Fronten. Sah auf die Uhr und holte sich ein Glas Wasser. Es war schon fast elf. Wo bloß die Kunden blieben? Gestern zehn, am Tag davor gezählte acht – davon konnte doch kein Mensch leben! Wenn sie nicht bald mehr Umsatz machte, war sie ihren Job bestimmt schnell wieder los. Ihr Chef sah nicht wie ein Wohltäter aus.

Er hätte dich nicht eingestellt, wenn es sich für ihn nicht rentiert, versuchte sie sich zu beruhigen und nahm sich das Schaufenster vor. Die filigranen weißen Schalen, wie aus Tortenspitze geformt, hoben sich kaum vom Hintergrund ab. Sie nahm sie vorsichtig hoch und stellte sie zur Seite. Man musste sie mit kräftigen Farben ergänzen, sie aufleuchten lassen. Ob er es merken würde, wenn sie das eine oder andere neu arrangierte? Sie zögerte kurz, konnte aber der Versuchung nicht widerstehen.

»Du hast echt einen Putzfimmel«, hatte Elias ihr mehr als einmal genervt vorgeworfen. Ihre Beziehung war letztendlich aber an seiner Unzuverlässigkeit gescheitert.

Lena richtete sich auf und sah nach draußen. Vor dem Shirtshop gegenüber probierte ein blasses Mädchen unter den kritischen Blicken ihrer Freundin mehrere Kleidungsstücke aus der Wühlkiste gleich auf der Straße an. Ein Herr mit markantem Profil verhielt den Schritt und schaute interessiert zu, wie beim Ausziehen eines Tops ihr dünner Pulli mit hochrutschte und sie mit nacktem Bauch dastand, bis die Freundin ihr lachend zu Hilfe kam. Lena zog die Brauen hoch und wandte sich ab.

‖

Er rief sie am späten Nachmittag an. Sie meldete sich nach dem ersten Läuten. Sie verabredeten sich für den Abend beim neuen Italiener in der Nähe ihres Arbeitsplatzes.

Er war etwas zu spät dran, sie erwartete ihn bereits. Kein Lächeln, als er auf sie zueilte. Er beugte sich zu ihr hinab. Sie hielt ihm ihre Wange hin. Sie verfehlten sich, ihre Jochbeine schlugen gegeneinander.

»Entschuldige«, murmelte sie und rieb sich mit der Hand die schmerzende Stelle.

Er setzte sich und nahm ihr die Karte aus der Hand. »Was trinkst du?« Sie zuckte die Schultern. Er bestellte eine Flasche ihres Lieblingsweins. Und Pasta. Sie rollte währenddessen ihre Stoffserviette zusammen und wieder auseinander, zusammen und wieder auseinander. Es machte ihn nervös. Er nahm ihre Hand und hielt sie fest. Sie trug immer noch den Ring.

»Ich muss die ganze Zeit daran denken«, flüsterte sie. »Dass sie da liegt. Seit gestern Abend. Die ganze Nacht lang. Und einen ganzen Tag. Im engen Lichtschacht. Mit zerschmetterten Knochen. Vielleicht, vielleicht ... lebt sie ja noch –« Ihre Stimme versagte. »Man kann sie doch nicht so liegen lassen!«, krächzte sie. »Wir müssen etwas tun.« Sie entzog ihm ihre Hand und massierte sich den Ringfinger.

»Ich hab dir doch gesagt: Einen Sturz aus dieser Höhe überlebt niemand.«

»Sie kann doch da nicht liegen bleiben. Der Gedanke macht mich verrückt. Da ... ist sicher alles voller Taubenscheiße«, sie wurde lauter, »da sind bestimmt Ratten!«

»Bitte!«, unterbrach er sie energisch.

»Ich verstehe nicht, dass wir einfach gegangen sind.« Sie sah auf. Ihr Blick flackerte. »Du hast doch die Schlüssel. Es gibt sicher einen Zugang zum Lichthof. Wir holen sie da raus. Rufen die Polizei, was weiß ich ... Wir können doch nicht einfach ...«

Er schnellte vor und packte sie am Arm. »Halt den Mund, verdammt«, zischte er. »Das ist kein Grund, hysterisch zu werden. Willst du, dass jemand Verdacht schöpft? Ja? Ja? Willst du das?«

Sie versuchte erfolglos, ihm ihren Arm zu entwinden. Angstgeweitete Augen.

»Wir müssen uns genau überlegen, wie wir vorgehen. Wir waren uns doch einig …«, sagte er leise. Nun hatte er sich wieder unter Kontrolle.

Sie stöhnte. Er löste den Griff. Schlagartig veränderte sich ihr Blick. »Ich verstehe dich nicht«, murmelte sie. »Du klingst, als wäre nichts. So distanziert. So kühl.« Sie rückte ein Stück von ihm ab. Griff nach ihrem Glas, nahm hastig einen Schluck.

»Verdammt, was erwartest du?«, fuhr er sie erneut an. Sie zuckte zusammen. Er lehnte sich zurück und fixierte sie.

Ihr Atem ging schnell. Sie klammerte sich an ihrem Weinglas fest. »Entschuldige. Entschuldige bitte. Du hast recht. Ich rede die ganze Zeit nur von mir, und du … du …« Sie geriet ins Stocken.

Er half ihr nicht. Er sah dem Kellner zu, wie er Gläser polierte und gegen das Licht hielt. Es waren nur wenige Gäste da. In der Nische vorne beim Eingang erregte ein ungleiches Paar seine Aufmerksamkeit. Der Mann mit Schmerbauch und Maßsakko war wesentlich älter als die Frau. Er konnte seine Hände nicht von ihr lassen. Sie lächelte nachsichtig, ein wenig verächtlich, wie ihm schien, und legte die linke Hand auf den Arm ihres Begleiters. Sofort verflocht der seine Finger mit ihren. Sie griff nach ihrem Glas, drehte es geziert, nahm einen Schluck und sah zu ihm herüber. Ihre Blicke trafen sich. Er senkte den Kopf und fixierte sie aus halb geschlossenen Augen, lächelte und wandte sich um. Mit Geld, dachte er, kannst du jede haben. Er schenkte sich Wein nach, trank und stellte das Glas wieder ab.

Ihre Hand kroch näher. Sag was, dachte er. Mach endlich den Mund auf.

»Du hast deine … Freundin verloren«, flüsterte sie schließlich kaum hörbar.

»Ich will jetzt nicht daran denken«, unterbrach er sie schroff. Sie nickte. Wagte es nicht, seine Hand zu nehmen. Sie starrte vor sich auf den Tisch. »Es war nicht meine Schuld«, sagte sie leise. »Ich war nicht betrunken. Ich erinnere mich an alles.«

»Ich weiß«, bestätigte er sanft. »Hör auf, dich zu quälen. Sie –«, er machte eine längere Pause, ließ seinen Blick erneut durch das Lokal schweifen und seufzte, »Kathrin hat mehrere Gläser gekippt. Mehr als ihr guttat. Die war ziemlich angesäuselt. Ist ausgerutscht … ein Unfall.«

»Ich habe –«, sie schien mit sich zu ringen, »sie nicht besonders gemocht.«

»Ich weiß. Es war nicht zu übersehen«, sagte er knapp.

Sie riss die Augen auf. Ihre Mundwinkel begannen zu zittern, das Kinn bebte. Nun heulte sie. Er legte seine Hand auf ihren Unterarm, während der Kellner an den Tisch trat, den Wein einschenkte und sich bemühte, ihre Tränen zu übersehen.

Er hob sein Glas. Sie reagierte nicht. Er trank. Die Pasta kam.

»Ein Unfall, ja«, schniefte sie. »Ich habe ihr nichts getan. Ich habe sie nicht gestoßen. Du musst mir glauben, dass ich … ich bin nicht eifersüchtig, das weißt du doch.« Er reichte ihr ein Taschentuch, was eine neuerliche Sturzflut auslöste.

»Bitte beruhige dich.« Er nahm einen Schluck Wein. »Tut mir leid«, sagte er, »ich sterbe vor Hunger. Wir brauchen jetzt einen klaren Kopf. Es hilft niemandem, wenn … es hilft ihr nicht mehr …«

Sie nickte, immer noch um Fassung ringend, und stocherte in ihrer Pasta. »Aber warum gehen wir nicht einfach zur Polizei? Wir erklären, was vorgefallen ist …«

»Einen ganzen Tag später? Was wird passieren, was meinst du?« Er sah sie eindringlich an.

»Wir werden erzählen, wie es war …«

»Ein Mann und seine Ex kommen aufs Kommissariat und geben an, dass sie gestern mit der neuen Freundin des Mannes auf ein Dach geklettert sind, dort getrunken haben und die Neue dann, einfach so, in den Lichtschacht gefallen ist.«

Der Kellner näherte sich. »Schmeckt es Ihnen nicht?«, fragte er mit besorgtem Stirnrunzeln.

Sie zögerte.

Respekt. Der Mann war ein guter Schauspieler! Er lächelte ihn an. »Es ist ausgezeichnet. Meine Bekannte ist ein bisschen«, er zögerte, »indisponiert.«

Er orderte einen Espresso, sie hielt sich an den Wein.

»Die zwei haben nichts unternommen, nicht nachgesehen. Keine Hilfe geholt. Weder die Rettung gerufen noch die Polizei. Sie haben eine Nacht darüber geschlafen, eine zweite, und – dir ist klar, dass wir in der Sekunde beide verdächtig sind?«

»Wir ... wir können das doch erklären ...«, stieß sie hervor.

»Erklären, erklären!«, fuhr er sie an. »Kapierst du das denn nicht?« Er legte die Gabel am Tellerrand ab. »Warum kommen wir zwei Tage später, hm? Wir haben mögliche Beweise beiseitegeschafft, uns abgesprochen, wer was sagt. Sie werden annehmen, dass ...«

Sie war blass geworden. »Es war deine Idee«, sagte sie tonlos. »Ich wollte sofort ...« Sie brach ab, griff nach dem Wein, trank hastig einen großen Schluck und bekam einen Hustenanfall. Er klopfte ihr auf den Rücken. Sie keuchte. Ihr Gesicht glühte, die Augen tränten. Sie sah erbärmlich aus.

Er nahm die Gabel wieder auf.

»In dem Zustand, in dem du gestern Abend warst, hätte man dich dort behalten«, sagte er nach einer Weile. »Und auseinandergenommen, bis du ein Geständnis ablegst. Du warst alkoholisiert. Unter Schock, hast gezittert. Du warst nahe am Durchdrehen. Wenn ich dir nicht etwas zur Beruhigung, zum Schlafen, gegeben hätte ...«

Sie starrte ihn an. Er schob seinen leeren Teller zur Seite. Sie hatte nichts gegessen, die Nudeln mit den Meeresfrüchten verrührt, sie hin und her geschoben. Nun legte sie ihre Gabel weg und knüllte die Serviette zusammen.

Der Kellner brachte den Espresso. Er wartete, bis er außer Hörweite war. Rückte näher und nahm ihre Hand. »Ich habe mir Sorgen um dich gemacht«, sagte er mit Wärme in der Stimme. »Ich will nicht, dass du im Gefängnis landest. Nach allem, was war.«

Sie neigte den Kopf ein wenig, verharrte eine Weile und legte ihn dann auf seine Schulter.

Er strich ihr übers Haar. Zwei, drei Minuten vergingen. Dann löste sie sich von ihm.

»Sie war deine Freundin! Man wird dir glauben ...« Ihre Stimme klang jetzt gefasst, ja zuversichtlich.

»Denk nicht, dass mir das alles leichtfällt«, unterbrach er sie. »Kathrin ist tot.« Er biss sich auf die Lippen. Schwieg. Sie wurde unruhig. Räusperte sich. Schluckte. Öffnete den Mund und schloss ihn wieder. »Ich will nicht auch noch durch die Polizeimühle gedreht werden«, fuhr er fort. »Für dich lügen, mich sorgen müssen, weil du dich in deiner Panik in eine Situation manövrierst, aus der du nicht mehr herauskommst. Alles spricht gegen dich: Natürlich werden sie Eifersucht als Motiv annehmen! Wir sind ja noch nicht so lange getrennt. Kathrin ist ... war jünger als du. Du hast ein bisschen ... nun ... überreagiert in den ersten Wochen ... Wenn sie Freunde und Bekannte befragen ...«

»Was hat das denn damit zu tun? Ich wollte dich ... es ist doch normal, dass man um eine Beziehung, um jemanden, den man liebt, kämpft. Ich dachte –« Sie stockte.

»Genau! Und damit lieferst du ihnen das Motiv auf einem Silbertablett. – Verstehst du jetzt, was ich meine?«

»Ja«, sagte sie tonlos. »Ja, ich verstehe.«

‖

Lena hatte geputzt, Kunden bedient und schließlich auch noch einen Teil des Lagers aufgeräumt. Sie hatte den ganzen Tag nicht mehr daran gedacht, aber jetzt, als sie die Wohnungstüre aufschloss, ging ihr erster Blick zum Fenster. Die Dächer lagen in der Abendsonne. Das sanfte Licht wirkte wie ein Weichzeichner.

In der kurzen Mittagspause hatte sie im Kaffeehaus hastig die Zeitungen durchgeblättert und keinen Hinweis gefunden. Aber – nach einem Tag konnte man noch gar nichts sagen. Wenn einer vermisst wurde, wenn jemand eine Leiche fand, dauerte es wohl seine Zeit, bis die Zeitungen darüber berichteten. Sie hatte nie darüber nachgedacht.

Sie schlüpfte aus den Schuhen, dann aus ihren Kleidern. Ließ die Badewanne vollllaufen, träufelte etwas Mandelöl ins Wasser und tauchte bis zum Kinn unter. Versuchte sich zu entspannen, schloss die Augen und riss sie gleich wieder auf. Sie schnupperte, bewegte ihre Hände, sah ihren Körper zerfließen und wieder ganz werden und versuchte, an nichts zu denken.

Wie das wohl war, wenn man plötzlich das Gleichgewicht verlor, stürzte, fiel? Aus großer Höhe. Begriff man in diesem Augenblick, was geschah? Dass man sterben wird. Schrie man? Verlor man die Stimme, den Verstand, während man auf den Boden zuraste und aufschlug? Spürte man den Aufprall? Einen Schlag? Wie innen alles kaputtging, die Lunge zerriss und in sich zusammenfiel, die Haut aufplatzte und die Knochen brachen? Man konnte wohl nichts mehr denken … Was, wenn man am Ende, aller Wahrscheinlichkeit zum Trotz, noch am Leben war? Zwischen den Müllcontainern auf dem Betonboden lag, mit zerschlagenem Schädel, im eigenen Blut, halb betäubt und wimmernd vor Schmerzen – und niemand kam?

Sie rutschte zur Seite und ließ heißes Wasser nachlaufen.

Gesetzt den Fall, ihr, Lena, würde etwas zustoßen: Wie lange würde es dauern, bis jemand sie vermissen, nach ihr suchen würde?

In den beiden Wohnungen, die sie hütete, würden die Pflanzen verdorren. Die Katzen verhungern. Verdursten. Nein, da stand Gießwasser. Im Regal eine halbvolle Packung mit Trockenfutter. Und Katzen waren klug.

Lena sah drei großäugige klapperdürre Gerippe durch eine weitläufige Altbauwohnung staksen. Hörte das Tippen ihrer viel zu langen Krallen auf dem Parkett. Langgezogene Schreie, die ihr durch Mark und Bein gingen. Über allem lag der scharfe Geruch von Katzenpisse und Kot.

Die Leute fuhren weg und übergaben fremden Menschen, von denen sie kaum den Namen kannten, Wohnung und Tiere zur Pflege und verließen sich darauf, beides wohlbehalten vorzufinden, wenn sie gebräunt und übermüdet – mit quengelnden Kindern an der Hand und Trolleys voller Schmutzwäsche – wieder vor der Tür standen.

Sie würden den Schaden begutachten, den Dreck, die toten Pflanzen. Würden anrufen, aufgebracht, erzürnt, zunehmend wütender, während das Läuten in einer leeren Wohnung ein paar Bezirke weiter verhallte. Oder in einem Hinterhof, dachte sie.

Keine Adresse, kein Familienname. Eine Empfehlung genügte im Allgemeinen, um Zugang zur Wohnung, zum Leben anderer zu bekommen. Ein Vorname, eine Handynummer. Ein kurzes Gespräch.

»Lena. Eine Abkürzung, oder? Wie heißt du mit ganzem Namen? Magdalena?«

»Milena.«

Er wirkt überrascht. »Woher kommst du?«

»Aus Salzburg.«

»Nein, ich meine …« Er verheddert sich. »Deine Familie.«

»Aus Salzburg.«

Wären die Schorns besorgt, wenn sie verschwinden würde? Oder voller Zorn? Würden sie nachsehen, die Nachbarn fragen oder es nach ein paar erfolglosen Anrufen dabei bewenden lassen und die Schlösser austauschen?

Und Wolfgang?

»Ich hatte Pech mit meiner letzten Aushilfe. Ja, wenige Tage nach dem ersten Lohn war sie weg. Hat mich im Regen stehen lassen, mitten in der Urlaubszeit, stellt euch vor! Wenigstens hat sie den Schorns nicht die Wohnung ausgeräumt. Sehr unangenehm, das. Nun, man kann in niemanden hineinschauen. Und im Allgemeinen sind sie ja zuverlässig.«

So in etwa? Nein, sie tat ihm unrecht. Er würde sich Sorgen machen. Nachsehen. Bestimmt. Sie öffnete das Ablaufventil, stieg aus der Wanne, rubbelte sich trocken und hüllte sich in ein großes Badetuch.

Wer blieb sonst? Steffi war noch gut ein halbes Jahr unterwegs. Mit Elias herrschte seit zwei Wochen endgültig Funkstille. Erst verletzt, dann zornig hatte sie die Handynummer gewechselt, auf Facebook ihren Status geändert und zwei Tage später den Account stillgelegt. Von den anderen, die sie zurückgelassen hatte, würde sich niemand wundern, wenn sie eine Zeitlang nichts von sich hören ließ. Ihre Freundinnen – zum Großteil frühere Kolleginnen – und die wenigen Freunde waren während ihrer Beziehung mit Elias nach und nach verlorengegangen.

Hier, in Wien, kannte sie noch niemanden. Die Nachbarin rechts – Mittelalter, Hüftleiden – bekam kaum die Lippen auseinander, um »guten Morgen« zu wünschen. In der Wohnung links hörte Lena fallweise jemanden gehen oder ein Fenster zuschlagen. Oft brannte die halbe Nacht Licht. Wer immer dort lebte, schlief noch, wenn sie das Haus verließ, und machte die Nacht zum Tage. Im Lift Zufallsbegegnungen, die sie nicht zuordnen konnte.

Du bist das perfekte Opfer! Die Erkenntnis traf sie wie ein Schlag.

Hatte sie eigentlich abgeschlossen? Die Sicherheitstür hatte außen einen Knauf. Trotzdem … Sie raffte das Badetuch zusammen, lief barfuß durch den Flur.

Prallte zurück: Die Klingel! Jemand war an der Tür. Sie verharrte, nur durch das Türblatt vom Unbekannten getrennt, und wagte kaum zu atmen. Ihr Puls flog. Es musste bereits acht, halb neun sein. Wieder schrillte die Glocke. Nachdrücklich. Fordernd. *Ein Fremder, ganz sicher!* Mit der ganzen Hand auf der Klingel – so läutete kein Nachbar. Wie war er ins Haus gekommen? Sie beschloss, sich totzustellen. Sie kannte hier niemanden. *Ein Notfall? Feuer?* Sie schnupperte: Nein. Überlegte, durch den Spion zu schauen, und verwarf den Gedanken sofort. Damit war klar, dass jemand zu Hause war! Sie sah sich selber: halbnackt im Flur, hektisch um sich blickend, das feuchte Badetuch über der Brust gerafft. Die Klingel gellte in ihren Ohren.

Sie machte kehrt und floh ins Wohnzimmer. Auf Zehenspitzen, wie sie grimmig feststellte. Sie schlich durch ihre Wohnung, nur, weil jemand an der Tür war! Anläutete. Sie löschte das Licht.

Plötzlich war es still. Sie wartete. Der Unbekannte hatte aufgegeben. Sie tappte zum Fenster und spähte auf die Straße. Hob zögernd den Blick. Natürlich war niemand auf dem Dach! Sie behielt den Gehsteig vor dem Haus im Auge.

Sie hätte sich ohrfeigen können. Wie konnte man so himmelschreiend blöd sein, sich ohne Not eine Paranoia anzuzüchten! Irgendein Zeug zu rauchen, sich den Kopf zu vernebeln, weil man sich nach knapp zwei Wochen beinahe allabendlichem Putzen, Waschen und Aufräumen in der nun wieder ordentlichen Steffi-Wohnung, in der neuen Stadt, plötzlich sehr allein gefühlt hatte. Weil kein Wein mehr da war. Weil man sich nicht aufraffen konnte, irgendwohin zu gehen. In ein Lokal. Sich an eine Theke zu stellen. Jemanden anzureden.

Es konnte dieser Mann da gewesen sein. Er war dunkel gekleidet und trug eine Umhängetasche. Er verlangsamte den Schritt, zögerte, wandte sich dann um und schaute zu ihren Fenstern herauf. Sie ging in Deckung. Als sie wieder auftauchte, war er verschwunden. Oder dieses Paar, die Frau ... nein – die hatte kürzere Haare. Nein, der da! Es war hoffnungslos. Hirngespinste. Die Straßenlampen gingen an. Ein Pizzazusteller fuhr vorbei. Lena legte sich auf das Sofa und starrte ins Dunkel.

»Mörder!« Sie erwachte mit einem Schrei. Wo war sie? Der Raum war in rötliches Licht getaucht. Um sie zerknüllte Kissen. Sie selber halb nackt, bis zur Hüfte in ein Badetuch gewickelt. Sie hatte die Nacht auf dem Sofa verbracht! Ihre Füße tasteten über den rauen Stoffbezug. Ihr Herz schlug wie wild, der Mund war ausgedörrt, der Hals brannte. Es dauerte eine ganze Weile, bis sie begriff: ein Traum. Sie hatte nur geträumt!

Der Mann zwingt sie zu springen, und obwohl die Aussichtsplattform gut besucht ist, greift niemand ein. Zwei Paare stehen eng umschlungen und küssen sich, Kinder wirbeln wie wild gewordene Kreisel zwischen den Erwachsenen herum und spielen Fangen. Direkt neben ihr hantiert ein dicker Mann gelassen mit einem imposanten Teleobjektiv, während ihr Mörder, der kein Gesicht hat, näher rückt und sie an den brüchigen, ungesicherten Rand drängt: »Spring!«

Rostige Eisenteile ragen ins Leere. Sie sieht sich – plötzlich von außen – an einem Balken hängen bleiben, über dem Abgrund baumeln wie in einem Horrorfilm. Sieht Straßen, Autos, Menschen unter sich, bevor ihr Blick verschwimmt. Ein Dröhnen in den Ohren, sie hofft, ohnmächtig zu werden, spürt, wie der Stoff reißt. Dann fällt sie – und schreit. Schreit.

Sie träumte sonst nie. Legte sich abends hin und schlief wie ein Stein. Sprang morgens vergnügt aus dem Bett. Alles war durcheinander. Sie musste es wieder in den Griff kriegen, etwas dagegen tun.

Nun stieg langsam die Sonne empor. Der beeindruckende Scherenschnitt einer Dachlandschaft mit Kränen vor flammendem Rot. Sie wickelte sich in das Badetuch und ging zum Fenster. Schaute auf die stille Straße hinunter.

Sie war ständig allein. Kein Wunder, dass das ganze Zeug in ihren Schlaf kroch und sie verrückt machte. *Ich sollte endlich ausgehen, Leute kennenlernen.* Sie hatte es sich einfacher vorgestellt.

Sie lief hinunter und holte die Zeitungen. »Alle drei?«, fragte der Trafikant. Sie nickte. Kaufte in der kleinen Bäckerei nebenan Milch und ein Brioche, machte Kaffee und setzte sich an den Tisch am Fenster.

Die Sonne streichelte ihren linken Oberarm, wanderte langsam über die Schulter und legte sich auf ihren Nacken. Diese Wohnung war ein Glücksgriff, ihr ganz persönlicher Lottogewinn. Lena kaute, genoss die Wärme und sog den Kaffeeduft ein, nahm hin und wieder einen Schluck, während sie akribisch Seite um Seite die Zeitungen durchsah und nach einer Toten fahndete, von der sie hoffte, dass es sie nicht gab.

»Leiche gefunden.« Ihr Herzschlag setzte aus. »Tote lag tagelang in Wohnung. Keiner der Nachbarn hat etwas bemerkt.« Porzellan klirrte auf Porzellan, der Kaffee ergoss sich über die Seiten. Es dauerte eine Weile, bis sie begriff: Die Frau war alt, der Fundort eine Villenetage im Botschaftsviertel.

Wenn das so weiterging, war sie über kurz oder lang ein Nervenbündel. *Niemand hat gemordet. Es gibt keine Tote. Alles wird gut.* Es war, als würde man sich selber in den Arm nehmen. Durch einen finsteren Wald stolpern und sich lautstark versichern, dass man keine Angst zu haben brauchte. *Ungeheuer gibt es nicht!*

Sie fuhr ihr Notebook hoch, löschte eine Menge Spam und schickte eine E-Mail an Steffi:

geht's dir gut, gibt's schon fotos? die vernichtung der beweismittel ist abgeschlossen. ;-) die belohnung hatte es in sich. :-*, lena

Dann klappte sie den Laptop zu, knüllte die nasse Zeitung zusammen und stellte ihre Tasse in den Geschirrspüler. Sie brachte den Müll hinunter, bezog das Bett neu und startete eine Waschmaschine. Um halb elf verließ sie das Haus.

Sie hatte Steffi erst vor kurzem wiedergetroffen. An einem trüben, regnerischen Tag Anfang März standen sie einander plötzlich an einem der Wühltische im Großkaufhaus gegenüber.

»Steffi?«

Es war nicht zu fassen: Ihre Bekannte schob langsam, ohne sich im Geringsten um ihre Umgebung zu kümmern, ein cremefarbenes Spitzenhemdchen in die Innentasche ihrer Jacke und zog seelenruhig den Zipp zu. Sie stutzte, riss die Augen auf, strahlte sie an und fiel ihr um den Hals.

»Hey, was machst *du* denn hier? Wie geht's dir? Seit wann bist du in Wien?« Sie duftete nach einem teuren Parfum. »Ich freu mich so, dich zu sehen. Du bist nicht mehr mit Elias zusammen, hab ich gehört? Das war immer cool mit euch beiden.«

»Ich arbeite hier«, sagte Lena hölzern und sah sich hektisch um. Die war verrückt. Überall waren Kameras installiert. Gleich würden der Detektiv oder Frau Schauer, die sich einen Sport daraus machte, Ladendiebe zu jagen, neben ihnen auftauchen und die Polizei rufen. Und dann? *Oh nein, man wird uns für Komplizinnen halten!* Sie konnte unmöglich da stehen bleiben.

»Ich dachte, du arbeitest im Spital?« Steffi hatte die Ruhe weg. Sie zog ein Spitzenhöschen aus dem Wäschehaufen und hielt es prüfend hoch. »Hübsch, oder?«

»Lass das. Hier sind überall Kameras.«

»Komm, entspann dich.« Steffi warf das Spitzending achtlos

zurück. »Ein bisschen Nervenkitzel, ich brauch das. Mich erwischt schon keiner.«

»Kommst du öfter her? Wie lange machst du das jetzt schon?«

»Willst du den Detektiv auf mich hetzen?« Steffi lachte. »Ich bin das erste Mal hier, Lena, ich schwör's. Wollte nur einmal schauen ... Lena, was ist denn? Hey, tut mir leid.« Sie legte ihr den Arm auf die Schulter. »Ich ... es ist wie ein Spiel, weißt du. Ein Kick. Stöbern. Shoppen. Hin und wieder was mitgehen lassen.«

»Du bist noch nie erwischt worden?«

»Einmal, vor einem halben Jahr. Zu Hause. War ziemlich peinlich. Die Sache wurde aber außergerichtlich geregelt. Mein Vater hat sich darum gekümmert. Du weißt ja, er kennt Gott und die Welt. Und du? Seit wann bist du in Wien? Wo wohnst du? Du lieber Himmel, ist das schade, dass wir uns erst jetzt treffen. Es ist unglaublich öd, allein wegzugehen. Mein ganzer Freundeskreis ist ja in Salzburg. Wir hätten ...«

»Frau Lena, Sie können jetzt in die Pause gehen! Dreißig Minuten.«

Sie fuhr herum. Die Schauer! »Danke«, stammelte sie und hielt die Luft an. Jetzt! Aber ihre Chefin eilte weiter.

Steffi redete immer noch auf sie ein: »Meine Eltern haben mich zu einer Reise überredet. Ich fliege Anfang April. Ja, allein. Sag, Lena, hast du Lust auf einen Kaffee?«

»Nein, ich ... okay«, sagte Lena matt. »In zehn Minuten. Gegenüber. Ich muss mich noch umziehen.« Sie wollte nicht dabei sein, wenn man Steffi ins Büro bat und höflich ersuchte, ihre Tasche zu öffnen und die Jacke auszuziehen.

Nichts dergleichen geschah. Als sie das Café betrat, saß ihre Bekannte bereits vor einem Latte und winkte ihr fröhlich zu. »Ich hab schon bestellt. Melange, oder?« Lena nickte.

Da hatte sie zum ersten Mal von der Wohnung gehört.

35

»Die steht leer, während ich weg bin. Meine Eltern wollen bei Gelegenheit nach dem Rechten sehen. Ich muss noch aufräumen, die trifft sonst der Schlag. – Ein paar Monate, halbes Jahr ungefähr, vielleicht länger. Mal sehen. Mein Vater hofft, dass ich danach weiß, was ich will. Also beruflich. Und dass ich die Sache da«, sie klopfte auf ihre Jacke, die neben ihr auf der Sitzbank lag, »in den Griff kriege. Wenn du magst, wenn dich das Chaos nicht stört, kannst du einziehen. Ja, sicher. Das ist es!«, rief Steffi enthusiastisch. »Dann spare ich mir den Stress mit den Eltern. Ich bin mitten in den Reisevorbereitungen. Momentan sieht es aus, als hätte eine Bombe eingeschlagen. – Die Wohnung gehört mir«, nahm Steffi ihren Einwand vorweg. »Du zahlst die Betriebskosten weiter. Machst ein bisschen sauber. Räumst auf. Wenn dir irgendwas von meinen Klamotten gefällt«, sie lachte und zwinkerte Lena zu, »bedien dich. Ich mach mir nichts aus dem Zeug. Komm, Lena, komm, sag ja.«

Nach kurzem Zögern schlug sie ein.

Lena trödelte und blinzelte ins Helle. Sie hatte noch Zeit. Sollte sie gleich hingehen? Nachsehen? Sich überzeugen, dass alles in Ordnung war. Kein Mord. Kein Unfall. Keine Tote im Hof.

Ein bisschen Detektivarbeit. Vielleicht war die Tür ja diesmal offen? Sie konnte hineinschlüpfen, wenn jemand das Haus verließ. Sie wechselte die Straßenseite. Sie würde klingeln. *Ich muss etwas abgeben.* Die Postkästen kontrollieren. Ob einer überquoll. In den Hof gehen. Sich vergewissern, dass nichts geschehen war, und dann mit dem Thema abschließen. Bei Tag war alles plötzlich ganz einfach.

Sie hörte Schritte hinter sich und trat zur Seite.

»Hab ich dich!« Der Aufprall warf sie fast um. Sie schrie auf, ihre Knie gaben nach. *Ein Überfall!*

Sie klammerte sich an ihre Tasche, stolperte und versuchte sich loszureißen. Rammte ihre Ellbogen nach hinten. Trat nach dem Angreifer. Ein Aufschrei. Sie kam frei. Hörte ihn keuchen. Wirbelte herum und ging auf Abstand. Ihr Herz schlug wie wild.

Der Mann presste seine Hand gegen den Magen und atmete schwer. Er war unbewaffnet. »Entschuldigen Sie«, stammelte er und wich zurück. »Eine Verwechslung. Ich habe Sie verwechselt. Ich wollte Sie nicht – erschrecken.«

»Was willst du? Bist du verrückt?«, schrie sie ihn an. Er war kaum älter als sie. Durchschnitt, mittelgroß.

Der auf dem Dach, dachte sie plötzlich in Panik, *wie sah der aus?*

Es konnte hinkommen. Er hatte sie gefunden! *Ich muss auf mich aufmerksam machen. Schreien!* Sie blickte gehetzt um sich und brachte keinen Ton heraus. *Er wird es nicht wagen!* Sie bekam kaum noch Luft. Da waren Menschen. *Man wird mir helfen! Bestimmt.* Eine rundliche Frau auf der anderen Straßenseite blieb stehen, sah zu ihnen herüber und ging dann weiter. Ein Mann mit Kinderwagen und einem widerstrebenden Kleinkind an der Hand überholte sie. Rundherum Leute. Alles wie immer.

Nun war sie sich nicht mehr sicher: Der Radfahrer von gestern? Nein, der hier war breiter gebaut. Er trat von einem Bein aufs andere, schien unschlüssig, kam dann näher.

»Was soll das?«, pfauchte sie, immer noch aufgewühlt. »Willst du mich umbringen?«

»Nein. Wär schade um dich.« Ein impertinentes Grinsen. Sie holte aus. Der Schlag saß. Aber der Typ war hart im Nehmen: »Okay, das war jetzt der Ausgleich.« Und nach einer Pause: »Machst du Kampfsport oder so was?« Er rieb sich die Wange.

»Kann ich Ihnen helfen?« Plötzlich stand die Frau von vorhin da. Sie musterte Lenas Gegenüber besorgt und fummelte hektisch an ihrem Handy herum. Dabei behielt sie sie ängstlich im Blick.

»Sehr nett von Ihnen«, bedankte sich der Mann. »Aber – das war bloß eine Trainingseinheit. Wir üben Stunts«, er zwinkerte Lena zu, »für den Film.« Der war nicht bei Trost!

»Ach so.« Die Frau grinste unsicher, lächelte ihn dann an und steckte ihr Handy weg. Gleich würde sie ihn nach einem Autogramm fragen.

»Ich weiß – schaut verdammt echt aus. Jedenfalls cool, dass Sie eingreifen. Das trauen sich die wenigsten.«

Jetzt strahlte sie.

Lena drehte sich um und ging.

Sofort war er wieder neben ihr. »Du kannst nicht einfach so weggehen.«

»Und ob ich kann. Hau ab.« Sie wurde schneller.

Er blieb an ihrer Seite. »Ich hab dich vor einer Anzeige bewahrt. Körperverletzung. Die Frau war wild entschlossen ...« Er wies auf seine Wange. Der Abdruck ihrer Hand war noch gut zu sehen.

»Und der Überfall?« Lena blieb abrupt stehen. »Wie willst du das erklären, hm?«

»Herr Inspektor, sie hat mir gefallen ...« Ein breites Grinsen.

»Idiot!«

»Ich heiße Georg.« Er hielt ihr die Hand hin.

Sie verschränkte die Arme vor der Brust.

»Was willst du: Soll ich auf die Knie fallen und um Vergebung bitten? Ich mach's.« Er legte die Hand aufs Herz.

Nur das nicht! Der war dazu imstande. »Lena«, sagte sie widerstrebend.

»Lena, du bist nachtragend.«

»Nicht nur Stuntman. Sondern auch noch Psychologe. Respekt.«

»Ich arbeite in einer Bank. Ist nicht besonders aufregend. Ich wohne da vorne. Ich kann dir gern Führerschein, Meldezettel und Gehaltsnachweis vorlegen.«

»Führerschein genügt fürs Erste.«

Ohne mit der Wimper zu zucken, griff er nach seiner Brieftasche und hielt ihr das Dokument hin. Georg Neudeck, zwei Jahre älter als sie, hatte den Schein wie sie mit achtzehn gemacht.

»Hast du ein Motorrad?«

»Willst du einmal mitfahren?«

»Sicher nicht!«, pfauchte sie. Sie drehte sich um und trabte los.

Die nächsten Tage verliefen eintönig. Lenas Gedanken kreisten um das Haus, die drei auf dem Dach. Sie putzte die Fenster, kaufte Kleiderbügel und brachte Ordnung in Steffis begehbaren Schrank. Immer wieder fand sie Wäsche, an der noch das Preisschild hing, ungetragene Pullover und Modeschmuck, Sonnenbrillen und zahllose Lippenstifte, die sie nach Farben ordnete. Sie las aufmerksam die Zeitungen. Fand keinen Hinweis und kam dennoch nicht zur Ruhe. Sie stand gegen sieben auf, fütterte auf dem Weg zur Arbeit den phlegmatischen Kater der Schorns, wässerte gewissenhaft die großen Grünpflanzen im Haus und auf der Terrasse, immer in Sorge, eine zu übersehen, und fuhr am Abend in die andere, etwas weiter entfernte Wohnung. Hier waren drei Katzen zu versorgen. Sobald sie die Tür aufschloss, drängten sie sich an sie, strichen um ihre Beine und sprangen jammernd an ihr hoch. Nur mit Mühe gelang es ihr, die frisch gefüllten Schüsseln unfallfrei zum Futterplatz zu bringen. Während die Tiere mit vorgereckten Hälsen hastig schlangen, ging Lena durch die Räume der abgelebten Altbauwohnung und entfernte mit angehaltenem Atem ihre Hinterlassenschaften.

Auf dem Rückweg spähte sie zum Haus hinüber und versuchte es noch einmal. Die Eingangstüre war verschlossen. Sie wartete eine Weile. Keiner verließ das Gebäude, niemand kam.

Gegen halb neun war sie wieder zu Hause. Reinigte das verstopfte Waschbecken im Bad. Stand in der Küche und studierte die Kochanleitung eines Nudelgerichts auf der Rückseite der Packung. Sie aß lustlos vor dem Fernseher und spülte das Geschirr. Der Abend zog sich. Sie schaute lange aus dem Fenster. Zerteilte und aß einen Apfel. Klappte ihr Notebook auf und wenig später wieder zu. Legte sich aufs Sofa und starrte an die Decke. Hörte Musik. Sprang auf und ging ins Badezimmer. Überlegte, noch einmal aufzubrechen. Tanzen zu gehen. Oder ins Kino. Sie trödelte. Verlor sich dann im Internet und kroch lange nach Mitternacht völlig verspannt ins Bett.

Am zweiten Tag färbte sie sich die Haare. Tiefschwarz. Sie sah blass und fremd aus. Lustlos blätterte sie in einem der Modemagazine aus dem ordentlichen Stapel neben dem Sofa. Einem zweiten. Legte sie genervt beiseite. Ging ins Bad, wählte aus Steffis Lippenstiftsammlung mehrere aus und schnupperte daran. Sie trat ganz nahe zum Spiegel und malte sich den Mund rot. Es sah aus wie eine Wunde. Energisch wischte sie die Farbe wieder ab. Sie legte einen blassroten Stift auf die Ablage und die anderen zurück in die Lade. Dann schnitt sie sich Stirnfransen und besserte nach, bis sie schließlich zufrieden war.

Der Sonntag begann grau und verregnet. Sie erwachte früh und konnte nicht mehr einschlafen. Sie kochte Kaffee. Starrte hinaus in das Grau, schnitt sich ein Stück Brot ab und legte es wieder hin. Betrachtete sich lange im Spiegel, strich sich die noch ungewohnten Fransen aus der Stirn, verzog das Gesicht, nahm seitlich die Haare hoch und ließ sie wieder los. Gut, befand sie und stieg in die Dusche. Eine halbe Stunde später zog sie die Wohnungstür hinter sich zu. Sie musste raus! Spazieren gehen. Ins Kino, was auch immer. *Dieses Herumlungern in der Wohnung macht mich noch verrückt.*

Auf dem Fußabstreifer lag Werbematerial. Sie bückte sich danach. Unglaublich, wie oft jemand Prospekte, Zeitungen, irgendwelches Zeug in die Tür steckte oder davor ablegte. Eine Einladung für Einbrecher. Man sah sofort, schon nach wenigen Tagen: Hier war niemand zu Hause. Sie stutzte. Sie konnte nachsehen, ob das in einer der Dachgeschosswohnungen gegenüber der Fall war. Irgendwo klingeln. In den fünften Stock fahren. Feststellen, dass sie sich geirrt hatte. Niemand gefallen war. Niemand ermordet.

Sie ging zum Lift und drückte den Knopf.

Die Tür zur Nachbarwohnung öffnete sich einen Spalt. »Waren Sie zufrieden?« Eine Frauenstimme mit leichtem Akzent.

»Ja, Sie machen das perfekt. Moment – vergessen Sie das Geld nicht.« Ein Mann. »Iveta?«

»Ja?«

Der Lift kam. Lena blockierte die Tür und wartete.

»Mein Angebot steht. Wenn Sie für mich arbeiten wollen …«

»Danke. Ich überlege es mir.« Die Frau schien es eilig zu haben. »Bis nächste Woche dann.«

»Überlegen Sie nicht zu lange.«

Leichte schnelle Schritte. Die Tür flog auf. Lena sah einen Mann in Shorts, um die vierzig mit rasierter Glatze und reichlich Muskeln. Er nickte ihr zu und musterte sie.

Sie grüßte ihn, ohne eine Miene zu verziehen, trat zur Seite und lächelte die Frau an. Sie war schön. Ein ebenmäßiges Gesicht mit hohen Wangenknochen. Mittelscheitel, die glatten blonden Haare nachlässig hochgesteckt.

Die Frau hielt den Blick gesenkt, während der Lift nach unten summte und schließlich mit einem Ruck stehen blieb. Sie wühlte in ihrer Tasche, zog ein Tuch hervor. Einen roten Schirm. Ihre Blicke trafen sich. Große blaue Augen. Ein scheues Lächeln. »Auf Wiedersehen.«

»Auf Wiedersehen.« *Scheißkerl*, dachte Lena und zog energisch den Zipp ihrer Regenjacke hoch.

Drei Tage später sah sie die Frau in der Fußgängerzone wieder. Sie schlüpfte direkt vor ihr aus dem Seiteneingang eines Nachtlokals, versperrte die Tür und hastete, ohne nach links oder rechts zu blicken, die Straße entlang. Ihre Schuhe klackten auf dem Asphalt. Sie hatte die Haare mit einer Spange hochgesteckt. Eine Strähne wippte bei jedem Schritt. Sie trug Jeans und eine große graue Tasche über der Schulter. Lena sah ihr nach, bis sie im Gewühl der angrenzenden Einkaufsstraße verschwand.

‖

Er hatte ihr versprochen, sich darum zu kümmern. Die Tote wegzuschaffen. Er dachte gar nicht daran, aber sie hatte ihm wie immer geglaubt.

Es besteht keine Gefahr, dass jemand die Leiche findet, überlegte er. Kein Schwein zwängt sich ohne Grund durch das schmale Klofenster, um den Lichthof zu inspizieren. Wer da zu liegen kommt, bleibt liegen. Er würde also den Teufel tun.

»Ruf mich nicht an. Das ist riskant. Ich sag dir Bescheid, wenn alles erledigt ist.«

Sie dreht ihren Ring am Finger. Nickt. Er kann ihren Blick nicht deuten. »Wo bringst du sie hin?«

»In den Wald. Ich …«

Sie unterbricht ihn sofort. »Du darfst sie nicht einfach ablegen. Die Tiere …« Sie zögert. »Ein Grab«, stammelt sie. »Du wirst sie doch begraben?«

»Jaaa.«

»Versprich es mir.« Sie packt seine Hände. »Versprich …!«

Er hätte es wissen müssen: Seit dieser Sache klebt sie an ihm. Ständige Anrufe, der Wunsch, ihn zu treffen. Zu reden. Er wird sie nicht mehr los. Immerhin: Die Medikamente machen sie ruhiger. Sie wirkt fahrig, aber weniger hysterisch als zuletzt.

»Vielleicht solltest du ein paar Tage wegfahren«, schlägt er vor. »Bis alles vorbei ist. Nimm dir Urlaub.«

»Und du?«

»Was meinst du?« Manchmal versteht er sie nicht.

»Warum machst du das alles?«

Ich werde verdammt viel Geld haben, wenn ich den Schein einlöse, denkt er. »Ich will nicht, dass du in Haft kommst. Dass dein Leben vorbei ist«, sagt er sanft. Er kann ihre Angst an- und ausknipsen. Mit zwei, drei Worten. Ihre Schuldgefühle und ihre Dankbarkeit. Es beginnt ihn zu langweilen. »Griechenland«, sagt er müde. »Irgendeine kleine Insel. Du kannst spazieren gehen, fotografieren, malen. In der Sonne liegen. Du kommst auf andere Gedanken. Und wenn du zurück bist, ist alles geregelt.«

Sie zögert. »Ich kann doch nicht wegfahren, während du ... ich kann dich doch jetzt nicht allein lassen.«

Er hätte sie vom Dach stoßen sollen! Dem ersten Impuls folgen. »Genug! Es ist genug, hörst du! Es reicht!« Er fängt an zu schreien. Packt sie an den Oberarmen, schüttelt sie und brüllt, bis er heiser ist und sie heult.

»Entschuldige bitte«, schluchzt sie, »entschuldige.«

Er stößt sie weg. Sie taumelt, knallt gegen ihren Bücherschrank, verzieht das Gesicht und reibt sich die linke Schulter. Recht geschieht es ihr, denkt er. Sie rutscht langsam nach unten und kommt auf dem Boden zu sitzen. Er blickt auf ihren Scheitel, die nackten, nach außen gedrehten Beine. Sie hat die Arme vor der Brust gekreuzt und wiegt sich ganz leicht vor und zurück.

»Ich hab auch nur Nerven. Du provozierst mich. Machst du das absichtlich? Was? Was sagst du?« Er zerrt an ihrem Arm und stößt sie dann von sich.

Sie reißt die Augen auf. »Ich wollte ...«, piepst sie.

»Du wolltest was?« Er wird lauter. »Es ist schwer genug. –

Kathrin ...« Er fährt sich mit der Hand übers Gesicht und verharrt eine Weile so. Kathrin ist nur noch ein Name.

Sie zittert. Will etwas sagen, schüttelt dann den Kopf. Mit ihrer langen hellen Mähne wirkt sie zerbrechlich und trotz der geröteten Augen schön. Sie neigt den Kopf. Dichte Wimpern. Alabasterhaut. Er greift ihr ins Haar. Zwingt sie, ihn anzusehen. Löst den Gürtel.

»Nicht«, flüstert sie. »Nicht.« Er lächelt. Er knöpft ihr die Bluse auf, streicht mit den Fingerspitzen ganz leicht über ihren Brustansatz, zieht sie näher zu sich heran. Sie wehrt sich ein bisschen.

Eine halbe Stunde später verlässt er die Wohnung.

||

Über Nacht war es Sommer geworden. Lena lag auf einer bunt gestreiften Decke in der Wiese. Flugzeuge tauchten durch bauschige Wolken und hinterließen eine sich kräuselnde, langsam zerfließende Spur im kitschigen Blau. Der Wind strich durch die Baumkronen und über ihre nackten Arme. In einiger Entfernung saßen Großfamilien beim Picknick, spielten Kinder Fangen, schmiegten sich Paare aneinander. Sie hatte den Park durch Zufall entdeckt: einen englischen Landschaftsgarten mit Bäumen, Teichen und exotischen Pflanzen. Unweit der Liegewiese gab es einen Kleinkinderspielplatz, einen Kiosk und einen Streichelzoo. Auf dem Fußballplatz tobten ein paar Halbwüchsige. Bälle prallten auf den harten Boden und gegen die Gitter des Käfigs. Sie schloss die Augen. Lachen, Schreien und Quietschen vom Spielplatz. Es roch nach Gras, nach Sonnenöl und Sonntagsbraten. Nach Staub und süßem Klee. Bienen summten.

Erinnerungen an die Kindersommer im Freibad wurden wach. Fast vermeinte sie, das stark gechlorte Wasser zu riechen.

Pommes frites. Wassereis mit Himbeergeschmack. Sie wartete auf das schrille Pfeifen des Bademeisters, mit dem er die Rabauken zur Raison brachte, die sie heimlich bewundert hatte, weil sie alles probierten, was verboten war. Sie war hingerissen von den Wasserspringern. Einmal, als sie schon leidlich schwimmen konnte, war sie auf den Turm geklettert, rasch, ohne ihrem Vater etwas zu sagen, ohne nachzudenken, ohne hinunterzusehen, und gesprungen – um sich zu beweisen, dass sie es auch konnte. Um es hinter sich zu haben. Der Aufprall nahm ihr die Luft. Sie ging unter wie ein Stein, schluckte Wasser, hustete, geriet in Panik. Riss die Augen auf. Sie sah strampelnde Beine, Badehosen, bekam einen Tritt gegen die Hüfte, einen Stoß gegen die linke Schulter, trudelte, tauchte auf – und schnappte nach Luft. Sie würgte, keuchte. Ihr Hals brannte. Rotz lief ihr aus der Nase, die Ohren dröhnten. Dann setzten die Freibadgeräusche wieder ein. Langsam schwamm sie zum Beckenrand und klammerte sich daran fest, bis das Zittern nachließ und ihr Herzschlag sich beruhigt hatte. Als sie den Freischwimmerschein machen sollte, verfiel sie in Panik und sperrte sich in der Umkleidekabine ein. Sie schämte sich ihrer Angst, aber sie gab nicht nach. Schließlich nahm der Vater sie aus dem Kurs. Es dauerte lange, bis sie wieder ins Wasser ging. Sie blieb eine Sonntagsschwimmerin.

Sie drehte sich auf den Bauch und streckte sich. Die Sonne machte sie müde. Sie hörte Krähen zetern. Das schnarrende Zirpen einer einsamen Grille. Kinderlachen aus großer Entfernung. Langsam verschwamm die Geräuschkulisse. Sie dämmerte ein.

Ein harter Schlag gegen den Kopf, ein dumpfer Schmerz. Benommen rappelte sie sich auf und tastete mit der Hand ihren Hinterkopf ab. Mit dem Blick die Umgebung. Um sie herum immer noch Sommeridylle. Spielende Kinder, zwei junge Familien beim Picknick. Staubwolken und halbnackte Spieler im Fußballkäfig. Vor ihr im Gras lag eine Frisbeescheibe.

Ein Mann rannte auf sie zu. »Entschuldige bitte, ich war zu langsam. Er wirft ziemlich hart. Hast du dir wehgetan?« Er ging in die Knie. »Lass sehen.« Schräggestellte grüne Augen, ein besorgter Blick.

Sie zuckte zurück. »Nein, schon okay«, wehrte sie ab. »Tut nicht weh. Kein Problem. Ich bin bloß erschrocken. – Muss wohl eingeschlafen sein«, ergänzte sie nach einer Pause.

»Tut mir leid.« Er angelte nach der Scheibe und hockte sich neben sie ins Gras. Er war groß und schlaksig. Trotz der Hitze trug er eine Mütze und ein Langarm-Shirt. Er zögerte. »Magst du mitspielen? Wir ... entschuldige, ich bin ...«

»Max – Vorsicht! Abstand! Die ist gefährlich!«

Beide fuhren herum. Lena hielt die Luft an. Das war doch der Kerl von letztens! Der sie auf der Straße überfallen hatte. Gregor oder so.

Mit einem breiten Grinsen kam er auf sie zu. »Ich hätte dich fast nicht wiedererkannt. Was hast du mit deinen Haaren gemacht?«

»Ihr kennt einander?« Max sah vom einen zur anderen und runzelte die Stirn.

»Wonach sieht es aus?« Sie verschränkte die Arme vor der Brust.

»Kratzbürste!« Der Kerl lächelte vergnügt, beugte sich vor, streckte ihr die Hand hin und sagte betont deutlich: »Hallo, Georg. Schön, dich wiederzusehen. – Ist doch nicht so schwer, oder?«

»Hast du es irgendwie auf mich abgesehen oder was?« Blitzschnell war sie auf den Beinen.

»Wenn du so fragst ...« Sein Lächeln wurde breiter.

Unfassbar. Was bildet der sich ein! »Dein Freund ist ein Psycho«, informierte sie Max. »Der überfällt Frauen auf der Straße und findet das lustig.« Sie wirbelte herum. »Kannst du dich nicht wie ein normaler Mensch benehmen, hä? Was passiert als

46

Nächstes? Fährst du mich über den Haufen? Stellst du Fallen auf?«

»Womit wärst du denn zu ködern?« Der Typ machte sich über sie lustig!

Der andere, Max, schien etwas sagen zu wollen, überlegte es sich anders, griff sich die Scheibe und trabte los. *Der ist in Ordnung,* dachte sie. Ruhig, aufmerksam, unaufdringlich. Kein überflüssiges Wort, kein Posen. Was der an so einem fand?

Georg musterte sie. Er stand neben ihr, die Hände in den Hosentaschen. »Immer noch sauer? Ich …« Er lächelte. Schien sich über sie zu amüsieren. *Arrogant,* dachte Lena. *Einer von den ganz Coolen, der sich sicher ist, immer zu gewinnen.* Früher wäre sie unter seinem Blick errötet. Wut fühlte sich deutlich besser an.

Sein Handy läutete. Er seufzte genervt und drückte das Gespräch weg.

»Fang.« Max. Sie wirbelte herum und packte reflexartig zu. Schleuderte die Scheibe zurück. Max sprintete los und schaffte es knapp. Visierte Georg an. Der warf zu ihr. Schon waren sie mitten im Spiel. Eine Drehung aus dem Handgelenk. Loslassen. Das Frisbee segelte über das Gras und beschrieb einen Bogen, bis einer von ihnen es schnappte und zurückschoss. Ihr Spiel wurde härter, schneller. Sie rannte, hechtete nach links, nach rechts, streckte sich und sprang wieder auf die Beine. Sie keuchte und strahlte. Jagte die Jungs über die Wiese und wurde selber gejagt. Schwitzte, lachte. Es roch betäubend nach frischem Gras.

Max suchte ihren Blick, bevor er warf. Der andere forderte sie. Er täuschte einen gezielten Wurf an, pfefferte dann die Scheibe ungefähr in ihre Richtung. Er weckte ihren Ehrgeiz. Sie radierte über das Gras, knallte der Länge nach hin und hielt triumphierend das Frisbee hoch. Sie revanchierte sich mit harten Würfen und sah lachend zu, wie er verbissen kämpfte.

Irgendwann ließ Max sich bäuchlings ins Gras fallen. Sie setzte sich neben ihn. Ihr Gesicht glühte.

»Muss was trinken. Magst du auch?« Er griff in seinen Rucksack und hielt ihr eine große grüne Glasflasche hin. Erst jetzt merkte sie, wie durstig sie war. Sie trank, setzte ab und suchte in ihrem Rucksack nach den Taschentüchern.

Er sah sie unentwegt an. Seine Augen leuchteten. »Nicht nötig, gib her.« Er lachte. »Du bist ja nicht giftig.« Er setzte die Flasche an und trank mit geschlossenen Augen. Das Wasser lief sein Kinn, den Hals entlang und färbte sein rotes T-Shirt dunkel.

Sie tauschten ihre Handynummern aus. Verabschiedeten sich, als die Baumschatten länger wurden und der Lärm vom Kinderspielplatz verstummte. Auf dem Weg zur Straßenbahn summte sie vor sich hin. Winkte den beiden, als sie auf ihren Motorrädern an ihr vorüberbrausten. Mücken tanzten in der Abendsonne. Seit langem fühlte sie sich zum ersten Mal wieder leicht und glücklich. Spaziergänger, die ihr entgegenkamen, lächelten sie an.

Lena erwachte vergnügt und eine halbe Stunde früher als gewöhnlich. Sie frühstückte in dem kleinen Café in der Nähe und blätterte rasch die Zeitungen durch. *Nichts,* dachte sie erleichtert. Es war wie ein Mantra: *Wenn etwas passiert wäre, hätte man sie schon gefunden. Da war nichts!*

Trotzdem: Sie musste endlich in dieses verdammte Haus! Nachsehen. Dann konnte sie damit aufhören. Abschließen. Sie würde es morgen wieder versuchen. *Irgendwann, zum Teufel, muss es ja klappen.* Sie legte die Zeitungen beiseite und schaute auf ihr Handy: Keine Nachricht.

Sie lächelte. *Er schläft sicher noch.* Heute, irgendwann im Laufe des Tages, oder morgen würden sie telefonieren, einander wiedersehen. Wie er sie angesehen hatte: ruhig und konzentriert, als müsste er sich ihr Gesicht für immer einprägen … Er war anders als die meisten, die sie kannte. *Ernster*, dachte sie, *erwachsener. Jemand, auf den man sich verlassen kann.*

Sie zahlte und drängte sich in letzter Minute in die gerammelt volle Straßenbahn. Die Leute stiegen einander auf die Zehen, Schulkinder lärmten, ein Baby plärrte durchdringend. Jemand rammte ihr einen Rucksack ins Kreuz. Der Mann vor ihr schrie in sein Handy. Er stank aus dem Mund.

Sie floh bei nächster Gelegenheit und ging das letzte Stück zu Fuß. Ein strahlend schöner Morgen. Radfahrer, Kindergartenknirpse, entspannte junge Väter, die keine Eile hatten. Die Läden, die Cafés öffneten gerade erst. Das hier war eine andere Welt.

Die Tür zum Geschäft stand bereits offen. Ihr Chef lehnte am Verkaufspult und blätterte in einem dicken Katalog.

»Guten Morgen.«

»Hallo, Lena. Schönes Wochenende gehabt?«

»Ja.« Man sah es ihr an! Ihr wurde heiß unter seinem prüfenden Blick. Sie verstaute ihre Jacke, fuhr sich durch die Haare und sah sich um. Neben dem Eingang standen einige Kartons. »Neue Lieferung?«

Er nickte gleichgültig.

Okay, das ist also mein Job. Sie bückte sich nach einem der Pakete und trug es in den Nebenraum. Wo war das Stanleymesser? Sie schaute sich suchend um.

Wolfgang stand plötzlich hinter ihr. »Lass, Lena, ich mach das schon. Schau, ich muss dir etwas zeigen.« Er schob das Paket zur Seite und legte eine Architekturzeitschrift vor sie hin. Er deutete mit dem Finger auf eine ausladende Sitzlandschaft, die sündhaft teuer aussah. »Wie gefällt dir die?«

Sie war irritiert. *Wieso …?*

»Du hast einen guten Geschmack«, nahm er ihre Frage vorweg.

»Elegant«, befand sie. »Die braucht aber einen großen, fast leeren Raum, etwas wie ein Atelier oder …«

»Du hast recht. Ist was für Großverdiener.«

»Oder Erben.«

»Genau.« Er lachte und klappte den Katalog zu. »Sag, wie lebst *du* eigentlich?«

»In der Wohnung einer Bekannten. Im Dachgeschoss. Ein Traum. Ich kann dort aber nicht bleiben. Spätestens im Herbst braucht sie sie selber wieder.« Sie nagte an ihrer Unterlippe. »Bis dahin muss ich etwas gefunden haben. Klein und billig, mehr ist nicht drin. Ich muss wohl wieder nach unten ins Parterre.« Sie wollte gar nicht daran denken. Graue Wände und Straßenlärm vor den Fenstern. Laute Nachbarn. Wenig Licht.

»Kennst du niemanden, der …«

»Nein«, sagte sie kläglich.

»Ich kann mich umhören«, bot er an. »Vielleicht gibt's ja eine andere Möglichkeit.«

»Ja, vielleicht«, sagte sie ohne rechte Überzeugung. »Danke.« Er wusste doch, wie wenig Geld sie zur Verfügung hatte! »Mit einem Vollzeitjob wäre es deutlich einfacher«, sagte sie forsch und warf ihm einen raschen Blick zu. *War das nicht zu direkt? Zu frech?*

»Schauen wir einmal.«

Was sollte das heißen? Hatte er vor, ihr einen Ganztagsjob anzubieten? Unwahrscheinlich. Der Laden warf kaum Gewinn ab. Sie musste so rasch wie möglich mit der Wohnungssuche beginnen. Mehr arbeiten, vielleicht wieder putzen gehen. Sie seufzte. Ihr war zum Heulen.

»Hey, was ist los? Was hast du?«

Sie wandte sich ab. »Ich hab mich verzettelt, lebe, als hätte ich alle Zeit der Welt«, murmelte sie. »Ich muss schleunigst anfangen zu suchen.«

»Es wird sich schon etwas ergeben«, beruhigte er sie.

Aber so funktionierte die Welt nun einmal nicht. Abwarten führte zu gar nichts. Alles blieb in der Schwebe. Sie musste endlich etwas tun.

Diesmal stand die Haustüre offen. Lenas Herz schlug schneller.

Auf Zehenspitzen huschte sie über den frisch gewischten Boden. Die Abdrücke ihrer Schuhkuppen waren deutlich zu sehen. Ein älterer Mann in Arbeitskleidung stand bei den Briefkästen. Sie grüßte und setzte einen schuldbewussten Blick auf.

»Macht nichts«, sagte er und lachte. »Ist schon fast trocken.« Während sie auf den Lift wartete, packte er seine Putzutensilien zusammen und zündete sich eine Zigarette an. »Wiedersehen!« Die Haustür fiel ins Schloss.

Lena sah sich um. Rechts vom Lift, drei Stufen tiefer, lag der Zugang zum Hof. Sie öffnete die Tür und stand in einem mit grauen Steinen gepflasterten, aufgeräumten Geviert, das an zwei Seiten vom Haus umarmt wurde. Drei Bäume warfen dichte Schatten. Links schloss das Nachbarhaus an. Auf der Feuermauer gegenüber der Tür rankte Efeu. Davor standen, ordentlich aufgereiht, Müllcontainer und Sammelbehälter für Altpapier. Jemand hatte ein paar staubige Pflanzen abgestellt. Daneben lagen zwei Säcke mit Blumenerde, verkrustete Tontöpfe und eine grobe Bürste. Ein grüner Gartenschlauch schlängelte sich über das Pflaster. Weit und breit keine Leiche. Keine Spuren. Kein Hinweis darauf, dass hier jemand zu Tode gekommen wäre.

Wieder war sie Opfer ihrer blühenden Phantasie geworden. Hatte sich tagelang umsonst gefürchtet. Während andere der Sache sofort auf den Grund gingen, spann sie ihre Geschichten um etwas, das ihr aufgefallen war, Begegnungen, Kleinigkeiten – bis sie sich schließlich selber davor zu gruseln begann.

Sie trat ein paar Schritte zurück und betrachtete die Hinterhoffassaden. Hier war erst vor kurzem renoviert worden, die Gangfenster neu. Der Großteil der Wohnungen musste zur Straße hin liegen. Im letzten Stock gab es zwei Terrassen.

Nun, wo sie schon da war, konnte sie sich das Haus auch gleich genauer ansehen. *Die Bilder wieder bannen*, dachte sie. Der Lift brachte sie ins Dachgeschoss. Weiße Türen ohne Namensschilder, kein Werbematerial. Lena atmete auf. Ein Hightech-Fahrrad war ans Geländer gekettet. Im vierten Stock roch es ein wenig nach Rauch. Auch hier wohnte man anonym. Vier teure, ein billiger Fußabstreifer im dritten Stock. Im zweiten lagen graue Standardmodelle. Sie trat näher heran, las zwei russisch klingende Namen und sprang erschrocken zurück, als jemand durch den Spion schaute. Sie tat, als suche sie in ihrer Tasche nach der Adresse und kam sich dumm dabei vor. Sie spürte den Blick bis in die Haarwurzeln, ihr wurde heiß. Sie floh in den ersten Stock. Über ihr öffnete sich eine Tür. Husten. Sie erwartete einen Zuruf, eine Frage. Aber es blieb still. Sie begnügte sich mit einem raschen Rundumblick, lief ins Parterre und verließ das Haus.

Als Detektivin, Lena, murmelte sie, bist du völlig ungeeignet.

‖

Champagner. Er hatte den teuersten genommen, den er fand. Eigentlich machte er sich nicht viel aus dem Zeug, aber dieser Abend war eine Zäsur. Alles lief gut. Nach Plan. Morgen begann sein neues Leben.

Warten war nicht seine Stärke, aber diesmal hatte er sich Zeit gelassen. Was waren schon ein paar Tage mehr oder weniger? Ab jetzt konnte er alles haben. Es war eine große Summe. Zwei Stunden hatte er damit zugebracht, sich im Internet Luxuswohnungen anzusehen. Seine war so weit in Ordnung, viel zu teuer natürlich, aber irgendwie hatte er es immer geschafft. Mit einem starken Willen klappte alles. Geld spielte ab jetzt keine Rolle mehr. Er konnte sich kaufen, wonach immer ihm war.

Es blieb seltsam abstrakt. Jetzt, wo er kurz davor war, in Geld zu schwimmen, gab es nichts, das er unbedingt haben musste. Kein großer Wunsch, der der Erfüllung harrte. Nein, halt: Reich sein, richtig reich – das war es! In den Tag hinein leben. Tun und lassen, worauf er Lust hatte. Es den Snobs zeigen. Er stellte sein Glas ab und holte den Kalender. Die Einträge in ihrer ordentlichen, ein wenig bauchigen Kleinmädchenschrift endeten am 15. April. Die restlichen Kalenderblätter waren leer und würden es bleiben.

Da war der Schein! Drei Quicktipps. Joker. Und: Volltreffer. Kathrin hatte ihn aufgeregt angerufen: »Ich hab den Doppeljackpot geknackt, stell dir vor! Was wünschst du dir? Wir müssen feiern! Gleich. Komm rüber.« Dumm und zutraulich wie ein Stubenküken. Ihr erster Fehler …

‖

Lena sah auf die Uhr: kurz vor acht. Das Flugzeug musste bereits gelandet sein. Sie würde dem Mann die Schlüssel zurückgeben und den Rest kassieren. Leicht verdientes Geld, wenn man sich nicht ekelte und mit Katzen gut auskam. Er hatte es eilig gehabt und ihr, während unten bereits das Taxi wartete, noch einmal umständlich erklärt, welche Räume er versperrt und welche sie zu kontrollieren hatte. »Sie protestieren gegen meine Abwesenheit, indem sie da und dort Häufchen hinterlassen. Die dürfen natürlich nicht liegen bleiben.«

Er hatte tatsächlich »Häufchen« gesagt! Die penibel geschriebenen Listen in der Küche, wo er die Katzenfutterdosen aufbewahrte, hatte sie erst später entdeckt: Den Fütterungs- und Tränkplan. Anweisungen zur Katzenklohygiene. Die Lüftungsvorgaben und in welchen Raum die Katzen zwischenzeitlich zu

»verbringen« waren, um ein Entwischen zu verhindern. »Man muss sie auch kraulen«, hatte er erklärt. »Eine halbe Stunde genügt im Allgemeinen.«

Wie lebte so jemand? Wie verbrachte er seine Tage? Lena stellte sich einen Beamten vor, der seine Kollegen durch seine Pingeligkeit regelmäßig in den Wahnsinn trieb. Sie sah ihn in einem übertrieben ordentlichen, leicht angestaubten Einzelbüro allein seine Jause einnehmen. Seinem Chef beflissen die geforderten Unterlagen reichen. Eine Partei, wie die Kunden einer Behörde hier genannt wurden, durch eine eigenwillige Mischung aus Rechthaberei und Unterwürfigkeit dazu bringen, je nach Temperament erschöpft aufzugeben oder türenknallend davonzurauschen und beim nächsten Mal den Anwalt vorzuschicken. Würde er ihr auf der Straße auffallen? Wahrscheinlich nicht. Viele sahen so aus: durchschnittlich, unauffällig, beige. Sie schlüpften in Hauseingänge und verschwanden in Wohnungen, die ihnen glichen.

Auf der Suche nach einem Dosenöffner hatte sie in der Küche ein paar Laden geöffnet. Ein bisschen Besteck, Teller, Gläser, zwei Töpfe. Futterschüsseln. Und Unmengen von Instantsuppen in Plastikboxen, nach Geschmacksrichtung sortiert. Sie war sich sicher, dass er ihr Fallen gestellt hatte, Haare oder Fäden in Schranktüren und Laden geklemmt, um zu sehen, ob sie sie öffnete, an seine Sachen ging. Viele ihrer Kunden waren Kontrollfreaks. Eine Dame, die sich nur schwer von ihrer fetten Katze hatte trennen können, ließ vor ihrer Abreise in die Kuranstalt die Wohnung verstauben, um sie anhand von Fingerabdrücken eines »Übergriffs«, wie sie das nannte, zu überführen. Eine andere stand die ganze Zeit wie eine Aufseherin neben ihr, während Lena wie verlangt mit der Zahnbürste die Ecken der Badezimmerschränke schrubbte, und herrschte sie schließlich an: »Sie sind Ihr Geld nicht wert.«

Sie zog den schweren Vorhang ein Stück zur Seite. Ein

breiter Sonnenstreifen fiel auf das fleckige Eichenparkett. Sie hatte große Lust, an den räudigen Lappen zu ziehen, bis sie nachgaben und zu Boden gingen, die Fenster sperrangelweit aufzureißen. Durchzulüften und … *Man müsste den Boden abschleifen und ölen, die Wände neu tapezieren. Eine ganz helle Tapete,* dachte sie. Fenster und Türen in mattem Elfenbein. Weiß war zu hart. Sie sah sich durch die schimmernden, leeren Räume gehen und staunen. Nach und nach würden sie sich mit Möbeln füllen. Mit Bildern in kräftigen Farben. Sie hatte Zeit. Man musste die Dinge zusammenfügen, eins nach dem anderen. Stoffe aussuchen, Lampen. Auf Flohmärkten stöbern …

Vergiss es! Sie seufzte. *Eine Wohnung wie die hier wirst du dir nie leisten können.* Und der steife, farblose Mann, der hier lebte, hatte keinen Blick für das Besondere. Die Tapeten waren vergilbt und zerkratzt. Auf den schönen, aber abgewohnten Möbeln lag Staub, an manchen Stellen verwischt, als hätte jemand ein Tuch darübergezogen und gleich darauf die Lust zu putzen verloren. Wasserränder von achtlos abgestellten Gläsern. Aufgequollene gewellte Oberflächen. Daneben Pfotenabdrücke. Die Katzen lagen satt und zufrieden auf dem haarigen Sofa und putzten sich. Sie setzte sich auf den Boden und sah ihnen zu, wie ihre kleinen rauen rosigen Zungen über das Fell fuhren. Und über die samtigen Pfoten. Wenn sie erst ihre eigene Wohnung hatte … *Träume, nichts als Träume. Ich hantle mich von einem Provisorium zum nächsten.* Seit Jahren ging das nun schon so. *Ich habe den Absprung verpasst.* Sie seufzte und erhob sich.

Und Max. Kein Anruf. Keine Nachricht. Kein Lebenszeichen. Sollte sie den ersten Schritt tun, ihn anrufen? Oder …

Sie fuhr herum. Jemand hantierte am Türschloss. Rasch durchquerte sie das Wohnzimmer, den Vorraum und schaute durch den Spion. Der Wohnungsinhaber war in Begleitung.

Die üppige ältere Dame drängte ihn zur Seite und hielt sich nicht lange mit Freundlichkeiten auf: »Ich hoffe, Sie haben hier nicht herumgestöbert.«

»Mama, bitte!« Der Mann schien peinlich berührt. »Sie meint es nicht so«, flüsterte er nach einem raschen Blick auf seine Mutter, die vergeblich an einem großen Koffer zerrte.

Lena zuckte die Achseln. Aus den Augenwinkeln sah sie, wie der Kater einen Fluchtversuch vorbereitete, und bückte sich, um ihn abzufangen. Sie nahm ihn hoch und hatte alle Hände voll zu tun, um ihn zu bändigen. Er verpasste ihr einen tiefen Kratzer unter dem Schlüsselbein, der sofort höllisch brannte. Mit dem Ellbogen öffnete sie die Tür zur Küche und setzte das pfauchende Tier ab.

»Auf die paar Meter ist es ihm angekommen«, ließ sich die Frau aus dem Stiegenhaus vernehmen. »Kaum haben sie ihr Trinkgeld, sind sie weg.« Sie schnaufte und stemmte sich die Hände ins Kreuz. »Egmont!«

»Warte, Mama …« Er eilte zu ihr und schaffte es, das Ungetüm von Koffer über die Schwelle zu wuchten. Sie folgte in einer kleinen Wolke aus Schweiß und Parfum, in der Hand eine altmodische karierte bauchige Reisetasche, und zog die Wohnungstüre hinter sich zu.

»Und das Fräulein?« Sie setzte die Tasche vor Lena auf den Boden und wies Richtung Bad. »Muss man euch alles anschaffen? Bringen Sie das ins Badezimmer«, befahl sie harsch.

»Mama, bitte!«

So weit kam es noch! *Mit mir nicht.* Lena rührte sich nicht vom Fleck.

‖

Morgen früh würde er anrufen. Nachfragen, was jetzt zu tun war. Angeblich schickten sie einem einen Berater ins Haus. Eine Maßnahme für die Blöden, die Gott und der Welt von ihrem Glück erzählen müssen, dachte er. Für Leute wie Kathrin. Dabei war es einfach: Die Klappe halten. Ein Konto bei einer anderen Bank. Nicht den Anschein erwecken, dass man plötzlich in Geld schwimmt. Die Wohnung würde er vorerst behalten. Es sollte kein Problem sein, eine Zeitlang zwei Leben nebeneinander zu haben. Es war ja nicht das erste Mal.

3, 12, 15, 27, 31, 43, Zusatzzahl 44 – er kannte die Reihe mittlerweile auswendig. Wie das wohl aussah auf dem Lottoportal: Doppeljackpot? Er holte seinen Laptop vom Sofa, verschüttete im Überschwang etwas Champagner über die Tastatur. Holte ein Stück Küchenrolle und tupfte das Keyboard trocken. Auf der klebrigen Fläche waren seine Fingerabdrücke deutlich zu sehen. Genervt wischte er mit einem feuchten weichen Tuch nach. Das Zeug hatte es in sich. Er vertippte sich dreimal, dann war die Quittungsnummer korrekt. Nun noch »okay« anklicken. Langsam scrollte er nach unten. »Der Wettschein mit der Quittungsnummer ... hat leider nicht gewonnen.« Was zum Teufel ...?

Er starrte auf den Bildschirm. Auf den Schein. Wieder auf den Bildschirm: »... hat leider nicht gewonnen.« Er schluckte. An seinem Hals pochte eine Ader. Er atmete heftig.

Ruhig. Ganz ruhig. Ein Irrtum. Jetzt nicht die Nerven verlieren. Noch einmal von vorn, befahl er sich. Er tippte wie ein Volksschüler Zahl für Zahl noch einmal ein. Dann: Okay.

»... hat leider nicht gewonnen.«

Er sprang auf und fetzte das Glas in die Ecke. Drosch gegen die Wand. Der ganze Körper verspannt. Die rechte Hand tot. Er spürte sie erst nach einigen Minuten wieder. Die Knöchel schwollen an. Eine Weile saß er da wie betäubt. Er schloss und öffnete seine Fäuste und starrte vor sich hin.

Durchatmen. Ganz langsam. Jetzt noch einmal von vorn. Das Ergebnis änderte sich nicht.

Er konnte es sich nicht erklären. Sie war doch außer sich vor Freude gewesen. Hatte ihn umarmt und gesprudelt vor Glück. Das war echt. Sie hatte mit dem Schein vor seiner Nase herumgewedelt und gelacht: »Was willst du haben, sag? Was hast du dir schon immer gewünscht?«

Das kleine Mädchen als Gönnerin, dachte er hämisch. Wieder stieg die Wut in ihm hoch. Die Szene wie eine Filmsequenz.

»Und du?« Er dreht sich weg. Warum sie? Warum zum Teufel nicht ich?

Weil du nie spielst, würde sie sagen. Ihr dummes leuchtendes Gesicht geht ihm auf die Nerven.

»Reisen. Ich schaue mir die Welt an«, plappert sie vor sich hin. »Ich verpasse hier nichts ... Ich werde mir meinen Traum erfüllen. Neuseeland, Australien, Tahiti ...«

Sie fragt nicht, ob er mitkommen will. Er kommt in ihrem Traum nicht vor!

»Was ist los? Was hast du?«

»Nichts. Ich freue mich für dich.« Er zieht sie in seine Arme, damit sie sein Gesicht nicht sieht. Sie macht sich los und rennt zum Kühlschrank.

»Ich hab Sekt gekauft. Wir gehen aufs Dach, gut?«

»Wir brauchen drei Gläser.«

Sie hält mitten in der Bewegung inne. Ein langer fragender Blick.

»Wir waren gemeinsam unterwegs, als du angerufen hast. Sie sucht einen Parkplatz.« Er lächelt.

Sie scheint zu überlegen. »Du hast ihr nichts davon gesagt?«

»Nein«, beruhigt er sie, »sie weiß von nichts.«

Wo hatte sie den Schein hingelegt? Er erinnerte sich, dass sie ins Schlafzimmer gegangen war. Da hatte sie ihn in der Hand gehabt. Kurz danach im Flur hatte sie ihn im Vorübergehen

umarmt. Da hatte sie beide Hände frei. Er musste im Schlafzimmer liegen!

Er hatte in der Eile den falschen Schein erwischt. Verdammte
Scheiße! Den falschen Schein. Er musste noch einmal in die
Wohnung.

Zum Glück hatte er es nicht weit. Vor ihrer Tür lagen ein paar
Werbesendungen. Er verstaute sie in seiner Tasche, sperrte auf
und zog die Tür hinter sich zu. Tastete im dunklen Vorzimmer
nach dem Lichtschalter.

Ein Durcheinander von billigen Schuhen, mehreren Jacken,
Altpapier. Zum ersten Mal fiel ihm auf, wie unordentlich sie
war. Gewesen war. Im Wohnzimmer Wollmäuse auf dem Bo-
den, eine dünne Staubschicht auf den weißen Fensterbrettern.
Er achtete darauf, nichts zu berühren, keine frischen Fingerabdrücke zu hinterlassen. Er öffnete die Tür zum Schlafzimmer
mit dem Ellbogen. Hier roch es nach ihr. Ihrem Parfum. Das
hatte er nicht erwartet. Das Bett verschwand unter Kissen und
Decken. Kleidungsstücke lagen herum. Er schaute sich um.
Wo legt eine Chaotin etwas ab, das sie nicht verlieren darf?
Auf Kommode und Nachttisch stapelten sich Bücher, Kerzen,
Dekokram. Ein einziges Durcheinander. Ekelhaft. Sie musste
geputzt haben wie eine Verrückte vor seinen Besuchen hier. Er
hatte ihr Schlafzimmer als relativ ordentlich in Erinnerung.
Jedes Mal frisch gebügelte Bettwäsche.

Vorsichtig, den Ärmel über die Hand gezogen, öffnete er die
erste Lade. Tücher, Schals, Unterwäsche. In der zweiten ein wil-
des Durcheinander an Rechnungen und anderem Zettelwerk.
Eine Dokumentenmappe. Lade drei – Kartons, Fotoalben, Ka-
belsalat. Ein Bügeleisen. Es war zum Kotzen! Zweite Kommode.
Die Lade klemmte, öffnete sich mit einem Ruck. Mehrere
Fotoalben und darauf – ein Lottoschein. *Der* Lottoschein! Gute
Arbeit. Vorsichtig schob er die Lade zu.

Er drehte noch eine Runde durch die Wohnung. Langsam wurde es hell. Der Schreibtisch im Kabinett war zugemüllt. Der Platz, auf dem üblicherweise ihr Laptop stand, leer – eine helle Fläche inmitten von Papierbergen. Er sah weitere Scheine und zog sie aus dem Zettelberg. Sie waren großteils älteren Datums. Er fing an zu wühlen und fischte einen um den anderen heraus. Eine Mischung aus Wut und Jagdfieber hatte ihn gepackt. Er schnappte sich eine der großen leeren Tragtaschen vom Boden, setzte sich hin und durchsuchte systematisch den ganzen Schreibtisch. Er zählte fünfzehn weitere Scheine, vier davon jüngeren Datums, und stopfte das restliche Papier in den Sack. Der nackte Schreibtisch mit der staubbedeckten Lampe bildete einen seltsamen Kontrast zum übrigen mit Möbeln und Krimskrams überladenen Raum.

Er hob die Abdeckung vom frei stehenden Mistkübel. Der Gestank von verwesenden Abfällen nahm ihm den Atem. Mit abgewandtem Gesicht verknotete er den Beutel. An der Tür kehrte er nochmals um, schaltete den Geschirrspüler aus und verließ die Wohnung: ein Mann auf dem Weg zur Arbeit, der den Müll mit hinunternimmt. Seine Schritte hallten im Stiegenhaus.

Wenig später war er auf der Straße. Er hatte etwas weiter entfernt geparkt und verfluchte nun seine Entscheidung. Vor ihm schlurfte ein Rentner mit seinem fetten Hund. Das Vieh hoppelte kreuz und quer über den Gehsteig, der Alte tappte hinter ihm her. »So bleib doch stehen!« Der Köter stoppte abrupt. Er stolperte über die straff gespannte Leine.

»Scheißvieh!« Ein Tritt. Der Hund japste, der Alte zeterte und schrie hinter ihm her. Man sollte solche Leute irgendwo am Stadtrand einlagern, wo sie niemandem im Weg sind, dachte er. Und ihre widerlichen kleinen Kläffer auch.

Beim Auto stand ein Polizist. Das hatte ihm gerade noch

gefehlt! Erst auf den zweiten Blick erkannte er: ein Parksheriff. Eine Frau. Er schaltete einen Gang zurück und setzte sein schönstes Lächeln auf.

»Guten Morgen.«

Sie drehte sich schwerfällig um, beäugte ihn misstrauisch und erwiderte seinen Gruß. Wieso war die so früh schon unterwegs?

»Habe ich irgendetwas übersehen?«

»Wie lange stehen Sie schon da?« Charmeresistent, dachte er. Dumme Kuh.

»Ich habe den Wagen erst vor zehn Minuten abgestellt. Ich bin auf dem Weg zur Arbeit, hab nur schnell einer Freundin etwas vorbeigebracht.«

Sie deutete auf das Verkehrsschild hinter sich.

«Ich weiß.« Er tat zerknirscht, trat neben sie, legte seine Hand auf die Motorhaube und strich langsam, wie gedankenverloren darüber, während er sie fixierte. »Meine … meine Freundin ist krank. Ich hab mir Sorgen gemacht und nicht darauf geachtet.« Die Frau zögerte, nestelte an ihren Haaren und trat einen Schritt zurück. Eine leichte Röte überzog ihr Gesicht. Sie tippte hektisch auf ihrem Minicomputer herum. Es dauerte eine Weile, bis sie wieder aufsah. Sehr gut, dachte er. Meine Nähe macht sie nervös. »Ich muss zur Arbeit«, erinnerte er sie sanft.

Sie zog vorsichtig die Mundwinkel nach oben. Nickte. »Aber das nächste Mal …«

Er knipste ein Lächeln an. »Danke«, sagte er und stieg in den Wagen. »Einen schönen Tag noch.«

Wie konnte man nur so leben! In seiner kühlen sauberen Wohnung atmete er auf. Er schlüpfte aus den Schuhen, leerte seine Jackentaschen aus, legte Uhr und Handy auf den Esstisch und schaltete das Notebook ein.

Hier war das Lottoportal. Langsam tippte er die Quittungsnummer ein. Er schloss kurz die Augen und scrollte nach unten. Jaaaa! Doppeljackpot. Er hatte 5.922.104,30 Euro gewonnen!

Ein Flash. Besser als Sport, besser als Sex, besser als jede Form von Action, dachte er. Warum nur hatte er bisher nie gespielt, war er noch nie im Casino, nie auf dem Rennplatz gewesen? Dieses Warten, Hinauszögern, Fiebern, Hoffen kickte wie kaum etwas sonst.

Er machte einen Screenshot und druckte ihn aus. Dann bereitete er sich einen Kaffee, trank ihn, den Blick auf den Ausdruck geheftet. Es hatte sich gelohnt.

‖

Lena hielt der Frau die Tür auf und wünschte ihr einen schönen Tag.

»Werde ich haben. Ich freue mich schon aufs Auspacken meiner Schätze.« Sie strahlte Lena an.

Langsam kam das Ganze in Schwung. Zufriedene Kundinnen schleppten ihre Freundinnen an und empfahlen sie weiter. Ein Lifestyle-Magazin hatte bereits über den Laden berichtet. An den Samstagen standen Wolfgang und sie nun zu zweit im Geschäft.

Wo er nur blieb? Er wollte bereits vor einer Stunde wieder hier sein. Sie blickte auf die Uhr und trat auf die Straße. *Na endlich!* Der weiße, etwas ramponierte Transporter parkte in zehn Metern Entfernung mitten im Halteverbot. Wolfgang und Walid, der Besitzer des afghanischen Lokals ums Eck, standen davor und unterhielten sich angeregt. Wolfgang lachte und winkte ihr zu. Walid zündete sich eine Zigarette an und lehnte sich an die Ladebordwand. Lena wusste, das konnte dauern.

Sie ging zurück ins Geschäft und griff nach dem Handy. Nichts. Noch immer kein Anruf von Max. Sie war sich so sicher gewesen! Und nun dieses erbärmliche Warten. So hatte sie sich zum letzten Mal mit fünfzehn gefühlt. Sie ging im Laden hin und her, verrückte hier eine Skulptur, wischte dort über einen Spiegel. Verharrte kurz, mit hängenden Armen, seufzte und machte weiter.

Im letzten Moment sah sie den schwer beladenen Walid und lief zur Tür. Er lachte aus einem großen Bilderrahmen, stellte ihn kurz ab, stöhnte theatralisch und verfrachtete ihn dann in den Nebenraum. Wolfgang folgte mit einem weiteren.

»Soll ich euch helfen?«

»Lass. Die sind zu schwer«, wehrte Wolfgang schnaufend ab. »Das schaffst du nicht. Komm, Walid.«

Zwei Minuten später parkten sie den Transporter direkt vor der Tür. Ächzend schleppten sie zwei weitere Barockrahmen in den Nebenraum.

Walid wischte sich über die Stirn und deutete lachend auf die Neuerwerbungen. »Was machst du damit? Kunst?«

Ihr Chef bückte sich zum Kühlschrank nach Mineralwasser und schenkte ihm ein Glas ein. »Vielleicht, mal schauen.«

Walid trank. »Du bist ein guter Geschäftsmann«, sagte er dann und klopfte Wolfgang auf die Schulter. »Du machst alles zu Geld.« Er stellte das Glas ab. »Ich muss weiter.« Er nickte Lena zu und ging zur Tür.

Wolfgang wandte sich zu ihr um. »Wie gefallen sie dir, Lena?«

Sie trat näher. »Wo findet man so etwas?« Das waren besondere Stücke, vergoldet und aufwendig verziert. »Schön«, sagte sie und strich mit den Fingern leicht über das Geflecht feiner Risse. »Ich würde sie unverändert lassen. Wenn du sie in einem großen Raum nebeneinanderhängst oder -stellst, muss das toll aussehen.«

Er sah sie überrascht an. »Als Spiegel?«

Sie schüttelte den Kopf. »Nackt. Ich meine – so, wie sie sind.«

»Du hast einen Blick dafür, hm?« Ein Lächeln.

»Mein Vater hat eine Zeitlang eine Altwarenhandlung betrieben. Sachen aus Wohnungsräumungen, von Flohmärkten verkauft. Der Laden war gerammelt voll mit dem Zeug. Das roch komisch. Ein bisschen verstaubt. Irgendwie … wie in einer Sakristei.« Sie verzog das Gesicht. »Ich hab damals nicht verstanden, wie jemand auf die Idee kommt, so altes Zeug zu kaufen.«

»Die meisten Leute haben keine Ahnung, was man daraus machen kann.«

»Ich weiß, was du meinst«, sagte Lena. »Einmal haben wir zwei riesige alte Kronleuchter geliefert. In eine Wohnung in einer Nobelgegend. Neues Haus, große, sparsam möblierte Räume. Ein Typ mit Geld. Im Vorraum sah ich einen unserer Spiegel wieder. Kombiniert mit kühlen Designermöbeln. Einen sperrigen Tisch, den mein Vater lange nicht losgeworden ist, im Wohnzimmer. Mit den weichen Teppichen und schlichten Sesseln sah das Weltklasse aus.«

Wolfgang nickte. »Das sind mir die liebsten Kunden. Die haben keine Lust, selber zu suchen. Die lassen einkaufen. Die musst du mit der Nase drauf stoßen, dass sie das und das brauchen. Dass sich das gut macht … vielleicht sollte ich mich ganz darauf verlegen.«

»Und die Kunst?« Sie hatte ihn letzte Woche kaum je arbeiten sehen.

»Liebhaberei. Davon kannst du nicht leben. Ich hab auch nicht immer Lust. Kohle bringen vor allem die Einzelstücke, die ich da oder dort ergattere. Der Kleinkram hier macht das Kraut nicht fett.« Er schenkte sich noch einmal nach. »Du willst wirklich nichts trinken?«

»Nein danke.«

Er nickte. »Sag – dein Vater …«

»… ist inzwischen Gastronom. Er hat zwei Lokale. Nein, in einem anderen Bundesland. Er macht alle paar Jahre was Neues. Redet jetzt davon, nach Spanien zu gehen.« Sie lachte.

»Das trauen sich die wenigsten. Verschiedene Sachen auszuprobieren, auch einmal etwas zu riskieren«, lobte Wolfgang.

»Was hast *du* gemacht, bevor …«

»Ach, dies und das. Wo soll ich anfangen?« Er winkte ab, als sei das nicht weiter wichtig. Lachte. »Deine neue Frisur schaut verdammt gut aus«, sagte er dann. »Hab ich noch nicht erwähnt, oder?«

Lob von der falschen Seite. Wenn Max … Aber der meldete sich nicht. »Danke«, sagte sie niedergeschlagen.

Er warf ihr einen erstaunten Blick zu.

So hat sie sich ihr neues Leben nicht vorgestellt: Im Geschäft stehen. Bei Schorns den Kater füttern. Die Blumen gießen. Abends aus dem Fenster schauen. Aufräumen, putzen. Ein bisschen im Internet surfen. Schlafen. Im Biosupermarkt auf dem Anschlagbrett nach neuen Kunden fahnden.

Auf Inserate antwortet sie nicht mehr. Ein Anfängerfehler. Sie denkt mit Grausen an ihre ersten Versuche. Ein unauffälliger Typ in mittleren Jahren. Berufsschullehrer, Elektronikverkäufer, etwas in der Art. Geschieden. Sorgepflichten. Eine Katze, damit jemand da ist, wenn er nach Hause kommt. Sucht eine Putzfrau. Das Drumherum ist schnell geklärt.

Dann wird er zutraulich. »Ich bin Fotograf, wissen Sie?« Ein Freak. Sie starrt auf die Kamera vor seiner Brust, das Objektiv, das sich ihr entgegenreckt.

»Hm.« Sie rutscht auf der Sitzbank hin und her. Die Kellnerin kommt. Er bestellt ein Glas Apfelsaft. Lena will nichts. Er kramt in seiner Aktentasche, obwohl sie abwehrt: »Kein Interesse.«

»Sie könnten sich etwas dazuverdienen. Fotos. Ästhetische Bilder, nichts Ordinäres. Schauen Sie.« Er hält sie ihr unter die Nase: halbnackte Frauen in peinlichen Posen. Bemüht neckische Gesten. Zum Weinen.

»Nein!« Sie rafft ihre Jacke über der Brust zusammen.

»Sie können Abzüge haben. Ich verkaufe die nicht, keine Sorge. Ich mache das nur ... für mich.« Er stockt.

Sie springt auf und geht.

Keine Ahnung, was sie mit sich anfangen, immer noch keine Idee, wie es weitergehen soll. Und wenn sie endlich jemanden kennenlernt, meldet der sich nie wieder.

Am Abend ruft sie an. »Hallo, Max.« Sie räuspert sich. »Lena spricht.«

»Wie bitte? Wer ist da?« Er schreit gegen den Lärm im Hintergrund an.

»Lena. Wir haben Frisbee gespielt ... und ...«

»Ich versteh dich nicht. *Wer* bist du?«

Sie legt auf. Lena Wer? Ihre Ohren glühen. Sie wirft sich aufs Sofa und vergräbt ihr Gesicht in den Kissen.

Ihr Handy läutet. Sie rappelt sich auf. »Lena? Hier ist Georg. Schön, dass du anrufst. Wir machen ... hier Party. Was? Ja – bei Freunden.« Lachen, Stimmengewirr. Laute Musik. »Ja, Max steht neben mir. Wäre cool, wenn du auch kommst. Wie? Max nickt. Kommst du? Hey, es ist Freitagabend. Willst du zu Hause versauern? Warte, hast du was zu schreiben? Ich sag dir die Adresse. Ruf an, wenn du da bist. Wir holen dich beim Haustor ab. Ah ja, nimm Badesachen mit. Hier gibt's einen Pool.«

Lena probierte ein paar von Steffis Klamotten, trug Lippenstift auf, drehte sich vor dem Spiegel. *Nein, unmöglich.* Sie wischte die Farbe ab, wusch sich das Gesicht und schlüpfte in eines ihrer alten Lieblingskleider. Max kannte sie ungeschminkt, zerzaust, erhitzt, mit Grasflecken auf den Unterarmen. Wozu sich verkleiden?

Gegen halb elf brach sie auf, besorgte am Bahnhof eine Flasche Tequila und fuhr mit der U-Bahn in die Innenstadt.

Es war ein lauer Abend. Horden von Leuten in ihrem Alter, dazwischen Touristenpärchen, Hand in Hand. Sie hörte das Klacken ihrer Schuhe auf dem Kopfsteinpflaster, lautes Lachen und Wortfetzen, wummernde Bässe aus einem vorbeifahrenden Auto, ließ sich eine Weile treiben, erwiderte ein Lächeln, blieb vor einem Schaufenster stehen und betrachtete ihr Spiegelbild. Wurde unsicher. Was, wenn die beiden die Einladung schon wieder vergessen hatten? Ihren Anruf nicht hörten, weil es zu laut war? Sie waren seit Stunden da, hatten vermutlich schon einiges getrunken, waren vielleicht abgelenkt ... Sie wandte sich um und ging weiter. Sie würde *einmal* anrufen. *Ein* Mal. Und wenn keiner der beiden sich meldete, dem nächsten Passanten ihren Tequila in die Hand drücken und zu Fuß nach Hause gehen. Es war nicht gut, zu trinken, wenn man traurig war. Aufgeregt. Oder enttäuscht.

Die Adresse war leicht zu finden. Ein schönes altes Haus in einer kleinen Gasse hinter dem Dom. Das Tor war verschlossen. *Ruf an, wir holen dich ab.* Sie wählte Georgs Nummer. Trat nervös auf der Stelle. Nach dem siebten Läuten endlich meldete er sich. »Sind gleich da.« Sie sah sie durch das Foyer näher kommen, beide lachend und erhitzt.

»Hey, schön, dich zu sehen.« Max, die Haare unter seiner schwarzen Mütze versteckt, strahlte. Küsschen links und rechts. Er blieb ganz nah bei ihr stehen.

Georg redete ohne Punkt und Pause: »Ich war mir nicht sicher, ob du kommst.« Grinsen. »Ich kann dich schwer einschätzen. Große Klappe. Und dann gleich wieder scheu. Interessante Mischung.«

»Doch nicht der große Psychologe, wie?« Er hatte etwas an sich, das sie sofort auf die Palme brachte.

Er ging nicht darauf ein. »Komm mit.« Er nahm sie am Arm, als wären sie Freunde. »Das ist die Wohnung von Bekannten. Lass dich nicht beeindrucken. Die Eltern haben Kohle. So wie seine.« Er deutete auf Max, der das Gesicht verzog, als hätte er Zahnschmerzen. »Sind aber ganz verschiedene Leute da. Auch solche wie du und ich, die hart arbeiten müssen.«

Max boxte ihn in die Seite. »Ist nicht mein Geld. Ich hab nicht mehr zur Verfügung als du.«

Georg lachte. »Schau dir diesen Prunk an.« Das Foyer war tatsächlich beeindruckend: Kronleuchter, viel Stuck. Eine breite Treppe mit rotem Teppich führte nach oben. »Komm, wir nehmen den Lift.« Er berührte sie unentwegt, wie zufällig, am Oberarm, an der Schulter. Max stand reglos. Sie suchte im Spiegel seinen Blick, sah wieder weg. Beide rochen sie nach Alkohol. Mit zwei Fremden im Lift auf dem Weg in eine fremde Wohnung. Sie fühlte eine leichte Anspannung, ein Kribbeln im Nacken. Eine Party. Sollten da nur einige wenige Leute sein, würde sie wieder gehen. Einen Vorwand finden und abhauen. Man musste sein Schicksal nicht herausfordern.

»Seit wann seid ihr hier?«, wandte sie sich an Max.

Georg war schneller: »Schon seit dem Nachmittag. Also, der Inner Circle. Wir waren erst oben am Pool. Zeig ich dir dann. Vielleicht magst du ja schwimmen. Badezeug hast du mit, oder? Du hast da einen wunderbaren Blick über die ganze Stadt. Der Großteil der Leute ist aber erst seit ein, zwei Stunden da.« Sie entspannte sich ein wenig. Der Lift ruckte und stand, die Tür glitt auf.

Max ließ ihr den Vortritt. »Alles okay?« Sie sah ihn erstaunt an. »Du bist so still.«

Sie wandte sich um. »Was soll ich sagen?«

Die Wohnungstür war angelehnt. Partygeräusche drangen ins Stiegenhaus. Eine Frau tigerte hektisch hin und her, presste eine Hand auf ihr linkes Ohr und sprach atemlos in ihr Handy. Sie traten ein, zwängten sich durch eine Rauchergruppe beim Eingang, Georg voran, Max an ihrer Seite. Er griff unvermittelt nach ihrer Hand: »Damit wir einander nicht verlieren.«

»Was trinkst du?« Georg spielte den Gastgeber. Sein Handy läutete, aber er reagierte nicht.

»Gin Tonic bitte.«

Max deutete nach hinten. Sie gingen Hand in Hand durch die tanzende, zuckende Menge in einen anderen Raum. »Die Party hier ist nichts Besonderes. Bekannte, die weiß ich was feiern.« Er lachte, zog sie weiter, blieb dann abrupt stehen. »Simon. Edda. Die Gastgeber.« Ein gelangweilt aussehender älterer Jusstudent und seine Modelfreundin begrüßten sie mit Küsschen.

»Lena.«

»Schön, dass du gekommen bist.« *Was man so sagt*, dachte sie.

»Wie geht's dir mit dem Turnus? – Edda macht ihre Facharzt-ausbildung«, erklärte Max.

Das Model runzelte die Stirn. »Ich bin ziemlich geschafft. Arbeite gerade auf einer Internen Abteilung. 24-Stunden-Dienste, viele Nächte. Und all die alten Menschen, vor allem Frauen, die du am liebsten einfach in den Arm nehmen würdest, statt in ihren kaputten Venen herumzustochern und ihnen die nächste Infusion anzuhängen. Aber die Zeit reicht nie.«

Ihr Freund tätschelte ihren Nacken, als wäre sie ein Pony. »Arbeit, Arbeit, Arbeit. Schalte doch endlich einmal ab.«

»Ich muss immer an meine Oma denken«, sagte die Frau müde. »Entschuldigt bitte.« Sie versuchte ein Lächeln.

Lena kannte das nur zu gut. Wenn man sich nicht beizeiten eine dicke Haut wachsen ließ, brannte man aus. Sie hatte beides erlebt: Kolleginnen, die zynisch wurden und routiniert ihre Dienste herunterspulten, ungehalten waren, wenn jemand nach der Schwester rief – *der Patient als Störfaktor*, dachte sie –, und Menschen wie sie selber und diese junge Ärztin, die sich all dem Leid hilflos ausgeliefert fühlten. Im Morgengrauen aus dem Bett krochen und quer durch die Stadt fuhren. Heimkamen, wenn es längst dunkel war oder die anderen zur Arbeit gingen. Es war Frauensache, sich um Alte und Kranke zu kümmern. Wie oft war sie selber im Bus eingeschlafen nach einer Doppelnacht ... Die Wechseldienste hatten sie zermürbt. Und ihren Freundeskreis nach und nach ausgedünnt.

»Krankenhäuser saugen dich aus«, sagte Max.

Sie warf ihm einen erstaunten Blick zu. Er war weder Pfleger noch Arzt. Was wusste er schon davon?

Der Jurist ließ von seiner Freundin ab. »Buffet ist da hinten, Getränke gibt es nebenan. Viel Spaß noch.«

»Danke.« Max zog sie weiter. Hatte er ihr Zögern bemerkt? »Wir können auch woanders hingehen, wenn du magst.«

»Nein, ist okay. Sag, ist dir nicht warm?« Sie wies auf seinen Langarmpullover. Sie selber schwitzte in ihrem dünnen Kleid. Rund um sie wurde getanzt. Der Raum dampfte.

»Nein, warum?«

Sie standen nebeneinander am Buffet, aßen, tranken und lachten miteinander. Lena stimmte ihm zu, widersprach bei Kleinigkeiten, Musik, die ihm nicht so wichtig zu sein schien, flunkerte ein bisschen, was ihre letzte Beziehung betraf, berührte ihn wie zufällig und rückte wieder ab, und als er sie schließlich an sich zog, küsste sie ihn.

»Komm«, sagte sie und zog den Widerstrebenden mitten in die pulsierende tanzende Menge. Die Musik fuhr ihr in die Beine. Sie ließ seine Hand los, tänzelte, wippte, warf den Kopf in den Nacken. Strahlte ihn an.

Er stand reglos, wie festgeschraubt. Beugte sich zu ihr herab. »Bin kein Tänzer.«

»Du musst nichts Besonderes tun. Lass dich einfach in die Musik fallen.«

Er reagierte nicht. Schüttelte nach einer Weile den Kopf und wies auf das wuchtige Sofa weiter hinten beim Fenster. Dort knutschte ein Paar, einige Leute standen an die Wand gelehnt und tranken konzentriert und schweigend. »Ich warte dort auf dich.«

Lena zog die Schultern hoch. »Gut.« Da war nichts zu machen. Er war unsicher! Sie kannte das gut. Es war unangenehm, wenn man sich wie auf dem Präsentierteller fühlte.

Sie blieb zunächst am Rand der Tanzfläche, bewegte sich unter seinem Blick, erwiderte sein Lächeln, wurde angeflirtet, geschubst, von einem tanzenden Paar mitgerissen und schließlich von der Musik. Plötzlich fand sie sich inmitten der vibrierenden, zuckenden, dampfenden Menge, verschwitzt, atemlos, glücklich, bald direkt vor den Boxen, dem DJ-Pult, kickte die Schuhe von den Füßen, schloss die Augen. Und vergaß alles um sich herum.

Als sie wieder auftauchte, war das Sofa leer. Jemand hatte Bier verschüttet, die Sitzfläche war feucht. Sie blickte sich um. Max war nirgendwo zu sehen. Ein blasiert wirkender Mann mit Designersonnenbrille im Haar versuchte sie in ein Gespräch zu verwickeln, aber sie blockte ab. Vielleicht war Max ja oben, am Pool? Sie lief die Treppe hinauf und betrat ein großes kühles Schlafzimmer. Ein Durcheinander von Jacken auf dem Bett. Kronleuchter. Kristallgefunkel. Goldgerahmte Spiegel. Nachlässig zugezogene schwere Vorhänge. Auf dem Boden ein Tablett mit umgeworfenen Gläsern. Ein Teller mit Essensresten. Scherben. Und eine Pfütze auf dem Parkett.

Die Terrassentür war angelehnt. Sie stieß sie auf. Vor ihr ein Halbrund aus Liegestühlen wie auf einem Schiffsdeck. Der Ausblick verschlug ihr den Atem: Türme, Kuppeln, Gärten, dazwischen hell erleuchtete Dachwohnungen mit großen Glasfronten. Links führten breite Stufen hinauf in einen Garten. Lichter zwischen den Büschen. Und darüber der Mond.

Ein Geräusch ließ sie herumfahren. Im Lichtkegel rechts an der Wand bewegte sich ein ineinander verschlungenes Paar. Eine Männerhand fuhr einen nackten Oberschenkel entlang.

Schob hastig das Kleid hoch. Ein heller Slip blitzte auf. Das Mädchen in hohen Schuhen lehnte an der Wand. Sie war jung und sehr schlank. Ruckartig wandte sie den Kopf und suchte ihren Blick. Sie begann zu stöhnen. Der Mann drängte sich heftiger an sie. Er keuchte. Das Mädchen wühlte in seinen Haaren. Sie legte den Kopf in den Nacken und fixierte sie über seine Schulter hinweg. Langsam hob sie ihr rechtes Bein und rieb es am Hintern des Mannes. Er zerrte an seinem Reißverschluss und hob sie hoch. Ein kleines Lächeln, ein langer herausfordernder Blick aus halb geschlossenen Lidern.

Lena wandte sich abrupt ab und querte die Terrasse. Ihr Atem ging schnell. Ihre Brustspitzen scheuerten am Stoff ihres Kleides. Sie lehnte sich an die Brüstung und schloss die Augen. Unter ihr pulste die Stadt. Minuten vergingen. Von irgendwo wehte Musik herüber. Sie beugte sich vor. Sah Lichter an- und ausgehen, in einer Wohnung gegenüber ein Paar tanzen. Sie dachte an die zwei am anderen Ende der Terrasse und hatte plötzlich Lust zu küssen, jemanden zu umarmen, sich anzulehnen.

»Nein.« Eine Stimme wie ein Peitschenschlag. »Nein.« Das Mädchen stieß sich von der Wand ab und schob den Mann, der ihren Nacken küsste, energisch von sich. Er stand eine Weile unschlüssig da und ging dann, ohne sich noch einmal umzudrehen. Das Mädchen bückte sich, strich das Kleid glatt, wühlte lange in ihrer Tasche auf dem Boden und richtete sich wieder auf. Sie bürstete sich die langen glatten Haare, stand dann wie eingefroren da, die Bürste in der Hand. Sie langte nach einer Flasche, die hinter ihr auf dem Sims stand, nahm einen Schluck, einen weiteren, und schleuderte sie unvermittelt an die gegenüberliegende Wand.

Die ist betrunken, auf Drogen, weiß der Himmel ...

Ohne einen Blick für die Umgebung stakste das Mädchen über die knirschenden Scherben zur Tür, hielt sich kurz daran fest, geriet mit ihr ins Schwanken und stolperte schließlich in die Wohnung.

»Wenn man alles haben kann, ist man schnell gelangweilt.«

Lena fuhr herum. Max.

Er lag auf dem Rücken auf einer der Liegen, die Hände hinter dem Kopf verschränkt.

»Du hast mich erschreckt.«

»Wollte ich nicht. Tut mir leid.«

Sie trat näher. »Du warst plötzlich weg. – Bist du schon lange hier oben?«

»Ich weiß nicht. Ja.« Er schwieg. Fixierte einen fernen Punkt, schien nachzudenken. »Kennst du das?«, fragte er nach einer Weile. »Es gibt immer einen Moment, wo alles kippt. Alles okay, du redest, lachst … und dann musst du plötzlich raus. Allein sein.«

»Soll ich gehen?«

»Nein, Lena. Nein! Komm her. So war das nicht gemeint.« Er setzte sich auf.

Sie ließ sich auf der Liege gegenüber nieder, schlüpfte aus den Schuhen, zog die Beine an den Körper und legte ihr Kinn auf die Knie. *Wie jetzt? Er geht weg, will allein sein. Er bittet mich zu bleiben.*

»Was ist los? Wovon redest du?«, fragte sie.

»Egal …« Er zog eine Flasche unter der Liege hervor und hielt sie ihr hin.

»Was ist das?« Sie schnupperte, nahm vorsichtig einen kleinen Schluck. Es schmeckte nach viel Zucker und Alkohol.

»Und?«

»Danke. Für meinen Geschmack zu süß.«

Max nahm einen großen Schluck. »Ich mag das.« Er stellte die Flasche ab. »Du tanzt gern?«, fragte er nach einer Weile.

»Hm. Ja. Ich kippe richtig rein in die Musik.« Sie lachte. »Muss aber alles passen. Die Stimmung. Der Sound. So wie vorhin. Dann vergesse ich alles um mich. Die Leute, die Zeit. Wo ich bin.«

»In welche Clubs gehst du?«

»Ich war noch nicht viel weg. Ich bin erst seit ein paar Wochen in der Stadt. Ich kenne hier noch niemanden.«

Er beugte sich vor. »Vielleicht hast du ja einmal Lust, mit mir wegzugehen. Tanzen ist nicht so mein Fall. Aber vielleicht«, er zögerte, »ein Konzert, ins Kino …«

»Hm, ja – gern. Ich hab langsam genug vom Alleinsein.«

Seine Brauen schossen hoch.

Sie schluckte. »Ich meine, ich würde dich gern wiedersehen.« Ihre Wangen glühten. »Entschuldige. Da sind mir zwei Gedanken durcheinandergeraten. Ich hab das nicht so gemeint.«

»Schon okay.« Er sah sie von unten an, mit leicht gerunzelter Stirn. Lächelte.

Lena entspannte sich. Er setzte die Flasche an und trank, hielt sie ihr noch einmal hin. Sie lehnte ab. »Weißt du«, sagte sie und wickelte eine Haarsträhne um ihren Zeigefinger, »am Anfang mochte ich das. Neue Stadt, neue Umgebung. Ein bisschen Abstand. Ich hab die Gegend erkundet, Job gesucht. Und nebenbei, am Abend, am Wochenende nach und nach das Chaos in der Wohnung beseitigt, das meine Freundin hinterlassen hat.«

»Du wohnst mit jemandem zusammen?« Er wirkte überrascht.

»Nein, sie verbringt ein halbes Jahr im Ausland, Australien wahrscheinlich. Das hatte sie jedenfalls vor. Kann sich aber noch ändern. Ich hüte in der Zwischenzeit die Wohnung.«

»Ich vermute, du bist ziemlich – ordentlich.« Er nuschelte ein wenig, sein Blick rutschte weg.

»Wie kommst du darauf?«

Er deutete mit dem Kopf auf ihre Schuhe, die sie abgestreift hatte. Sie standen nebeneinander im rechten Winkel zur Liege.

Sie lachte. »Du bist ein guter Beobachter.«

»Das war nicht schwer. Ist mir schon im Park aufgefallen. Wie du deine Sachen zusammenpackst hast. Alles so – akkurat.« Er ließ die Flasche knapp über dem Boden los. Sie kippte um und rollte unter die Liege. Max angelte vergeblich danach, die Liege schrammte über die Betonplatten. Schließlich gab er auf.

»Schlimm?« Es hatte sich etwas verändert. *Wir reden und reden und treiben immer weiter auseinander.*

»Nein, ich hab gern den Überblick. Mag es, wenn meine Sachen in Ordnung sind. Mich nervt das, wenn überall Zeug herumliegt.« Er schob gedankenverloren die Ärmel hoch und kreuzte die Arme vor der Brust. »Richtig langweilig also.«

»Zwei Langweiler«, stellte Lena lächelnd fest. »Passt doch.«

Er hatte schöne Hände. Trug einen Ring aus Silber am Zeigefinger. Ein schmales Lederband ums linke Handgelenk. Die Unterarme … Sie zuckte zusammen, sah weg und gleich wieder hin. Ein Gewirr von Narben hob sich von der leicht gebräunten Haut ab, Wülste, feine Schnitte, rechts stärker als links. Sie hörte ihn schlucken.

Hastig schob er den linken Ärmel ein Stück nach unten und hielt mitten in der Bewegung inne. »Was schaust du so?«, fuhr er sie an. »Nein, ich hab mich nicht geschnitten.« Er wurde lauter. »Das denkst du dir doch, oder? Oder? Sag schon.«

»Ich … nein…«, stammelte sie. *Ich dumme Kuh. Ich hab ihn verletzt.* »Es tut mir leid«, flüsterte sie.

Er reagierte nicht. Lena hielt die Luft an. Sie waren ganz allein.

Sag was! Schrei mich an, tobe, aber sag was, beschwor sie ihn still.

Er schluckte, räusperte sich. »Ich hatte einen Unfall. Ist schon ein paar Jahre her«, sagte er nach einer Weile. Seine Stimme klang rau. »Hab mit den Armen mein Gesicht geschützt.« Er nahm sie hoch wie ein Boxer. Atmete schwer. Er schloss die

Augen. »Die Frage kommt unweigerlich«, flüsterte er heiser. »Sag, hast du dich geschnitten, geritzt? Hast du versucht, dich umzubringen?«

Sie wollte etwas sagen, aber sie kam nicht zu Wort.

»Schau her«, befahl er. Er streckte die Arme vor und drehte sie langsam. Die Handgelenke, die Innenseiten der Unterarme waren unversehrt. »Hier macht man das doch, oder?«, schrie er plötzlich und sprang auf. Mit einer Heftigkeit, die sie überraschte, zog er seinen Pulli hoch und wies auf weitere Narben am Oberkörper. »Okay? Okay jetzt? Ja? Reicht das? Genug gesehen?«

»Ich hab doch …« Sie wich zurück. »Max.«

Sein Kopf ruckte vor. »Komm mir jetzt nicht so. Dein Blick … Dein betretenes Wegsehen. Wieso fragst du mich nicht, hm? Warum nicht? Was hab ich an mir, dass mich alle wie ein rohes Ei behandeln? Dass keiner sich normal benimmt? Nachfragt.« Er trat nach der Liege. »Hinschauen. Hastig wegsehen. Scheiße ist das«, brüllte er.

»Ich hab nirgendwohin geschaut. Ich hab mir nichts gedacht.« Sie musste hier weg. Der war sturzbetrunken. Oder aus dem Stand verrückt geworden!

Sie hörte sein lautes Atmen, das nach und nach in Schluchzen überging. »Lass mich allein«, keuchte er.

»Max!« Er weinte laut und verzweifelt wie ein Kind. Es griff ihr ans Herz.

»Es ist Scheiße. Ich bin betrunken. Ich mach alles kaputt. Lass mich«, schluchzte er. »Ich will allein sein. Geh.« Er taumelte ein paar Schritte weiter, setzte sich auf eine Liege, mit dem Rücken zu ihr, und verbarg das Gesicht in den Händen.

»Max, ich wollte dir nicht … ich …«

»Hau endlich ab, Lena. Jetzt hast du alles gesehen. Die Narben. Wie kaputt ich bin. Was willst du denn noch?« Seine Schultern zuckten. Er ließ sich zur Seite fallen und zog die

Knie an den Körper. Schniefte ein paarmal. Und rührte sich nicht mehr.

Lena machte zögernd ein paar Schritte auf ihn zu. Atmete er noch? Panik überfiel sie. Sie beugte sich vorsichtig über ihn. Sein Brustkorb hob und senkte sich. *Gut, sehr gut.* Sie zog sich zurück. Er konnte jeden Moment aufspringen. Sie anspringen. Sie war auf alles gefasst. Aber – was *war* das? Eine Psychose? So betrunken konnte man doch nicht sein, dass man dermaßen ausflippte. Um Psychiatriepatienten hatte sie immer einen großen Bogen gemacht. Sie flößten ihr Angst ein. Vielleicht war er auf Drogen? Kokain, Speed oder so was. Besser, sie holte jemanden. Georg. Die Gastgeber. Die Frau war Ärztin. Die wusste, was zu tun war!

Rasch schlüpfte sie in ihre Schuhe und rannte über die Terrasse zurück in die Wohnung. Ein Blick über die Schulter: Die dunkle, zusammengekrümmte Gestalt auf der Liege bewegte sich nicht.

Sie schlitterte über das Parkett im Schlafzimmer und rannte die Treppe hinunter. Der Raum war dunkler als vorhin, Paare klebten aneinander und bewegten sich wie in Trance. Es roch nach Gras.

Georg stand plötzlich neben ihr. »Hi, wo warst du?«

»Auf der Terrasse. Ich …«

»Schön, nicht?« Sein Lächeln erstarb. Er fasste sie an den Schultern. »Was ist los, Lena?«

»Er ist oben.« Ihre Knie zitterten.

»Wer? Wer ist oben.« Er schüttelte sie. »Lena, was ist passiert? Sag schon …«

»Max.« Sie räusperte sich. »Es geht ihm nicht gut«, krächzte sie. »Er hat getrunken. Er ist irgendwie … seltsam. Er ist ausgeflippt … ich …«

Sofort stellte er sein Glas ab. »Komm!«

Sie rannten die Treppe hinauf, durchs Schlafzimmer. Glas

knirschte unter ihren Füßen, als sie die Terrasse betraten. Keiner von ihnen achtete darauf.

Lena eilte auf die Liege zu, auf der sie Max zuletzt gesehen hatte. Leer. Da war niemand!

Sie zuckte zusammen, als Georg sie unvermittelt am Arm packte. Er deutete nach vorn. Ihr Atem stockte.

Max saß auf der Brüstung – mit dem Rücken zu ihnen, die Schultern hochgezogen – und starrte in die Tiefe. Sie unterdrückte mit Mühe einen Schrei.

Mit einem Ruck zog Georg sie an sich. »Warte hier«, flüsterte er an ihrem Ohr. »Ich mach das.«

»Ja«, krächzte sie heiser. Sie war wie betäubt. Er ließ sie los, drückte ihren Oberarm und lächelte ihr aufmunternd zu.

Sie nickte und schlüpfte aus den Schuhen. Ihr Herz spielte verrückt. Sie presste die linke Hand gegen die Brust und schlich auf Zehenspitzen Richtung Ausgang. *Du darfst jetzt nicht umkippen, Lena … Reiß dich zusammen!* Das Rauschen in den Ohren ließ nach. Im Schatten eines großen Strauchs kauerte sie sich hin und hob zögernd den Blick.

Georg ging langsam, Schritt für Schritt, auf die Brüstung zu.

Das konnte nicht gut gehen! *Max wird erschrecken! Eine falsche Bewegung, und …* Sie presste die Fäuste gegen die Augen und wartete auf einen Schrei.

»Max.«

Keine Reaktion.

»Max, ich bin's, Georg.« Er klang ruhig und selbstsicher. »Was machst du da?«

Max murmelte etwas.

»Gitta und Stefan haben nach dir gefragt.« Georg stand nur noch eine Armlänge von ihm entfernt.

Was zum Teufel redet er da?

»Sie fahren morgen Mittag schon wieder«, plauderte Georg weiter, als stünde er entspannt an einer Theke.

Das war doch Unsinn! Was sollte das Gelaber? *Zerr ihn herunter, mach schon!*

Und wenn es danebenging? *Es sind sechs Stockwerke!*

Max schnaubte. Georg stand jetzt ganz dicht bei ihm. Er lehnte mit dem Rücken an der Brüstung, keinen halben Meter neben Max' linker Hand. Sie mussten einander atmen hören.

»Sag, was ist los?«

Lena schluckte. *Die drei auf dem Dach! Trinkend. Lachend. Bevor ...* Hier lachte niemand.

»Max, was soll das? Wieso hockst du da?«

»Hau ab!« Ein raues Schluchzen.

»Hast du was genommen?«

Ich habe ihm doch gesagt, dass er betrunken ist!

Stille.

»Max?«

»Nichts. Das ist es ja.« Max wandte sich halb um. Seine Bewegungen wirkten unsicher.

Lena rutschte ein Stück nach vorn und richtete sich auf. Ihre Zähne schlugen aufeinander. Ihr war kalt. Das dünne Kleid klebte ihr am Körper.

»Nix hab ich genommen«, wiederholte Max und schwang ein Bein zurück über die Brüstung. Er schwankte bedrohlich. »Ich sehe die ganze Scheiße glasklar. Mein kaputtes Leben, die ganze Scheiße«, keuchte er. Er schaute nach unten.

In den Abgrund!

Breitete die Arme aus. »Glaubst du, ich bin zu feige zum Springen?«, fragte er lauernd. »Es ist nur eine Frage ...«

Nein! Sie sank zurück auf die Knie. *Hol ihn endlich da runter, verdammt!*

Aber es ging weiter: »Was ist los, Max? Ich will wissen, was passiert ist.«

Stille.

»He, ich bin dein bester Freund ...«

»Der einzige«, stieß Max hervor.

Reden. Reden. Reden. Sie wollte nichts mehr hören. Rappelte sich auf. *Das hier führt zu nichts. Ich muss ...* Aber was, wenn er erschrak? Das Gleichgewicht verlor? Fiel!

»Schwachsinn, Max. Du bist besoffen!«

»Besoffen«, zischte Max über die Schulter.

War der Kerl verrückt? *Der provoziert ihn noch!*

Nun sagte Max etwas, das sie nicht verstand.

Georg schien unbeeindruckt. »Weiß *ich* ja nicht.« Seine entspannte Haltung machte sie rasend.

»Eben. Du hast keine Ahnung.« Max schwankte erneut.

»Das ist unfair, Max. Das weißt du.«

Schluss jetzt! Das war unerträglich. Sie stützte sich seitlich ab und zog die Knie an. *Vorsichtig aufstehen, und ...* Ihr Bein schrammte über den Beton. Ein Zweig schlug ihr ins Gesicht. Sie sog die Luft ein und atmete langsam wieder aus. Ein, zwei Schritte. Ein brennender Schmerz. Scherben. Die Schuhe! Auf einem Bein balancierend untersuchte sie ihren rechten Fuß und entfernte ein kleines Stück Glas. Der Schnitt blutete, es tat weh.

»Alle glotzen auf diese Scheißnarben.« Ein Aufschrei.

Sie fuhr herum.

»Wer, Max? Wer starrt auf deine Narben?«

Er klang wie ein verdammter Therapeut. Nur saß der Patient hier nicht auf einem bequemen Fauteuil, sondern sechs Stockwerke über dem Abgrund.

Ich hab ihn nicht angestarrt, dachte sie. *Ich hab doch nur ...* Hau ab, hatte er gesagt. Hau ab.

»Komm, dreh dich um, Max. Gib mir die Hand.«

Sie hörte Max etwas murmeln.

»Jepp, ich bin auch nicht mehr ganz nüchtern.« Georg lachte. Lachte!

Dann ein Geräusch wie ein Schlag. Ein unterdrückter Schrei. Ein Aufprall. Stille.

Es hatte geklappt! Sie schlotterte am ganzen Körper.

Max rieb sich den Arm. »Au, Scheiße. Das brennt wie verrückt.«

»Lass sehen. Da sollte man etwas drauftun. Komm.«

Sie knieten auf dem Boden. Georg beugte sich vor und zog Max in seine Arme. Er klopfte ihm auf die Schultern und redete eine Weile auf ihn ein. Dann half er ihm auf die Beine. Beide schwankten. Sie stolperten Richtung Tür, direkt auf sie zu.

Sie wagte kaum zu atmen, drehte sich weg. Wenn er jetzt auf sie aufmerksam wurde, ging womöglich alles wieder von vorne los.

»So, Vorsicht. Da liegen Scherben.«

Gemurmel.

»Keine Ahnung. Komm, halt dich an mir fest.« Georg hatte Max an den Schultern gepackt und schob den leicht Widerstrebenden durch die offene Terrassentür in die hell erleuchtete Wohnung.

Es war vorbei!

Sie schluchzte auf. Tränen liefen ihr übers Gesicht. Sie wischte sich über die Augen und schniefte.

Nicht daran denken. Jetzt nicht daran denken. Es war ja gut gegangen. Es war vorbei.

Sie tappte die paar Stufen hinauf zum Pool. Setzte sich an den Beckenrand und ließ die Beine ins Wasser hängen. Nach und nach fiel die Spannung von ihr ab. Sie fühlte sich leer. Wie ausgehöhlt. Bewegte die Zehen, die Füße, sah den kleinen kreisförmigen Wellen zu, wie sie nach und nach flacher wurden und schließlich verschwanden. Über ihr blinkten die Sterne.

Niemand kam.

Als sie sich schließlich erhob und nach unten ging, war die Party noch in vollem Gang. Die Musik war nun ruhiger, die Gäste betrunkener. Der Gastgeber schmuste mit einer Frau, die nicht seine Freundin war. Georg war nirgendwo zu sehen.

Lena schlängelte sich durch die Tanzenden zur Tür, wehrte ein paar Hände ab, die nach ihr griffen, und floh ohne einen Blick zurück. Ihre Schritte hallten im Stiegenhaus wider, als sie nach unten rannte. Sie zog die schwere Haustür hinter sich zu und atmete heftig aus. Zweimal nach rechts, eine kleine Gasse entlang. Ohne zu denken. Ohne etwas zu fühlen. Sie wollte nach Hause. Nur noch nach Hause.

Nach wie vor waren Nachtschwärmer unterwegs. Ein Mann streifte sie mit einem langen prüfenden Blick, schien etwas sagen zu wollen, ging dann weiter. Ängstlich horchte sie im Weitergehen auf Schritte hinter sich, wandte sich zwei-, dreimal um. Aber da war niemand.

‖

Seit drei Tagen hatte er nichts mehr von ihr gehört. Wie zuvor ihre ständigen Anrufe irritierte ihn nun ihr Schweigen.

»Jaaa?« Sie klang matt, verwirrt.

»Ich bin's. Habe ich dich geweckt?«

»Nein. Ich bin wach«, lallte sie.

»Was ist los? Du klingst so … anders. Hast du die Dosis erhöht?«

»Ich kann nicht schlafen. Ich … ich habe etwas getrunken.«

Er sah auf die Uhr. Erst zwei, früher Nachmittag. »Die Tabletten vertragen sich nicht mit Alkohol«, erinnerte er sie. »Du hörst dich an, als wärst du völlig besoffen.«

»Egal. Ich hab mir freigenommen. Die Tote. Und letztens, als du da warst … Ich will nicht mehr … denken.«

»Wo bist du?

»Zu Hause«, murmelte sie. »Ich bin zu Hause.«

Beide schwiegen. Er hörte einen dumpfen Knall, dann ein leises Fluchen. Ein Schluchzen. Du lieber Himmel! »Alles okay?«, fragte er.

»Nichts«, krächzte sie, »nichts ist okay.«

»Ich habe alles erledigt«, sagte er knapp.

»Erledigt?«

Die dumme Kuh quälte ihn seit Tagen mit ihren Ängsten und Forderungen, und jetzt wusste sie nicht einmal, wovon er sprach! »Wie besprochen«, zischte er.

»Alles erledigt. Alles wieder gut. Wir können zur –«, er hörte sie schlucken, »zur Tagesordnung übergehen. Alles okay. Nichts gewesen. Alles wieder gut«, höhnte sie.

Der Ton war neu. Sie klang aggressiv. Der Alkohol, dachte er. »Was soll das?«, herrschte er sie an.

»Was hast du mit ihr gemacht? Wo hast du sie abgeladen? Wo …«

»Halt den Mund, verdammt!«

»Sei still. Halt den Mund. Tu, was ich dir sage. Mach einfach so weiter.« Sie redete hastig, plötzlich erstaunlich klar. »Sei ein braves Mädchen.«

»Was ist los mit dir, sag?« Er legte Sanftheit in seine Stimme, diesen samtigen Ton, der seine Wirkung bei ihr nie verfehlte. »Soll ich, soll ich zu dir kommen?«

»Nein«, beschied sie ihm knapp.

Er war alarmiert.

Wenig später saß er im Auto. Er parkte im Halteverbot, stieß das Haustor auf und hastete die Stufen hinauf. Er läutete mehrmals. Sie öffnete nicht.

Nun verfluchte er seine Entscheidung, ihr den Wohnungsschlüssel zurückzugeben, als er sie verlassen hatte. Er hatte ihr klarmachen wollen, dass es diesmal endgültig war. Ihr jede Hoffnung nehmen.

Wir bleiben doch Freunde?

Ja, sicher, hatte er gesagt. Ein Fehler. Jetzt hatte er sie am Hals.

Er klopfte wieder. Keine Reaktion. Die Tür blieb zu. Er griff zum Handy. Es läutete sechsmal, dann meldete sich ihre Mailbox. Er versuchte es noch zweimal – ohne Erfolg.

Hatte der Mix aus Alkohol und den Medikamenten sie umgehauen? Vielleicht, dachte er, erledigt sich die Sache ja von selber. Man konnte daran sterben. Er hatte keine Ahnung, wie viel von dem Zeug, das er ihr regelmäßig lieferte, sie mittlerweile schluckte. In Verbindung mit einer halben Flasche Hochprozentigem konnte das durchaus reichen. Sie war keine geübte Trinkerin. Eine Vergiftung. Organversagen. Oder sie erstickte bei ungünstiger Lagerung an der eigenen Kotze.

»Sie hat die Trennung nicht verkraftet«, würde er stammeln. Fassungslosigkeit mimen. »Ich mache mir solche Vorwürfe. Es schien, als hätte sie es überstanden. Wir hatten wieder Kontakt. Sie hat mir erzählt, sie habe jemanden kennengelernt.«

Er klopfte wieder. Da drehte sich der Schlüssel im Schloss, die Tür öffnete sich einen Spalt. Er starrte in ihr bleiches Gesicht.

»Was willst du?« Unruhige Augen, fahrige Bewegungen. Nackte Füße unter einem knöchellangen hellblauen Bademantel. Sie hielt eine Schere in der Hand.

Fassungslos starrte er sie an. Ihre Haare, ihre schönen langen schimmernden Haare endeten in Kinnhöhe. Schartig geschnitten, als hätte sie Strähne um Strähne mit einem Messer abgesäbelt.

»Bist du verrückt geworden?«, schrie er sie an. Er trat einen Schritt näher. »Lass mich rein.«

»Nein.« Sie schluckte. »Hau ab. Ich will nicht mehr. Ich will meine Ruhe. Ich ... ich bin aufgewacht«, sagte sie theatralisch. Sie starrte ihn an, als sähe sie ihn zum ersten Mal. »Ich will dir nicht mehr gefallen«, lallte sie mit schwerer Zunge und knallte ihm die Tür vor der Nase zu.

‖

Lena klappte ihren Laptop zu. Eine Rundmail von Steffi an alle Freunde. Sonst nichts. Es ging auf Mittag zu, und in der Wohnung stand die Luft. Sie öffnete die Tür zur Terrasse. Das kleine Geviert sah verwahrlost aus. In der einen Ecke hatte sich unter einem Spinnennetz ein Häufchen Blätter angesammelt. Zwischen den Betonplatten wuchsen Gras und Löwenzahn. In den Tontöpfen in der einen Ecke kämpften Erdbeerpflanzen gegen wucherndes Unkraut. Das Bäumchen im großen Container beim Eingang zeigte bereits kräftige Blätter. Sie bückte sich, riss Büschel Gras aus und seufzte. Gartenarbeit war wirklich nicht ihre Sache. Aber sie würde sich wohl oder übel darum kümmern müssen. Ihr Handy klingelte. Sie stand auf und ging durch die Wohnung ins Schlafzimmer.

»Hallo, Lena. Georg spricht. Tut mir leid wegen gestern.«

»Schon okay.« Sie streckte sich und öffnete das Dachflächenfenster. Ein Lufthauch strich über ihren Nacken. Sie setzte sich aufs Bett.

»Du klingst müde. Hab ich dich geweckt?«

»Nein. Ich war schon unterwegs.« Sie hatte gleich am Morgen zum letzten Mal den Kater der Schorns versorgt. Die Familie würde im Laufe des Tages zurückkehren. Sie musste sich rasch um ein, zwei neue Katzensitterjobs kümmern.

»Du warst plötzlich weg. Ich hab dich gesucht. Ich wollte gleich wieder zu dir, aber Max … Das hat eine Weile gedauert. Ein Freund, der in der Nähe wohnt, hat ihn dann nach Hause gebracht.«

»Ist … ist er okay? Ich meine …«

»Er war ziemlich voll.«

»Wir haben ganz normal geredet, und plötzlich …« Lena stockte. »Ich weiß nicht, was ich falsch gemacht hab.«

»Zerbrich dir nicht den Kopf, Lena. Das hat nichts mit dir zu tun.«

»Es …« Sollte sie danach fragen, was es mit den Narben auf sich hatte? Am Telefon?

Er nahm ihr die Entscheidung ab. »Ich hab noch nicht gefrühstückt. Du? Lust mitzukommen? Ich lade dich ein.«

Sie zögerte.

»Komm schon. Als Wiedergutmachung.«

Warum nicht? Alles war besser, als hier herumzuhocken und sich verrückt zu machen. Bei jedem Blick aus dem Fenster an die Frau zu denken. Und an den gestrigen Abend. An Max.

Lena sagte zu. Die Ablenkung würde ihr gut tun.

Sie sah Georg schon von weitem. Er saß an einem Fensterplatz beim Eingang und telefonierte. Er wirkte zornig. Sprach er mit Max? Vielleicht war es doch keine so gute Idee gewesen, hierherzukommen? Nun blickte er in ihre Richtung, schien sie jedoch nicht zu sehen.

Sie zögerte, blieb in der Tür stehen und sah sich im Raum um. Das Lokal war gut besucht, die Stimmung gelöst und entspannt. Leises Klirren von Besteck, Lachen, freundliche Gesichter, manche noch blass und müde von einer zu langen Nacht. Gegenüber der Theke war ein Buffet aufgebaut, es duftete nach Brot, frischen Waffeln und Kaffee. Erst jetzt merkte sie, wie hungrig sie war.

»Lena!« Jetzt hatte er sie entdeckt. Er winkte und erhob sich.

Eine halbe Umarmung. Sie reichte ihm bis zur Schulter. *Er riecht gut*, dachte sie. *Kein Parfum, kein Rasierwasser.*

»Ich hoffe, du hast richtig Hunger. Das Frühstück hier ist Weltklasse. Komm.«

»Augenblick.« Sie legte ihre Weste über die Sessellehne und ging mit ihm zum Buffet. »Bist du öfter hier?«

Er schaltete sein Handy aus und versenkte es in seiner Hosentasche. »Ja. Manchmal, am Wochenende. Mit Freunden.« Er berührte sie leicht an der Schulter. »Max kommt auch«, sagte er.

Sie blieb stehen. »Kennst du ihn schon lange?«

»Ja.« Er belud seinen Teller sorgsam mit allerlei Salzigem und fütterte den Toaster mit zwei Scheiben Weißbrot. »Wie viele magst du?«

»Zwei. Danke. Aber ich mach das schon.« Sie konnte sich nicht entscheiden. Es gab von allem zu viel. Sie nahm sich Butter, Orangenkonfitüre und etwas Käse.

»Ja – schon eine ganze Weile«, kam er auf ihre Frage zurück. »Er ist in Ordnung.« Sie bestellten Kaffee und trugen ihre Teller zum Tisch. »Auf dem Fest gestern ist einiges schiefgelaufen«, sagte er. »Die Freundin des Gastgebers war schlecht drauf. Zwei Leute hatten Streit. Und als ich das dann geregelt hatte, warst du verschwunden.« Er belegte ein Brot dick mit Schinken und biss ab. Er sah müde aus.

»Ich war erst mit Max an der Bar. Dann tanzen. Er wollte nicht. Später, auf der Terrasse, war er in einer ganz eigenartigen Stimmung.«

Georg aß, nickte, kaute. Schwieg.

Sie legte ihr Messer auf dem Tellerrand ab. »Bist du eigentlich immer so cool?«

»Ich will dich beeindrucken«, sagte er lachend.

Sie verdrehte die Augen.

Er wurde sofort wieder ernst. Beugte sich vor und berührte ihre Hand. »Entschuldige.«

Sie nickte und nahm einen Schluck Kaffee. »Als er da auf der Mauer saß …« Sie leckte sich etwas Konfitüre vom Finger, griff nach einer Serviette und tupfte sich den Mund ab.

»Du hast schon recht. Ich bin tatsächlich der Troubleshooter vom Dienst. Wenn's irgendwo ein Problem gibt, bin meistens ich es, der das regelt. Mich stresst das nicht besonders. Ich denke, ich kann das ganz gut.«

Da war nichts mehr von Arroganz. Keiner der üblichen dummen Sprüche. *Sieh an, das Großmaul hat auch andere Seiten.*

»Ich kenne Max schon lange. Da …«

Sie unterbrach ihn. »Du hattest keine Angst, dass er springt?«

»Es hilft keinem, wenn man die Nerven wegschmeißt«, erklärte er. Er schob sich ein Stück Toast in den Mund. »Mach dir keine Sorgen um Max«, sagte er dann. »Manchmal hat man eben solche Tage. Ist so. Geht wieder vorbei.«

Das war alles? »Ich hol mir noch was.« Sie stand auf und ging zum Buffet. Sie spürte seinen Blick im Rücken. Dachte daran, wie er sie gehalten hatte. *Ich mach das schon.* Sie wandte sich um. Nun war er wieder mit seinem Handy beschäftigt.

Sie nahm sich eine frische duftende Waffel, heiße Himbeeren und einen Klacks Schlagobers und ging zurück zum Tisch.

»Wie habt ihr einander kennengelernt?«, fing sie erneut an, während sie sich setzte und genießerisch den Duft einsog.

»Wer?« Er steckte sein Handy weg.

»Du und Max.« Sie kaute mit vollem Mund.

»Vor ein paar Jahren. Im Krankenhaus. Ich hab mir beim Skaten das Schlüsselbein gebrochen.«

»Max hat erzählt, dass er einen Unfall hatte.« *Du lieber Himmel, muss man dir denn alles aus der Nase ziehen?*

Er zog die Braue hoch. Ein kurzes Zögern. »Ein Unfall, ja … kann man so sagen.« Er schien nachzudenken. »Am besten, du fragst ihn selber«, sagte er und wies zur Tür.

»Hallo, Lena. Georg.« Sie fuhr herum. Max!

Wie selbstverständlich beugte er sich zu ihr herab und küsste sie auf den Mund. Er roch nach Alkohol. Sie hielt den Atem an.

Georg runzelte die Stirn und räusperte sich. Max schien nichts davon zu bemerken. Er klopfte ihm auf die Schulter. »Alles okay? Seid ihr schon lange da?« Er schaute vom einen zur anderen. Er sah mitgenommen aus. »Mann, bin ich hungrig.« Er schlüpfte aus seiner Jacke. »Bin gleich wieder da.«

Georg schob seinen Teller zurück. Er musterte sie. »Läuft da was zwischen euch?«

Sie verneinte. Spürte Hitze aufsteigen. *Jetzt bloß nicht rot werden!* Hastig griff sie nach ihrer Tasse und hob sie zum Mund.

»Okay.« Georg schien sich mit ihrer Antwort zufrieden zu geben. »Max hat mir erzählt, dass du noch nicht lange hier bist. In der Stadt, meine ich.«

»Hm«, bestätigte sie. »Noch keine zwei Monate.«

»Und gefällt es dir? Wirst du bleiben?«

»Keine Ahnung. Ja. Ich hab noch nicht viel gesehen. War die ganze Zeit mit der Wohnung und meinen Jobs beschäftigt.«

»Was machst du?«

»Katzen versorgen, Blumen gießen. Urlaubsvertretungen. Ist okay. Ich kann mir selber einteilen, wann ich was erledige. Früher hab ich auch geputzt. Mit dem Teilzeitjob im Verkauf ist das zum Glück nicht mehr notwendig. Und du?«

Max gesellte sich wieder zu ihnen. Er setzte sich neben sie. Ihre Oberschenkel berührten sich.

Sie rückte ein Stück von ihm ab. »Und du?«, wandte sie sich wieder an Georg.

»Security«, sagte er. »Manchmal beim Film. Statistenrollen. Ein bisschen studieren. Jus. Aber im letzten Semester war da nicht viel …«

Sie stutzte. Hatte er nicht letztens, nach dem Überfall, wie sie es bei sich nannte, etwas anderes erzählt? »Ich dachte, du arbeitest bei einer Bank?«

»Bewachung, ja. Aber das wechselt. Öfter stehe ich bei irgendwelchen Veranstaltungen an der Tür. Der nächste Tag ist dann gelaufen, was Uni und Lernen betrifft. Aber momentan finde ich's gut. Ich mag Abwechslung, Action. Verschiedene Sachen ausprobieren. Der öde Alltag kommt früh genug.«

Sie nickte. Max kaute und schwieg.

»Ich hätte gewettet, du studierst«, fing Georg wieder an. »Medizin oder etwas in der Art.«

»Wie kommst du darauf?«

»Du wirkst unglaublich fleißig und organisiert.«

Max sah auf. Er grinste. »Hab ich auch gesagt.« Er wirkte völlig unbefangen. Als hätte es den gestrigen Abend nie gegeben. Keine Entschuldigung. Keine Erklärung. Nichts.

»Ich bin Schwester. Gesundheits- und Krankenpflegeperson, wie das offiziell heißt. Hab ich aber nur zwei Jahre gemacht. Ehrlich gesagt hab ich mir die Arbeit anders vorgestellt. Ich bin wahrscheinlich zu genau. Du hast recht«, wandte sie sich an Max. »Ein Krankenhaus ist wie eine Fabrik. Da bleibt keine Zeit für den Einzelnen. Für ein Gespräch. Da ist Massenabfertigung angesagt. Ich war dabei kaputtzugehen.«

»Und jetzt?« Georg beugte sich vor. Plötzlich hatte sie das Gefühl, mit ihm allein zu sein. Sie spürte seinen Blick auf ihrem Mund, sah ihn schlucken. Seine Pupillen sich weiten. *Im Film*, dachte sie, *setzt nun, genau an dieser Stelle, die Musik ein.*

Aber das war ein Irrtum! Sie wollte nichts von ihm. Sie riss sich los und schaute über seine Schulter ins Lokal. »Mal sehen«, sagte sie hastig. »Ich bleibe auf jeden Fall den Sommer über hier. Vielleicht ergibt sich ja etwas Neues.«

Georgs Handy läutete. Er reagierte nicht.

»Hey, schläfst du?« Max grinste.

Georg sah ihn irritiert an. Er warf einen Blick aufs Display und verzog den Mund. Nach kurzem Zögern stand er auf. »Entschuldigt mich.« Beide nickten. Lena hielt sich an ihrer Tasse fest.

»Mann, bin ich erledigt.« Max schob seinen Teller von sich und wischte sich mit seiner Serviette den Mund ab. »Ich glaube, ich lege mich am Nachmittag noch einmal hin.« Er rückte näher. »Sehen wir uns am Abend, Lena?«

»Hab schon was vor«, entgegnete sie hastig.

»Und was machst du morgen?«

Sie musste es ihm sagen! »Max, ich …«

Er nahm ihre Hand. »Was ist los?«

Sie starrte auf seine Finger, die ihre mechanisch streichelten. Sie verspannte sich. »Ich hab mich geirrt, Max«, murmelte sie. »Das alles ... wir passen nicht zusammen.«

»Was? Was sagst du? Aber – wieso?«

Und da fragt der noch! Sie zog ihre Hand zurück.

Seine Augen wurden schmal.

Nein, bitte nicht! Sie rückte ein Stück von ihm ab.

»Okay. Okay.« Max sprang auf. Die Stuhlbeine schrammten über den Boden. Ein paar Köpfe fuhren herum, die Leute am Nebentisch sahen zu ihnen herüber. Eine der Kellnerinnen, die eben einen Tisch abräumte, hielt in der Bewegung inne, verharrte kurz. Sie suchte ihren Blick. Als Lena nickte, eilte sie weiter. »Verstehe«, sagte Max gepresst. Eine Ader pochte an seiner Schläfe.

»Max, ich ... es tut mir leid.«

»Zahlen bitte.« Er schnappte sich seine Jacke. An der Tür stieß er mit Georg zusammen. Ein kurzer Wortwechsel, zwei, drei hastige Blicke zu ihr. Dann verabschiedeten sie sich.

Georg kam wieder an ihren Tisch. »Wahnsinn, ist der heute schlecht drauf. Verkatert wahrscheinlich. Kein Wunder.« Ein Lächeln. »Lena, magst du noch was, oder gehen wir auch?«

Sie trafen einander drei, vier Mal, und ohne darüber geredet zu haben, waren sie nun zusammen. Georg zeigte ihr die Stadt. Seine Lieblingsplätze. Sie lachten viel. Schliefen wenig. Lena strahlte. Sie mochte seine Selbstsicherheit, gewöhnte sich rasch an seine Vorlieben und Eigenheiten, an seine Spontaneität, die immer wieder ihre Planung durcheinanderwarf. Wusste bald, dass er ohne Sport nicht leben konnte, Oliven hasste und gerne Comics las. Manchmal war er stundenlang nicht zu erreichen, sein Handy ausgeschaltet. Und morgens brachte er den Mund nicht auf.

Nach einer Woche waren sie zum ersten Mal miteinander weggefahren. Da war sie sich noch nicht sicher gewesen, wie sie diese kleine Reise einordnen sollte.

Für ihn war alles ganz einfach. »Ich muss ein paar Tage raus. Kein Handy, kein Stress. Magst du mitkommen?« Er hatte ihr Zögern bemerkt: »Kostet dich nichts. Ich hab noch Gutscheine. Die verfallen sonst …«

Sie saßen beim Frühstück. Rundherum Paare, die miteinander plauderten, lachten. Georg aß mit Appetit, sah sie an, dann wieder aus dem Fenster.

Sie konnte nicht länger an sich halten. »Sag, bist du sauer?«

»Nein. Wieso?« Er hörte auf zu kauen.

»Du bist so – still.« Sie umfasste ihre Teeschale und sah ihn über den Rand hinweg an. Hatte er erwartet, dass sie mitkam? Mit ihm laufen ging? Waren diese zwei Tage so eine Art Test, ob sie zueinanderpassten? Auf der Fahrt hierher hatte sie ihn gefragt: »Was macht für dich eine Beziehung aus?«

Er hatte keine Sekunde gezögert. »Einander vertrauen. Alles, was mir wichtig ist, mit jemandem zu teilen.«

Sie hatte versagt. Sie war müde gewesen, hatte sich umgedreht, wohlig geseufzt und weitergeschlafen. *Das war's jetzt also.* Sie schluckte. Sie würden die zwei Tage nebeneinanderliegen, lesen, in die Sauna gehen. Wie Freunde, obwohl es doch so gut begonnen hatte, und dann … Sie starrte durch das Fenster auf die sonnige Landschaft, ohne sie zu sehen.

Eine der Serviererinnen blieb an ihrem Tisch stehen. »Darf ich Ihnen noch etwas bringen?«

»Danke.« Ihre Stimme kratzte.

»Ist mir gar nicht aufgefallen, entschuldige bitte. Ich hätte dich warnen müssen. Vor dem Frühstück laufe ich irgendwie noch auf Notbetrieb.« Georg streichelte ganz leicht über ihren Handrücken. »Hey, was hast du denn?«

»Nichts.« Sie nahm einen Schluck Tee, einen zweiten und

stellte die Schale ab. »Das heißt, eine Lerche passt nicht zu dir?«, fragte sie betont munter.

»Na ja, wenn jemand loslegt, sobald er die Augen offen hat, und von mir sofort konstruktive Gesprächsbeiträge erwartet, eher nicht.« Er bestrich ein Stück Brot dick mit Butter. »Kann man ja vielleicht lernen«, räumte er ein. Er legte das Messer ab und griff wieder nach ihrer Hand. »Wenn das Gegenüber ein bisschen Geduld hat.«

»Mal sehen.« Ihr war heiß.

Er nickte, zog seine Hand zurück und schaufelte Lachs auf sein Brot. *Unfassbar, wie viel der essen kann*, dachte sie.

»Darf ich das schon abräumen?« Die Serviererin hatte einen ganz leichten, sehr charmanten Akzent. Lena nickte.

Georg kaute mit vollen Backen. Sie stand auf. »Ich hole mir noch Kaffee. Soll ich dir auch einen mitbringen?«

»Ja, super.« Er strahlte sie an. »Mit geschäumter Milch, ohne Zucker. Du bist ein Schatz.«

Sie verzog den Mund. *Ein Schatz!* Sie ging die kurze Tischreihe entlang nach vorne zum Buffet. *Schwester Lena, Sie sind ein Schatz.* Wahrscheinlich war sie zu empfindlich.

Die meisten Frühstücker waren bereits gegangen, die Tische wurden neu aufgedeckt. Georg blickte ihr vergnügt entgegen. Er deutete auf die sanfte sonnige Landschaft hinter der Glasfront. »Schön, nicht?« Weit hinten unter den Obstbäumen bewegte sich eine weiße Wolke. »Schau, eine Schafherde.«

Sie nickte. Trank Kaffee und hörte ihm zu.

»… Ich war eine Zeitlang ein bisschen nachlässig, was das Laufen betrifft, aber hier kriege ich wieder richtig Lust … du siehst jede Menge Tiere … Rehe, Hasen, Vögel … den Sonnenaufgang … du rennst und rennst, schaltest ab, die Beine laufen wie automatisch weiter … du kommst in einen Flow … der Kopf ist leer, du bist ganz im Augenblick … das ist großartig. Schon mal erlebt?«

93

»Nein.« Sie hatte ihn noch nie so strahlen sehen.

»Komm«, sagte er. Er stellte die Tasse ab und griff nach ihrer Hand. Sie fühlte die Sonne auf ihrem Nacken.

Es war ungewohnt, wieder jemanden neben sich zu wissen, seine leisen Atemzüge zu hören, dachte Lena. Anders als Elias blieb Georg auf seiner Seite liegen, zog ihr weder die Decke weg, noch umklammerte er sie im Schlaf. Sie drehte sich zur Seite. Er lag ausgestreckt auf dem Rücken, ein Stück Bettdecke über den Augen gegen die Helligkeit, die trotz der geschlossenen Vorhänge ins Zimmer drang. Sie kannte niemanden, der so schlief: als gäbe es nichts, wovor man sich fürchten müsste. Völlig entspannt. Seine linke Hand berührte ihre Hüfte. Vorsichtig zog sie ein Stück Decke weg. Er reagierte nicht. Sie betrachtete sein glattes Gesicht, die langen Wimpern, die an den Spitzen heller waren, die sanft geschwungenen Brauen. Sofort beschlichen sie Schuldgefühle. *Es gehört sich nicht, jemandem beim Schlafen zuzusehen.* Sie beugte sich vor und strich mit den Fingerspitzen über seinen linken Oberarm. Keine Reaktion. Sie erhob sich und zog die Schlafzimmertüre leise hinter sich zu.

Der frühe Morgen war die beste Zeit. Der Tag war noch ganz neu, alles war möglich. Man konnte ihn anfüllen mit richtig guten oder banalen Dingen, wie ein Kind, das sich allerlei Fundstücke in seine Taschen stopfte. Wenn man sie abends leerte, waren da Schätze oder billiger Kram, je nachdem. Dinge, die aufzuheben sich lohnte, und solche, die man besser gleich wegwarf.

Sie duschte und deckte den Tisch. Draußen segelten Vögel durch den lichtblauen Himmel, kleine Wolken und – Seifenblasen? Sie ging zum Fenster. Gegenüber, ein Stockwerk tiefer, stand ein kleines lockiges Mädchen zwischen weit offenen Fensterflügeln. Es pustete mit eifrigem Gesichtsausdruck durch einen Ring und sah verzückt den schimmernden schwebenden

Blasen nach, die, von einem Luftzug gepackt, nach seitwärts und nach oben gezogen wurden. Hinter der Kleinen stand ein junger Vater, dunkelhaarig wie sie. Er hob die Hand. Lena winkte zurück. Die Seifenblasen schwebten an der Hausecke empor und tanzten vor der Dachlandschaft durcheinander.

Wo die drei jetzt wohl waren? Sie war sich mittlerweile sicher, dass sie sich getäuscht, sich ohne Grund geängstigt hatte. Wer blieb schon ruhig sitzen, wenn eine Freundin vom Dach fiel und sich das Genick brach. *Hirngespinste*, dachte sie. *Du verträgst nichts. Du siehst schlecht. Du hast zu viel Phantasie.*

Sie goss sich eine zweite Tasse Kaffee ein, griff nach ihrer Brille, die sie am Abend auf dem Tisch abgelegt hatte, und ging wieder zum Fenster.

Sie waren im Kino gewesen.

Sie hatten die letzten beiden Karten ergattert und tauchten miteinander ins Dunkel des großen Kinosaales, in dem bereits der Vorspann lief. Er hatte Schokolade gekauft und fütterte sie mit kleinen Stücken. *Es fühlt sich richtig an mit ihm*, dachte sie.

Kino war das Beste überhaupt. Man ließ sich in eine neue Welt entführen, wurde ein Teil von ihr, lachte und weinte mit den Menschen darin, zitterte um sie und hoffte mit ihnen. Man war wieder wie ein Kind. Ganz im Augenblick versunken, bis die Lichter angingen und einen zurückbrachten in den Alltag.

Sie wühlt in ihrer Tasche.

»Du trägst eine Brille? Lass sehen!«

Sie wendet sich ihm zu.

»Nice.« Er küsst sie. Sie schmiegt sich an ihn.

»Pscht«, zischt es rundherum. Cineasten. Nicht das übliche Popcorn-und-Cola-Publikum.

»Nur im Kino«, flüstert Lena zurück. Ein Mann vor ihnen dreht sich entnervt um.

»Was ist los mit dir?«, fährt Georg ihn an. »Was willst du?«

Also doch nicht immer Mr. Cool! Sie lächelt. Er greift nach ihrer Hand. Sie sinkt tiefer in ihren Sitz und lehnt ihren Kopf an seine Schulter. Der Film beginnt.

Der Kaffee war noch heiß. Sie stellte die Tasse vorsichtig ab und setzte die Brille auf. Die Umgebung rückte näher, bekam klare Konturen. Sie sah Details, die ihr bisher entgangen waren. Ornamente an den Blumentöpfen in den Fenstern gegenüber, ein Schild am Ende der Straße: *Markenuhren.* Auf dem Nachthemd des Mädchens mit den Seifenblasen tanzten zwei kleine weiße Bären. Das Kind blies mehrmals erfolglos die Backen auf und drehte sich dann mit betrübtem Gesichtchen zum Vater um. Er kippte die Pustefixröhre: leer. Das kleine Mädchen schmiegte sich an ihn. Das Gefieder des Raben auf dem gegenüberliegenden Dach plusterte und sträubte sich im Wind. Lena sah seine dunklen harten Augen auf sich gerichtet und überlegte, wie er sie wohl wahrnahm. Das Geländer auf dem First des roten Ziegeldachs war jetzt gestochen scharf. *Da sind sie hinuntergeklettert. Auf die Terrasse. Zurück in die Wohnung.*

Knapp über der Dachrinne blitzte etwas auf. Glasscherben? Sofort hatte die die Szene mit der Flasche wieder vor Augen: Wie der Mann sie hochhält, fallen lässt. Wie sie nach einem Aufprall kopfüber in die Tiefe stürzt.

Da, in der Dachrinne! Da … da ist doch was! Sie kniff die Augen zusammen. Es war rot. Ein dunkles Rot. Die Brille reichte nicht. Sie trat vom Fenster zurück, setzte sie ab, stolperte, fiel beinahe über die eigenen Füße, eilte durch das Wohnzimmer, den Flur, riss die Tür zum Schlafzimmer auf. Sie öffnete die oberste Schublade der Kommode und griff nach Steffis Fernglas.

»Morgen.« Sie fuhr herum. Georg blinzelte ihr zu. Er hatte die Decke weggestrampelt, streckte sich und gähnte. Sie beugte sich über ihn. Er breitete die Arme aus.

»Guten Morgen, Schlafmütze. Ich hab Frühstück ...«

»Pscht«, machte er und küsste sie. Seine linke Gesichtshälfte war zerknittert wie das Kissen. Er roch nach Schlaf und nach sich selber. Und ein wenig nach ihr. »Komm.« Er machte Anstalten, sie zu sich ins Bett zu ziehen.

»Später. Ich sterbe vor Hunger.«

Mit einem Satz war er aus dem Bett. Bei ihr. Schmiegte sich an sie und küsste ihren Nacken. »Hab auch Hunger«, murmelte er undeutlich.

Sie lachte und machte sich los. »Zuerst Frühstück.«

»Na gut, ich geh duschen. Bin gleich wieder da.«

»Wen beobachtest du?«

Sie hatte ihn nicht kommen hören. In seinen Haarspitzen hingen Wassertropfen, er roch nach Zahnpaste und ihrem Shampoo. Er streichelte ihre nackten Schultern.

»Du hast mein Haus im Visier?«, fragte er streng und knabberte an ihrem Ohr. Es kitzelte.

Sie wand sich aus seiner Umarmung. »Du wohnst da drüben unter dem roten Dach?«, fragte sie erstaunt.

»Genau. Was ist verkehrt dran?«

»Nichts.« Sie reichte ihm den Gucker. »Schau, da liegt etwas!«, sagte sie aufgeregt.

»Glasscherben.«

»Du musst weiter nach links gehen, dann nach unten. In der Dachrinne, das Rote.« Sie sah ihm zu, wie er die Schärfe einstellte, das Glas an die Augen gepresst.

»Ein Schuh«, sagte er desinteressiert und gab ihr das Fernglas zurück. »Komm. Lena, darf ich mir Kaffee nehmen? Ein Brot?«

»Hm. Was hast du gesagt?« Sie starrte auf den Schuh. »Ja. Gleich. Sicher.« *Ein Schuh!* Er konnte sich beim Sturz von ihrem Fuß gelöst haben ... Sie schluckte. *Aus, aus jetzt!* Sie nahm ihre Tasse und trug sie zum Tisch.

Georg deutete auf die Teller mit Käse, Schinken, Brot und Eiern. »Frühstückst du immer so üppig?«

Sie schüttelte den Kopf. »Sonntagsfrühstück«, sagte sie. *Extra für dich.* Sollte sie ihm erzählen, was sie beschäftigte? Sie bestrich eine Brioche dünn mit Butter und griff nach der Marmelade. »Wir sind also Nachbarn.«

»Hm«, sagte er.

»Und wo wohnst du genau?«

»Ganz oben. Fünfter Stock.« Er trank Kaffee und löffelte ein weiches Ei. Er sah zufrieden aus.

»Wir könnten einander also zuwinken«, stellte sie fest.

»Meine Wohnung geht auf die andere Seite hin. Zum Innenhof. Da müsste ich schon aufs Dach klettern, damit du mich siehst.«

»Wie kommt man da rauf? Warst du schon oben?«, fragte sie aufgeregt.

Ein Stirnrunzeln. »Nein«, sagte er knapp.

»Man kann aber rauf?«, versuchte sie es noch einmal. »Ich habe letztens …«

Er zuckte gleichmütig die Achseln. »Keine Ahnung.«

Der Morgen war keine gute Zeit, um mehr aus ihm herauszukriegen. Er wurde erst im Laufe des Tages gesprächiger. Sie würde es später wieder versuchen.

||

Er ließ zwei Tage verstreichen, ehe er sie wieder anrief. »Wir müssen uns treffen«, forderte er.

»Nein.« Wieder dieser entschlossene Ton.

»Ich komme am Abend zu dir.«

»Ich bin unterwegs.«

»Unterwegs?«

Sie zögerte. »Ich habe einen Termin bei meiner Therapeutin.«

»Du hast was?«

»Ich muss mir über einige Dinge klar werden.«

»Das ist doch Schwachsinn!«, schrie er.

»Ich weiß selber, was gut für mich ist.«

Er hielt die Luft an. »Liebes«, sagte er nach einer Weile, mühsam beherrscht, »du bist dabei, eine Riesendummheit zu machen. Und du –«, er stockte, »du hast mich in diese Sache mit hineingezogen.«

»Ich hab dir doch gesagt –«

»Hineingezogen«, fuhr er unbeirrt fort. »Ich habe alles getan, um dich zu schützen. Mich selber in Gefahr gebracht.« Er machte eine Pause. »Du solltest so fair sein, mit mir zu reden, wenn du eine Entscheidung triffst, die Folgen für uns beide haben kann.«

Er spürte ihr Zögern. Hörte sie seufzen. Es klang – genervt. »Gut«, sagte sie knapp. »Vor der Therapie. Um fünf. Im Café bei mir ums Eck.« Dann legte sie auf.

Er betrat das Lokal und sah sich um. Sie war noch nicht da. Er schaute auf die Uhr: zehn vor fünf. Er setzte sich in eine Nische, den Eingang im Blick, und griff nach einer Zeitung.

Der Ober kam an den Tisch. Er sah kurz auf. »Danke. Ich warte auf jemanden.« Er überflog die Schlagzeilen, blätterte hastig um, besann sich anders, hob die Hand. »Herr Ober. Eine Melange.«

Der Kaffee kam. Er nahm einen Schluck, verbrannte sich die Lippen, fluchte.

Blickte wieder auf die Uhr und griff zum Handy.

Da stand sie plötzlich in der Tür, winkte dem Kellner, orderte einen Kaffee und stürmte auf seinen Tisch zu. Sie ist unsicher und will es schnell hinter sich bringen, konstatierte er. Du musst dir Zeit lassen.

»Du bist zu spät«, sagte er.

»Ja.« Sie setzte sich ihm gegenüber.

Er beugte sich vor. Sie wich zurück. Der Ober brachte ihr einen kleinen Mocca. Er orderte eine zweite Melange.

Sie tat Zucker in ihren Kaffee, rührte heftig um, leckte dann den Löffel ab und legte ihn auf die Untertasse. Sie sah fremd aus mit den nun akkurat geschnittenen Haaren, die ihr ins Gesicht fielen, als sie sich vorbeugte. »Was willst du mir sagen?«, fragte sie kühl.

»Deine neue Frisur ...«, begann er.

»Das ist nicht dein Ernst. Ich bin nicht hier, um mit dir über mein Aussehen zu diskutieren.« Ein völlig neuer Ton.

»... ist ungewohnt, sieht aber hübsch aus.« Er konnte nicht zulassen, dass sie den Ablauf bestimmte, die Führung übernahm.

Er griff nach ihrer Hand, aber sie war schneller.

»Ich hab alles geregelt«, begann er. »Hab sie rausgeholt und in den Wald gefahren. Sie begraben, wie du es wolltest. Eine hübsche Stelle«, log er, »in einem Jungwald. Niemand wird sie finden. Es gibt ...« Sie wollte etwas sagen, aber er ließ sich nicht unterbrechen. »... keinen Grund mehr, dass du dir Sorgen machst.«

Sie lehnte sich zurück und musterte ihn kühl, die Arme vor der Brust verschränkt. »Du bist krank«, stellte sie fest. »Ein Mensch stirbt, deine Freundin stirbt, und es lässt dich kalt. Du behandelst das Ganze«, sie schürzte die Lippen, »wie einen verunglückten Geschäftsfall, den es zu einem guten Abschluss zu bringen gilt. Fühlst du denn nichts? Keine Verzweiflung, keine Trauer, keine Angst? Denkst du nicht ...« Sie brach ab, mit einer resignierenden Handbewegung, als hätte es keinen Sinn, mit einem wie ihm weiter zu reden. »Meine Therapeutin sagt —«

»Was hast du ihr erzählt?«, fragte er schneidend.

»Sie sagt, dass man sich vor Menschen wie dir hüten muss.

Dass einer wie du kein Mitgefühl hat. Dass er zu allem fähig ist.«

Er packte sie am Handgelenk. »Was hast du ihr erzählt?«

»Lass mich los!« Sie entwand ihm ihren Arm. »Dass ich mich von dir lösen will und mir über einige Dinge klar werden.« Sie klang ruhig und bestimmt.

Gut, dachte er. Gut. Es war noch nichts verloren. Er setzte ein ernstes Gesicht auf. »Wenn ich etwas tun kann, um dir zu helfen …«, begann er. Ihre Augen wurden schmal. »Wir sind doch Freunde. Niemand kennt dich besser als ich. Wir werden«, beschloss er, »darüber reden, was dich belastet, deine Schuldgefühle … Ich glaube nicht, dass eine völlig fremde Person, die dich nicht kennt, etwas für dich tun kann.« Wieder griff er nach ihrer Hand. Sie zog sie nicht zurück. Sie lag schlaff in seiner, reagierte nicht auf sein Streicheln, auf den sanften Druck, mit dem er seine Worte unterstrich.

»Ich treffe meine Entscheidungen ab sofort selber«, sagte sie.

»Liebes, ich weiß nicht, was sie dir eingeredet hat. Das bist nicht du.«

Sie schaute auf die Uhr.

Weitermachen, dachte er. Sie darf jetzt nicht gehen. »Ich verstehe, dass das, was du getan hast, ein Schock für dich war. Ich wollte dich nicht zusätzlich mit meinem Schmerz belasten«, fuhr er fort. »Ich bin anders als du. Stärker. Du hast mir einmal gesagt, dass es genau das ist, was dich angezogen hat: dass ich dir Sicherheit gebe. Erinnerst du dich?«

Beide schwiegen. Er wartete auf eine Reaktion, aber da kam nichts. Sie saß reglos. Wie versteinert. Ihre kühlen grauen Augen fixierten ihn.

»Kathrin fehlt mir. Sehr.« Er biss die Zähne zusammen und starrte an ihr vorbei auf einen älteren Herrn, der gegen sich selber Schach spielte. Dann fuhr er sich langsam mit der Hand über die Augen.

»Worte. Nichts als Worte. Ich spüre nichts. Weil hinter all den Worten nichts ist. Das weiß ich jetzt.« Sie war lauter geworden. Gut. Emotionen waren gut. Er hatte sie aus der Reserve gelockt.

»Du bist so fremd«, wiederholte er leise. »Das tut mir weh. Gerade jetzt sollten wir einander stützen, Halt geben.«

Keine Reaktion.

»Es wird leichter werden«, versprach er. »Für dich. Für mich. Wenn du die Medikamente …«

»Ich nehme nichts mehr«, unterbrach sie ihn.

Er starrte sie entgeistert an. »Aber …«

»Ich war wie abgeschaltet. Wie in Watte gepackt, lethargisch, matt … nicht mehr sicher, was real ist und was ich mir einbilde. Ich muss verrückt gewesen sein, das Zeug zu schlucken, das du mir gegeben hast.« Sie reckte das Kinn vor, starrte ihm in die Augen und fragte scharf: »Woher hast du das überhaupt?«

Er zuckte die Achseln. »Was nimmst du jetzt? Was hat sie dir verschrieben?«

»Nichts. Ich brauche einen klaren Kopf.«

»Sagt sie das? Diese Psychiaterin?«

»Psychologin.«

»Diese Seelenklempner haben doch alle selber einen Schaden«, höhnte er. »Die wissen nichts vom Leben, setzen dir Flöhe ins Ohr, manipulieren dich«, er wurde lauter, »und bringen dich in ein Abhängigkeitsverhältnis, das ihnen ein geregeltes Einkommen sichert.«

»Dafür bist *du* allerdings der Experte«, sagte sie schneidend. »Bei der Gelegenheit – ich möchte mein Geld zurück. Die vierzigtausend, die ich dir geborgt habe. Bis wann kannst du das Geld auftreiben?«

Bestürzt sah er sie an. »Ich habe dir doch gesagt, ich zahle das zurück, so schnell ich kann. In Raten.«

»Du hast erst zwei Raten bezahlt. Das ist Monate her. Rede

mit deiner Bank wegen eines Kredits. Ich will alles auf einmal. Also, bis wann?«

Nun explodierte er. »Was zum Teufel macht dieses verdammte Weib mit dir? Was redet sie dir ein? Und wozu? Hm? Sag schon!«

Der Schachspieler drehte sich zu ihnen um, der Ober hinter der Theke hob den Blick.

Sie griff nach ihrer Tasche. »Zahlen bitte.«

»Verstehe«, zischte er, »die Therapie will bezahlt werden. Da werfen wir alle Vereinbarungen über den Haufen, vergessen, was wir ausgemacht haben. Und was wir gemacht haben, auch.« Er beugte sich vor und sagte leise, aber deutlich: »Die Nachfolgerin vom Dach gestoßen, ermordet. Wir wollen raus aus der Sache, schnell raus, und dann noch die Kohle mitnehmen und …«

»Ich hab sie nicht gestoßen«, sagte sie ruhig.

»Ach ja, und warum hast du dann keine Hilfe geholt?«, fragte er hämisch. »Keine Polizei? Warum? Hast mich angefleht, dir zu helfen, hast mich in die Sache hineingezogen, dich darauf verlassen, dass ich alles vertuschen werde, weil du mir wichtig bist, weil ich dich immer noch liebe, nach allem, was war. Du hast mich zu deinem Komplizen gemacht.«

Sie riss die Augen auf und starrte ihn mit offenem Mund an. »Ich hab was?«

‖

An Lenas Geburtstag blieb ihr Telefon stumm. Zwei flüchtige Bekannte von früher, von denen sie schon lange nichts mehr gehört hatte, gratulierten per SMS.

Ihr Vater hatte es wieder vergessen. Er würde mit ein paar Tagen Verspätung anrufen. »Milena, Mädchen, du musst entschuldigen. Das neue Projekt, weißt du. Eine große Sache.

Geht es dir gut, ja? Wir feiern deinen Geburtstag nach. Ich bin nächste Woche mit Maria (Olga, Nadja, Susanne – die Namen waren austauschbar) in Wien. Wir können uns treffen, essen gehen. Ich fliege am Abend weiter nach Prag.« Er würde ihr ein Kuvert in die Hand drücken, lachen, erzählen, immer unterbrochen von Telefonaten, wichtigen Anrufen, würde Wein bestellen und noch mehr Wein – den teuersten auf der Karte –, ein bisschen sentimental werden, sie in die Arme nehmen und einer fortwährend lächelnden Marisa, Beate, Nikol oder Krystina erklären, wie stolz er auf seine einzige Tochter war, die schon mit siebzehn unabhängig gewesen war. Wenn sie dann das Lokal verließen, der immer noch gut aussehende Mann mit den beiden jungen Frauen an seiner Seite, eine dunkel, die andere üblicherweise blond, wenn er mit der Blonden in ein Taxi stieg und sie, Lena, zurückblieb, fühlte sie sich jedes Mal erschöpft und um etwas betrogen, obwohl sie auch dieses Mal ohne Erwartungen gekommen war.

Sie arbeitete bis zum Abend, räumte um, beriet Kunden, dekorierte das Schaufenster neu. Versuchte sich einzureden, dass es ein Tag wie jeder andere war. *Keine Lust zu feiern.*

Sie war noch ganz klein gewesen, als Mama Sachertorte für sie beide gebacken hatte. Sich hübsch gemacht hatte, Lippenstift aufgelegt und mit ihr getanzt. Die Kerzen mit weißen und rosa Streifen wie Zuckerstangen schmeckten nach nichts. Die kleinen Flammen leckten an ihnen und ließen Mamas Haare aufleuchten. Papa kam immer zu spät – lachend, den Arm voller Geschenke. Für Mama. Für sie. Drückte sie an sich, hob sie hoch und wirbelte sie herum. Küsste Mama. *Meine Prinzessin, meine Liebe – alles Gute zum Geburtstag.* Setzte sich zu ihnen auf den Boden und sah zu, wie sie sie auspackten.

Als Mama nicht mehr da war, kam ihr jeder Geburtstag vor, als stünde er ihr nicht zu.

Am Abend rief Georg an. »Lust auf Kino? Wie lange arbeitest du? Holst du mich ab?«

Sie war noch nie in seiner Wohnung gewesen. Kurz vor sieben stand sie vor dem Haustor. Sein Name stand nicht auf dem Klingelbrett. Sie griff zum Handy.

»Hi, ich steh jetzt vor deiner Haustür.«

»Komm rauf. Fünfter Stock.« Der Türöffner summte.

Sie eilte zum Lift und fuhr nach oben. Die mittlere der drei Türen auf der Etage stand einen Spalt offen. Sie drückte sie auf und blieb mit offenem Mund stehen. Zwei Reihen brennender Teelichter leiteten sie vom Vorzimmer in einen größeren, ebenfalls von Kerzen erhellten Raum. Mit dem Öffnen und Schließen der Tür änderten die Flämmchen ihre Richtung, neigten sich weg von ihr und wieder zu ihr hin.

Sie schlüpfte aus den Schuhen und setzte einen Fuß vor den anderen, vorsichtig, um keines von ihnen zu löschen, folgte ihrer Spur staunend und atemlos bis ins Zimmer vor ihr. Sah sich im gegenüberliegenden Fenster gespiegelt: kleine tanzende Lichter und darüber ihr eigenes strahlendes Gesicht. Georg kam mit einem großen Strauß Rosen auf sie zu und nahm sie in die Arme: »Alles Gute zum Geburtstag, Lena.«

Die Kerzen waren längst erloschen, aus dem Nebenraum fiel sanftes Licht. Sie lagen nebeneinander im Bett. Sie lauschte Georgs Atem und vergrub ihr Gesicht in seiner Halsbeuge. »Der schönste Geburtstag«, murmelte sie. »Danke.«

»Hm«, machte er und schlief sofort wieder ein.

Sie blickte um sich. Zwei große, ineinander übergehende Zimmer. Küche, Bad. Weiße Wände, keine Bilder, nur die notwendigsten Möbel. *Als wäre er gerade erst eingezogen.* Ein großes Bett. Ein Tisch. Stühle. Ein Schrank. In der Ecke Hanteln und eine Kraftstation. Der Laptop neben dem Bett auf dem Boden. Keine Pflanzen, keine Bücher. Die Rosen, ihre roten Rosen, in einem Glaskrug auf dem Tisch als einziger Farbfleck. Sie hatte sich seine Wohnung ganz anders vorgestellt: vollgeräumt, bunt, ein bisschen chaotisch. Laufschuhe, Kletterzeug, sein Fahrrad.

Vorsichtig löste sie sich aus seiner Umarmung, zog sich sein T-Shirt über und ging zum Fenster.

Wolken jagten über den Himmel, es begann erst sanft, dann immer stärker zu regnen. Wind kam auf. Er riss Papier- und Plastikfetzen in die Höhe und wirbelte sie durcheinander. Vögel taumelten durch die Luft. Der Himmel färbte sich in schwefligem Gelb. Windböen klatschten den Regen gegen die Scheiben und zerwühlten die Baumkronen im Hinterhof. Sie lehnte die Stirn ans kühle Glas und sah zu, wie das Wasser die Scheiben entlanglief.

Sie zuckte zusammen, als Georg neben sie trat. »Woran denkst du?«

»Du wohnst noch nicht lange hier, oder?«

»Zwei Jahre«, sagte er. »Warum? Komm wieder ins Bett, Lena. Hier ist es kühl.«

Sie schlüpfte zu ihm unter die Decke. Er zündete eine Kerze an, schenkte Wein nach und reichte ihr ein Glas.

»Ich muss dir etwas erzählen«, sagte Lena nach einer Weile und kuschelte sich an ihn. »Du erinnerst dich an den Schuh in der Dachrinne?«

»Ja.« Er klang irritiert.

»Ich war erst kurz in der Wohnung. Da hab ich drei Leute hier auf dem Dach gesehen.«

»Und?« Er spielte mit ihren Haaren.

»Warte. Die saßen da oben und haben getrunken. Verrückt, hab ich mir gedacht. Man kann leicht abrutschen und … Dann hab ich kurz weggeschaut, und als ich wieder hinsah, fehlte eine. Waren da nur noch zwei. Ich hab mir gedacht, nein, warte … dass die eine da runtergefallen sein muss … ich war richtig-gehend panisch.«

106

»Ein Unfall? Da hätte ich doch was mitgekriegt. Ich meine, hier im Haus …«

»Ich hab die Zeitungen –«

»Hast du irgendwas gemacht? Polizei verständigt oder so?« Er rückte ein Stück von ihr ab.

»Nein, nein … Ich hatte was geraucht. Aber ich … Georg, ich war mir völlig sicher, weißt du. Ich hab schlecht geschlafen. Mir Vorwürfe gemacht. Vielleicht lebte sie ja noch. Ich war sogar hier im Haus, um nachzusehen.«

»Das ist nicht dein Ernst!«

»Doch«, sagte sie. »Kannst du das nicht verstehen? Ich meine, niemand bleibt ruhig sitzen, wenn jemand vom Dach fällt. Die saßen aber da, als wäre nichts. Ich war mir sicher …«

»… die haben sie runtergestoßen«, sagte er.

»Ja«, sagte sie. »Genau.«

»Hast du irgendetwas gesehen?«

»Nicht wirklich. Aber ich war völlig durcheinander. Als du mich damals auf der Straße …«

»… angefallen hast. Sag's ruhig.« Jetzt lachte er. »Ich verstehe. Da dachtest du, jetzt bist du dran. Die einzige Zeugin.«

»So ungefähr.« *Du lieber Himmel, das klingt tatsächlich ein bisschen überdreht.*

»Die wird zurückgeklettert sein.« Er grinste. »Das muss ja arges Zeug gewesen sein. Wo hast du das her?«

»Von Steffi. War in der Wohnung. Ich hab mir eine richtige Paranoia aufgerissen.«

»Schaut so aus«, sagte er und zog sie an sich.

Lena nippte an ihrem Wein. Georg schnitt Fleisch in kleine Stücke, ließ Zwiebeln glasig anlaufen und schälte Knoblauch. Jeder Handgriff saß. Sie selber war eine lausige Köchin, die zur Not ein Rührei zustande brachte und im Wesentlichen von Fertiggerichten lebte. Er hingegen kochte gern, und sie war fasziniert, wie er nach einem Blick in den Kühlschrank loslegte – ohne Rezept, ohne nachzudenken. Wie alles rechtzeitig fertig war und er es schaffte, die Küche während des Kochens sauber zu halten. Kein schmutziges Geschirr, saubere Arbeitsflächen. Sie konnte das nicht. Sie machte sich etwas zu essen und putzte danach gründlich.

»Was hat es eigentlich mit Max' Narben auf sich? Was war das für ein Unfall?«

Georg rührte um. »Sein Vater hat seine Mutter mit dem Messer verletzt. Max ist dazwischengegangen.«

Lena war sprachlos.

»Und die Mutter?«, fragte sie nach einer Weile.

»Ist seitdem ein Pflegefall. Sie lebt in einem Sanatorium. Die Familie hat Geld. Der Vater war in Haft. Max wohnt jetzt wieder bei ihm.«

»Max wohnt beim Vater?« *Nicht zu fassen!*

»Seine Sache«, sagte Georg mit einem Achselzucken. Er probierte, würzte nach und hielt ihr den Löffel hin.

»Hm, riecht das gut.«

»Schmeckt auch gut«, sagte er. »Pass auf. Heiß.« Er streichelte ihren Rücken.

Sie kostete und nickte. *Er berührt mich unentwegt,* dachte sie. Noch nie hatte jemand ihr so selbstverständlich gezeigt, wie sehr er sie mochte.

Die Klingel schrillte.

»Erwartest du jemanden?«

Georg zuckte die Schultern. »Ein Vertreter wahrscheinlich, Zeugen Jehovas oder …« Es läutete erneut. Er schaltete den Herd aus, nahm die Pfanne von der Platte und rührte noch einmal um. Er seufzte genervt. »Ich komm ja schon!«

Lena folgte ihm und knipste im dämmrigen Flur das Licht an. Mit einem lauten Klacken sprang der Zeiger der Küchenuhr ein Stück weiter.

Georgs Rücken versperrte ihr den Blick auf den Besucher. Sie sah rote Martens, Jeans, ein Stück einer glänzenden roten Regenjacke. Eine Pfütze auf dem Boden.

»Tut mir leid, ich kann Ihnen nicht … Nein, sagte ich doch schon«, wiederholte er, »ich kann Ihnen nicht helfen. Ich weiß nichts!« Er versuchte die Tür zu schließen.

Ein Fuß fuhr dazwischen und hinderte ihn daran. »Warten Sie!« Eine energische Frauenstimme.

»Was zum Teufel soll das? Nehmen Sie sofort den Fuß aus der Tür.« Er versuchte sie abzudrängen.

Sie musste ihm helfen! »Georg?«

Er versperrte mit seinem Arm den Zutritt und drehte sich zu ihr um.

Ein unterdrückter Aufschrei. Wie eine Furie fuhr die Frau auf ihn los. »Kathi?« Sie packte ihn am Oberarm und versuchte ihn beiseitezuschieben. Ihr Gesicht war verzerrt, die gekringelten dunklen Haare troffen vor Nässe, Wasser lief ihr übers Gesicht. Es sah aus, als würde sie heulen.

»Lassen Sie das, verdammt!«, schrie Lena.

Die Frau erschrak, stutzte. Ihre Hand fiel herab. Offenen Mundes starrte sie Lena an. »Ich dachte … ich … ich hab Sie verwechselt. Es tut mir leid. Ich hab mich geirrt«, stammelte sie und nahm den Fuß aus der Tür. »Entschuldigen Sie bitte, das ist nicht meine Art.«

Betretenes Schweigen.

Lena gab sich einen Ruck. »Was ist los, suchen Sie jemanden?«

»Ja. Kathi. Kathrin Bernegger. Sie wohnt hier auf Tür 14. Kennen Sie sie?« Die Frau schien erleichtert, endlich Gehör zu finden. Mit einem Schritt war sie bei ihr und legte ihr die Hand auf den Arm.

Viel zu nahe. Lena versteifte sich. Sie kannte diesen Blick: *»Herr Doktor, können Sie schon etwas sagen? Meine Kleine, wird sie wieder … kommt sie durch?«*

Die andere begriff allmählich. Ihr Blick wurde starr. Lena fühlte sich hilflos wie früher im Spital. *Schwester, es hilft weder dem Patienten noch den Angehörigen, wenn Sie mitweinen! Bemühen Sie sich um professionelle Distanz.* Leichter gesagt als getan!

Ungeschickt tätschelte sie ihre Hand.

»Meine Freundin«, mischte sich Georg ein.

Lena räusperte sich. »Ich wohne nicht hier. Bin nur zu Besuch.«

Die Fremde hatte sich wieder gefasst. »Sie sieht Ihnen auf den ersten Blick unglaublich ähnlich. Ich dachte, Kathi ... Sie hat sich seit mehr als vier Wochen nicht mehr gemeldet.« Lena hörte sie wie durch einen Nebel. »Ich kann sie nicht erreichen. Ihr Handy ist ausgeschaltet. Sie reagiert nicht auf meine Nachrichten. Sie ruft sonst immer zurück. Ich bin mir sicher, ihr ist etwas zugestoßen.«

Das ist nur ein verrückter Zufall! Sie drehte sich zu Georg um. Erst heute Nacht hatten sie über ihre Paranoia gelacht. *Du hast zu viel Phantasie, Lena.*

»Wird wohl weggefahren sein«, bemerkte er gleichgültig. »Sie wird sich schon wieder melden.«

Wahrscheinlich hat er recht, dachte sie. *Bestimmt. Ein dummer Zufall. Nichts weiter.* »Sind Sie ihre Mutter?«, krächzte sie.

»Nein. Obwohl ...« Die Frau schluckte. Sie zog eine Packung Papiertaschentücher aus der Innentasche ihrer Jacke, nestelte zwei auseinander und wischte sich das Gesicht ab. Dann streckte sie ihr die Hand hin. Ein kräftiger Händedruck, der gar nicht zu ihrem Auftritt von vorhin passte. »Ich bin Vera. Ich bin Erzieherin. Kathi war jahrelang in meiner Gruppe«, stellte sie sich vor.

»Lena.« Sie zögerte. »Wann haben Sie Kathi das letzte Mal gesehen? Seit wann ... vermissen Sie sie?« Gebannt blickte sie die Frau an.

Die Antwort kam wie aus der Pistole geschossen. »Ende März hat sie mich besucht. Am 15. April haben wir gegen Abend das letzte Mal miteinander telefoniert.«

Lenas Atem stockte. Am fünfzehnten das letzte Mal telefoniert. Und am siebzehnten April ... *Das ist kein Zufall!* Ihr Herzschlag raste, ihre Hände wurden feucht.

Die Frau, Vera, schien nichts davon zu bemerken. »Kathi hat mir erzählt, dass sie zu Geld gekommen ist«, fuhr sie fort. »Sie wollte sich wieder melden.«

»Wollen Sie nicht reinkommen?«, fragte Lena. Sie konnten das doch nicht zwischen Tür und Angel besprechen. Sie suchte Georgs Blick.

Er sah sie entgeistert an. »Wir wollten gerade essen«, erinnerte er sie.

Vera zögerte. »Ich will Sie nicht stören.«

»Vielleicht hat sie ja geerbt und ist spontan weggefahren.« Georg klang wie ein aufsässiger Schüler. »Hat nur vergessen, sich ... abzumelden.«

»Von wem soll sie denn geerbt haben?«, fragte Vera mit müder Stimme. »Ihren Vater kennt sie nicht. Und die Mutter lebt selber am Existenzminimum. Kathi hat keinen Kontakt zu ihr.«

»Waren Sie schon auf der Polizei? Die könnten nachschauen, die Wohnung aufbrechen und ...« *Man muss etwas tun!*

Georg fuhr herum. »Jetzt übertreibst du aber!«, herrschte er sie an. »Wenn meine Familie jedes Mal die Polizei einschalten würde, weil ich mich ein Weilchen nicht melde, hätte ich ständig den Schlosser hier.« Er wandte sich an Vera. »Kathrin ist erwachsen. Sie hat wahrscheinlich einfach keine Lust, entschuldigen Sie, regelmäßig Bericht zu erstatten. Vielleicht hat sie jemanden kennengelernt. Da ruft man nicht gleich die ganze Verwandtschaft an.« Er drückte Lena an sich und küsste sie in den Nacken.

111

Sie machte sich los. »Aber wenn sie doch versprochen hat, sich in den nächsten Tagen zu melden …«, beharrte sie.

Vera blickte vom einen zur anderen. Sie war sehr blass.

»Ist Ihnen nicht gut?« Lena griff nach ihrem Arm.

»Ja, mir ist ein bisschen flau. Könnte ich bitte ein Glas Wasser haben?«

Georg sah Lena an. Sie rührte sich nicht vom Fleck. Schließlich ging er selber.

»Mit einem hungrigen Mann ist nicht gut zu reden«, flüsterte sie nach einem raschen Blick hinter sich. »Geben Sie mir Ihre Nummer. Vielleicht kann ich ja etwas in Erfahrung bringen.«

Vera kritzelte ihre Nummer auf die Rückseite einer Visitenkarte. »Bitte rufen Sie mich an«, sagte sie ebenso leise. »Ich komme seit Tagen keinen Schritt weiter. Ich habe alle Mieter abgeklappert, aber hier scheint niemand seine Nachbarn zu kennen. Wenn ich anläute, wird nicht geöffnet. Jemand schaut durch den Spion, aber die Tür bleibt zu. Die Hausverwaltung gibt mir keine Auskunft, weil ich keine Angehörige bin …« Sie verstummte.

Georg stand direkt hinter Lena und hielt Vera ein Glas hin.

Sie trank hastig und gab es ihm zurück. »Danke«, sagte sie, ohne ihn anzusehen. Sie sah aus, als hätte sie Kopfschmerzen. Sie schloss den Zipp ihrer Jacke, nickte Lena zu und ging langsam Richtung Lift.

Georg knallte die Tür zu. »Was für eine Glucke«, stöhnte er und drückte sie an sich. »Versprich mir, dass du nie so wirst.«

II

Er hatte noch Zeit. Vor dem Café trennten sie sich. Er unternahm noch einmal einen Versuch, ihr näherzukommen, aber sie schüttelte unwirsch seine Hand ab.

»Ich gehe jetzt«, sagte sie bestimmt.

»Wie heißt deine Therapeutin?«

»Das geht dich nichts an.«

Er starrte ihr nach. Das harte Klacken ihrer Absätze auf dem Asphalt entfernte sich. Er musste dranbleiben, sehen, wohin sie ging. Sie durfte ihm nicht entwischen. An der Ecke schaute sie sich hastig um. Ihre Blicke trafen sich. Er biss die Zähne zusammen. Sein Atem ging schnell.

Er setzte sich in Bewegung, beschleunigte, rannte los. Er spähte in die Seitenstraße, wo sie – schon ein gutes Stück entfernt – zwischen die parkenden Autos trat, nach links und rechts blickte und schließlich die Straße überquerte. Er verbarg sich hinter einem Lieferwagen, keine Sekunde zu früh. Noch einmal sah sie sich hastig um und verschwand dann in einem Torbogen.

Er wartete eine Weile. Zwischen hupenden Autos überquerte er die Straße. Der Fahrer eines Mittelklassewagens bremste mit quietschenden Reifen und deutete auf die rote Ampel für Fußgänger. Klugscheißer. Er zeigte ihm den ausgestreckten Mittelfinger.

Das Haustor der Nummer 5 war versperrt. Hinweistafeln auf einen Augenarzt, einen Onkologen. Das Schild der Therapeutin war klein und unauffällig. *Susanne Allmer, klinische Psychologin, Psychotherapeutin* stand in schwarzen Buchstaben auf silbernem Grund. Tür sieben. Die Praxis war an drei Tagen die Woche geöffnet. Jeweils am Nachmittag. Sie musste die letzte Patientin für heute sein. Sehr gut.

Er überlegte kurz, wandte sich um und ging zügig zurück auf die Hauptstraße. Er betrat ein Internetcafé, googelte ihren Namen, klickte sich rasch durch verschiedene Infos, ein paar

Fachartikel, die alle Gewalt in Beziehungen zum Thema hatten. Daher wehte also der Wind. Eine Männerhasserin, die sich zum Ziel gesetzt hatte, arme unterdrückte Frauen zu befreien. Er lachte höhnisch. Keine Fotos? Doch, da. Eine attraktive Blonde um die vierzig mit glatten, kinnlangen Haaren. Tiefroter Lippenstift, kaum geschminkt. Sie sah seiner Zahnärztin ähnlich. Er prägte sich das Gesicht ein und löschte den Verlauf. Warte, dachte er. Das wirst du mir büßen.

Gegen acht stand er wieder in einer Einfahrt gegenüber der Praxis. Ein Mann und eine Frau traten auf die Straße. Ein junger, schlaksiger Paketzusteller betrat das Haus und kam gleich wieder zurück. Er lief zu seinem Wagen, der im Halteverbot stand, und fuhr mit quietschenden Reifen davon. Ein genervter Vater blieb stehen und putzte seinem heulenden Kleinkind energisch die Nase. Nun brüllte der Bengel wie am Spieß.

Er verlor die Geduld. Wo blieb das verdammte Weib denn? Er hatte keine Lust, hier den Abend zu verbringen. Es dämmerte bereits.

Ein Geräusch schreckte ihn auf. Die Haustür fiel zu. Da war sie. Trotz des lauen Abends in einer Jacke über dem hellen Hosenanzug, ganz Businessfrau, Perlen im Ohr, mit fliegendem frisch gebürstetem Haaren, eine große, teuer aussehende Tasche über der linken Schulter. Er trat zurück in die Hauseinfahrt, doch sie sah sich nicht um, sondern hastete die Straße entlang. Vorsichtig folgte er ihr. Was, wenn sie jetzt zu ihrem Auto ging? Wo sollte er hier so schnell ein Taxi auftreiben?

Aber sie eilte weiter, wechselte die Straßenseite und war nun nur ein paar Meter vor ihm. An einer Ampel blieb sie stehen. Sie schien in Gedanken. Er zögerte, verhielt vor einem Schaufenster, wartete ein Weilchen und rannte dann bei Gelb über die Straße. Mittlerweile war er sich sicher, dass sie ganz in der Nähe wohnte. Er blieb auf Abstand, folgte ihr über die

Brücke, die steilen Stufen hinab. Sie wandte sich nach rechts. Er wechselte auf die andere Seite. Zwischen ihnen floss träge der Abendverkehr.

Sein Handy klingelte. Er zog es aus der Hosentasche, warf einen raschen Blick aufs Display und schaltete es aus. Sie war stehen geblieben und wühlte in ihrer Tasche. Er drehte sich weg.

Nun bog sie ab, er querte die Fahrbahn und blieb an der Ecke stehen. Sie fasste die Tasche fester, sah die Fassade hoch, beschleunigte und verschwand im Torbogen. Er schlenderte langsam das kleine Stück vor bis zum dritten Haus. Im zweiten Stock ging das Licht an. Er sah zwei Kronleuchter funkeln, sah die Frau in der Wohnung hastig hin und her gehen, mit dem Rücken zu ihm telefonieren. Sie gestikulierte aufgeregt und entfernte sich. Der Raum fiel ins Dunkel. Dann tauchte sie nebenan auf, stürmte auf das Fenster zu, raffte die Vorhänge zur Mitte und schloss ihn aus.

‖

Sie saßen beim Essen. Georg hatte Wein besorgt. Die Rosen dufteten betäubend.

Lena hob ihr Glas. »Ich hab mich —«

Sein Handy läutete. Er seufzte genervt und drückte das Gespräch weg.

»Wer war das? Warum hebst du nicht ab?«

»Ist nicht wichtig.« Er wies auf ihren halb vollen Teller. »Schmeckt es dir nicht?«

Sie legte ihr Besteck ab und stützte die Arme auf. »Ich muss die ganze Zeit an das Mädchen denken. An deine Nachbarin.«

»Nur, weil diese Tante ...« Er beugte sich vor. »Lena, überleg doch: Wo soll sie denn sein, hm? Menschen verschwinden nicht einfach so. Vielleicht hat sie sich eine andere Wohnung genommen, ist umgezogen. Hier gibt es nur befristete Mietverhältnisse.« Seine Worte rauschten an ihr vorüber. »Das geht maximal drei Jahre. Einige der Wohnungen werden möbliert vermietet. Du kannst sofort einziehen, wenn du drei Mieten Kaution hinterlegst. Manche der Mieter haben keinen Vertrag. Die meisten wohnen hier nur kurz. Sobald du es dir leisten kannst, ziehst du aus.«

Sie schüttelte den Kopf.

»Was hast du?«

»Und du?«, krächzte sie.

»Ich arbeite dran.« Er grinste. »Das hier ist eine Übergangslösung.«

Sie räusperte sich. »Hast du Kathi gekannt?«

»Jaa«, sagte er gedehnt. »Sie war ein paarmal hier.«

Sie fuhr auf. »Hier bei dir? In der Wohnung?«

»Hey, du bist ja eifersüchtig.« Er lachte. Als er ihren Blick sah, wurde er wieder ernst. »Mein Gott, es ist nicht, wie du denkst. Sie hat was für mich abgetippt. Für die Uni. Ich war zu spät dran. Sie hat die halbe Nacht geschrieben und mich dann am Morgen herausgeläutet. Mit der fertigen Arbeit in der Hand.«

Warum rückt er erst jetzt damit heraus?

Er hob die Weinflasche. Lena bedeckte mit der Hand ihr Glas. Er schenkte sich selber nach, probierte, nickte zufrieden und nahm einen weiteren Schluck.

»Wie ... wie war sie so?«, fragte Lena.

»Wieso war? Du lieber Himmel«, sagte er ärgerlich, »die hat dich tatsächlich angesteckt mit ihrer ...«

»Hysterie?«, fragte sie scharf.

»Aufregung«, korrigierte er. »Lena, ich versteh das nicht. Du kennst sie gar nicht. Du siehst diese Frau da, diese Vera, zum ersten Mal und machst ihr Problem zu deinem. Es fehlt nicht viel, und wir fangen ihretwegen zu streiten an.«

Sie ließ nicht locker. »Vielleicht ist sie ja wirklich ... abgestürzt? Ich hab dir doch davon erzählt –«

»Schwachsinn!« Er starrte sie ungläubig an. »Du warst bekifft.«

»Aber …«

»Willst du nachsehen? Komm, wir gehen aufs Dach.« Er sprang auf und packte sie an der Hand. »Na, komm schon. Wir klettern da rauf, du schaust runter, überzeugst dich, dass da niemand liegt. Und beruhigst dich wieder.«

Das war nicht sein Ernst! Um nichts in der Welt würde sie da hinaufgehen. Sofort hatte sie die Szene wieder vor Augen, wie in einem Film: Wie sie dasitzen, mit einem Glas in der Hand, lachend. Wie der Mann die Flasche hochhebt und fallen lässt. Wie die Frau in der Mitte …

Wie hatten sie ausgesehen? Die Frau außen hatte lange, ganz helle Haare. Und der Mann? Groß, dunkel? Sie hatte ihre Brille nicht getragen. Sie wusste es nicht.

»Komm jetzt.«

Lena fuhr auf. »Es regnet. Es schüttet wie verrückt.« Sie riss sich los. Sie starrten einander an. Nach einer Weile flüsterte sie: »Ich hab Höhenangst«.

Georg ließ sie sofort los. Sie hörte ihn atmen. »Du steigerst dich in etwas hinein, Lena. Verdammt, ich …« Er stürmte aus dem Zimmer und knallte die Tür zu.

Sie fand ihn im Bad. Georg hielt das Gesicht unter den Wasserhahn. Seine Haare waren nass.

»Komm her«, sagte er leise und griff nach dem Handtuch. »Ich wollte dich nicht anfahren. Es tut mir leid.«

»Ist okay«, sagte Lena. *Nichts ist okay!* Ihr war zum Weinen.

»Weißt du, ich hasse das, wenn jemand hinter einem herschnüffelt. Selbst wenn es in bester Absicht geschieht. Jeder Mensch hat das Recht, einmal allein zu sein. Wenn man einander vertraut, ist das sowieso kein Problem.« Er nahm sie um die Schultern und schob sie vor sich her ins Wohnzimmer. »Komm«, sagte er. »Was willst du wissen?«

Lena zuckte die Achseln. »Was ... ist Kathi für ein Mensch? Wie lange lebt sie schon hier? Was macht sie? Also beruflich? Kennst du ihre Freunde?«

»Sie war nur zwei-, dreimal bei mir. Sie sieht dir tatsächlich ein bisschen ähnlich. Ist mir gar nicht aufgefallen, vielleicht weil sie im Gegensatz zu dir immer bunte Klamotten trägt. Die näht sie sich selbst. Hm, was noch?« Er blickte zur Decke, als sei dort die Antwort zu finden. »Kathi macht verschiedene Jobs, was eben kommt. Wie wir alle. Tippt, schneidert, verkauft die Sachen auch über Webshops. Macht manchmal Portierdienst in einem Hotel.«

»Eine Schneiderin?«

»Hat sie sich selber beigebracht. Sie ist der Typ, der einfach macht. Unkompliziert, irgendwie.«

Unkompliziert. »Magst du sie?«

»Mögen ... sie ist okay«, sagte er.

Als der Regen nachließ, wollte Lena nach Hause. Sie schützte Müdigkeit vor, Kopfschmerzen.

»Soll ich mitkommen?«

»Nein, heute nicht.« Sie gähnte demonstrativ.

»Bist du sicher?«

»Ja.« Sie schlüpfte in ihre Jacke.

Er rannte unvermittelt ins Wohnzimmer, kam mit ihren Rosen wieder. Sie griff danach, stach sich an einem Dorn und schrie erschrocken auf. Es kam Blut.

»Danke«, murmelte sie und saugte an ihrem Finger. »Die hätte ich jetzt beinahe vergessen.«

Er küsste sie und hielt sie eine Weile im Arm. Sie schluckte mehrmals, versuchte krampfhaft, die Tränen zurückzuhalten. »Schlaf dich aus. Wir treffen uns morgen Abend. Vor dem Konzert. Ich ruf dich am Nachmittag an.«

Sie nickte.

»Denk nicht mehr dran«, murmelte er und kraulte ihren Nacken.

Es war empfindlich kühler geworden. Sie fror in ihrer dünnen Jacke. Aus dem Park duftete es zart nach Lindenblüten, zwei Autos fuhren vorbei. Der alte Mann mit dem störrischen Hund kam ihr entgegen. Das Tier hinkte ein wenig.

Sie sperrte das Haustor auf und eilte zum Lift. Das Tor fiel erneut ins Schloss. Hinter ihr Schritte.

Eine Männerstimme: »Nehmen Sie mich mit?«

Sie nickte und drückte auf »Dachgeschoss«. Ihr Nachbar roch intensiv nach Duschgel. Er war leicht gebräunt, seine Kopfhaut aber hatte einen deutlich helleren Ton als sein Gesicht. Unter der Jacke zeichneten sich eindrucksvolle Muskeln ab. Er war leger gekleidet und trug eine große Sporttasche.

»Schöne Rosen«, lobte er.

»Ja.« Lena heftete ihren Blick auf einen Aushang direkt neben ihm, der die Mieter aufforderte, im Stiegenhaus abgestellte Gegenstände umgehend zu entfernen. *Aus feuerpolizeilichen Gründen*, las sie stumm, *ist es untersagt …*

»Sie sehen müde aus«, sagte er mit einem kleinen Lächeln.

Was wollte der Kerl von ihr? Sie dachte an die hübsche blonde Frau, die aus seiner Wohnung gekommen war. *Widerlich*, dachte sie. Bestellte sich eine Frau, wie sich ein anderer etwas vom Chinesen kommen ließ. Oder eine Pizza orderte.

Der Lift stoppte mit einem Ruck. Der Mann trat zur Seite und ließ ihr mit einer kleinen Geste den Vortritt.

»Danke«, sagte sie knapp.

»Sehr gesprächig sind Sie nicht.« Er zeigte sich unbeeindruckt und lachte. »Keine Sorge, ich tue Ihnen nichts.«

»Dann ist ja gut«, sagte Lena.

Sie tat in dieser Nacht kein Auge zu, stand zweimal auf, trank ein Glas Wasser, saß eine Weile auf dem Sofa und legte sich wieder hin. *Es war ein dummer Zufall! Bestimmt!*

Es gab keinen einzigen Hinweis darauf, dass jemand zu Tode gekommen war. Außerdem hatte Georg recht: Man musste nicht gleich ans Schlimmste denken. Es gab für alles eine Erklärung. Das Naheliegendste: *Sie besucht Freunde. Wollte einfach einmal raus.*

Hatte sie damals gesehen, wie einer der beiden außen Sitzenden die Frau gestoßen hatte? Konnte sie mit Sicherheit sagen, ob überhaupt jemand vom Dach gefallen war? Eben. Sie würde keine der drei Personen auf der Straße wiedererkennen. Die außergewöhnlich langen hellen Haare der einen Frau waren ihr aufgefallen. Aber sonst? Hatte der Mann dunkle Haare oder aber eine Mütze gehabt? Sie wusste es nicht. Sie sah schlecht. Sie hatte getrunken. Cannabis geraucht. Und die Wirkung unterschätzt.

Wie hätte jemand anderer in dieser Situation reagiert? Jemand, der sicherer, gelassener war als sie. Rationaler. Jemand wie Georg. *Er versteht meine Aufregung nicht.* Für ihn war alles einfach. Leicht zu erklären. Hielt er sie für überdreht, für hysterisch? Ihr früherer Freund, Elias, hatte sie manchmal als »empfindlich« bezeichnet, als »übersensibel«. Und wohl genau das damit gemeint. »Lena, du machst dir zu viele Gedanken über andere. Du kannst doch gar nicht wissen, warum jemand in diesem Moment genau so handelt. Du siehst ja nur einen kleinen Ausschnitt – und den nicht immer klar.« Seine Theorie: »Zwei, drei Augenblicke, ein paar unscharfe Bilder – und schon läuft dein Film. Das hier, Lena, ist das Leben. Das funktioniert anders.« Er hatte nie verstanden, warum sie ihre Brille nur im Kino trug.

Jeder der beiden Männer, Elias wie Georg, hätte binnen Sekunden entschieden, ob er handeln musste. Hätte sofort die Polizei gerufen oder nachgesehen. Und keinen weiteren Gedanken mehr daran verschwendet.

Sie hingegen hatte erst einmal nichts entschieden, nichts unternommen. Nicht die Polizei gerufen, die Sache aber auch nicht vergessen können. *Ich hätte auch anonym anrufen können. Oder nüchtern am nächsten Tag,* dachte sie. Alles hätte seinen Lauf genommen: Man hätte nachgesehen. Sie beruhigt. *Und dann wäre es nicht mehr meine Verantwortung.*

Im Nachhinein war man immer klüger.

Sie drehte sich um und starrte ins Dunkel. Der Mann an ihrer Tür war vermutlich nur ein Nachbar gewesen. Der Muskelbepackte von gestern Nachmittag im Lift? Ja, das konnte hinkommen. Du lieber Himmel! Sie errötete bei dem Gedanken daran, wie sie halbnackt im Vorraum gestanden war, zitternd und voller Panik: *Er hat mich gefunden. Er will die Zeugin liquidieren.* Er war in der folgenden Nacht in ihre Träume gekrochen!

Als Georg ihr nachgerannt war, weil er sie auf der Straße mit jemandem verwechselt hatte, da war sie sich sicher gewesen: *Jetzt hat er mich!*

Der Schuh in der Regenrinne konnte irgendwem hinuntergefallen sein. Es waren wohl öfter Leute auf dem Dach. Georg hatte ihr angeboten, mit ihr hinaufzugehen. Sie schauderte bei dem Gedanken, ungesichert in dieser Höhe zu sitzen. Ein Flachdach – gut. Aber dort ging es steil nach unten.

Wieder sieht sie, wie der Mann die Flasche hochhält. Loslässt. Wie sie fällt, aufschlägt und dann kopfüber ins Bodenlose stürzt.

Es dämmerte bereits, als sie erschöpft einschlief.

Ein Klingeln fuhr in ihren Schlaf. Das Telefon.

»Ja?«, krächzte sie. Ihr Herz hämmerte gegen die Rippen.

»Hallo, Lena, Wolfgang spricht.« Er zögerte. »Hab ich dich geweckt? Tut mir leid.«

»Hm«, machte Lena. Der Wecker zeigte halb neun. *Ich hab verschlafen!*

»Ich weiß, du hast frei und es ist ein bisschen kurzfristig. Aber – kannst du heute Nachmittag arbeiten? Ich hab was zu erledigen.«

»Ab wann?« Sie stellte die Füße auf den Boden und gähnte verhalten.

»Zwei würde reichen.«

»Ich muss noch kurz telefonieren. Ich melde mich dann.«

»Passt.«

Sie streckte sich, schlug die Bettdecke zurück und öffnete das Fenster. Tappte ins Bad, wusch sich das Gesicht und gähnte herzhaft. Dann machte sie Kaffee.

Sie tippte Georgs Nummer ein und wartete. Nach dem sechsten Läuten sprang die Mailbox an: »Georg Neudeck. Bitte hinterlassen Sie eine Nachricht.«

In letzter Zeit war es schwierig gewesen, ihre Arbeitszeiten aufeinander abzustimmen. Immer wieder hatte er kurzfristig abgesagt oder sie auf später vertröstet. Sie hatte viel Zeit damit verbracht, auf ihn zu warten. Diesmal war es umgekehrt. »Hallo, Georg, Lena spricht.« Sie wartete, aber er hob nicht ab. »Ruf mich bitte an. Ich muss am Nachmittag arbeiten. Ich komme am Abend am besten direkt hin. Bis dann. Ich denk an dich.«

Sie frühstückte am Schreibtisch, las online die Nachrichten, holte sich einen zweiten Kaffee und sah auf die Uhr. Dann auf ihr Handy. Nichts.

Ein zweiter Versuch. Wieder meldete sich seine Box. War er sauer wegen gestern? Weil sie wieder damit angefangen hatte? Weil sie gegangen war?

Sie sagte Wolfgang zu.

Als sie am frühen Nachmittag das Haus verließ, begann es wieder zu regnen.

||

Er hatte die perfekte Stelle gefunden. Er saß im Wagen und beobachtete die Umgebung. Der Regen klatschte aufs Dach. Sie musste jeden Moment auftauchen. Sie schien ein Gewohnheitsmensch zu sein, war auch gestern, als das Gewitter niederging, hier entlanggekommen. Unter einem großen Regenschirm. In Stiefeln und einem knielangen schwarzen Mantel, von dem das Wasser abperlte. Sie hatte die Brücke überquert und war Stück für Stück seinem Blick entschwunden, als sie die Stufen hinabstieg.

Es dämmerte bereits. Und das Wetter war ideal. Er lauschte dem Rauschen des Regens, dem Flappen der Wischerblätter auf der Scheibe und streckte sich. Er trug seine Laufsachen und eine dunkle Regenjacke mit Kapuze. Die Handschuhe lagen neben ihm auf dem Beifahrersitz.

Es war ganz einfach. Als sie an der roten Ampel stehen blieb, schaltete er den Scheibenwischer aus. Sie schaute nach links und rechts, wartete, bis die Ampel umsprang, und überquerte die Straße. Er zurrte die Kapuze unter dem Kinn fest und griff nach den Handschuhen. Die Autotür schloss mit einem satten Ton. Der Regen schlug ihm ins Gesicht und durchnässte seine Kleidung. Er trabte auf der Stelle und sah sich um. Es war niemand zu sehen. Kein Fußgänger, kein Radfahrer. Die Lichter der vorbeifahrenden Autos tasteten sich durch die Dämmerung, Wasserfontänen schossen hoch. Man braucht die ganze Aufmerksamkeit, um nicht ins Schleudern zu geraten, dachte er. Niemand wird etwas bemerken.

Er wartete, bis sie auf der Mitte der Brücke war. Dann lief er los.

Sie ging zügig, aber ohne Hast. Er sah ihre hellen Haare unter dem Schirm und dachte an die andere, deren Anwalt ihm heute geschrieben hatte: *Vierzigtausend bis zum Monatsende. Meine Mandantschaft fordert zudem die gesetzlichen Zinsen in Höhe von ...* Um die hier zu füttern, die versuchte, sie seinem

Einfluss zu entziehen! Er lachte auf. Aus die Maus, dachte er. Vorbei, Madame. Er tänzelte auf der Stelle, sah sich noch einmal nach allen Seiten um und sprintete los.

Es fühlte sich gut an. Er erwischte sie auf den obersten Stufen, zerrte an ihrer Tasche – der Riemen riss – und versetzte ihr fast gleichzeitig einen so heftigen Stoß gegen den Rücken, dass sie ausrutschte und das Gleichgewicht verlor. Sie schrie auf, ruderte mit den Armen und knallte der Länge nach hin, mit dem Gesicht voraus, fiel die steile Treppe hinunter, kam an deren Ende zu liegen und rührte sich nicht mehr. Er sah sich um. Gut: Er war immer noch allein auf der Brücke.

Er griff nach der Tasche, zog den Zipp auf. Nichts von Belang, keine Papiere, keine Therapieaufzeichnungen. Eine Kosmetiktasche, Frauenkram, ein Handy. Ein weiterer Kontrollblick. Dann wühlte er ihr Portemonnaie hervor, zog das Geld heraus und schleuderte die Brieftasche in hohem Bogen ins Wasser. Es würde wie ein Raubüberfall aussehen.

Er machte kehrt und lief zum Wagen zurück.

||

Georg meldete sich nicht. Lena zückte immer wieder ihr Handy, sah nach, schickte ihm schließlich zwei SMS, aber er reagierte nicht. Um halb sieben sperrte sie das Geschäft zu, schnappte sich den großen Schirm, den ein Kunde vor längerer Zeit vergessen hatte, und rannte hinüber zum Biosupermarkt. Sie schlängelte sich zwischen den kreuz und quer abgestellten Einkaufswagen durch, kaufte eilig Milch, Brot, etwas Käse, eine Dose Linseneintopf, griff nach einer Flasche Rotwein und stellte sie wieder zurück. Zu teuer. Solange sie keine neuen Katzensitterjobs fand, musste sie jeden Cent zweimal umdrehen. Hinter den Kassen blieb sie stehen und studierte die Zettel auf dem Anschlagbrett: nichts. Jemand suchte eine »Bügelhilfe«, ein anderer »jemand Schwindelfreien, der unsere Fenster im 4. Stock putzt«. Das fehlte noch! Alle Katzen und Blumen der Stadt schienen bestens versorgt.

Sie spannte den Schirm auf und trat auf die Straße. Ihre Umhängetasche war schwer und schlug bei jedem Schritt gegen ihre Hüfte. Sie fröstelte. In der alten Straßenbahngarnitur waren die Scheiben beschlagen. Sie malte ein Herz, strich es energisch durch und wischte alles wieder weg. Schaute durch das kleine blanke Fenster im vernebelten Glas, bis es Zeit war auszusteigen.

Ihre Schuhe waren bereits aufgeweicht, als sie in ihre Straße einbog. Der Saum ihres dünnen Kleides troff vor Nässe und klebte an ihren Beinen. Sie musste sich schleunigst umziehen. Heiß duschen. Etwas essen. Warme Socken anziehen. Und dann ins Bett. Wenn er jetzt noch anrief, würde sie ihm absagen.

»Lena?« Die dunkle Stimme kam ihr bekannt vor.

»Vera!« Sofort hatte sie ein schlechtes Gewissen. »Ich habe bis sieben gearbeitet. War noch schnell einkaufen.«

Vera war im Gegensatz zu ihr wetterfest verpackt. Sie trug eine dicke wasserabweisende Jacke mit Kapuze und die roten Martens vom letzten Mal. *Sie ist der Typ, der die Ärmel hochkrempelt, wenn etwas zu tun ist*, dachte Lena. *Eine, die nicht aufgibt.*

»Ich hab wieder versucht, ins Haus zu kommen. Aber es macht niemand auf.« Vera klang müde. »Ich werde wohl noch einmal zur Polizei gehen. Und mich nicht mehr abwimmeln lassen.« Sie stutzte. »Du lieber Himmel, du erfrierst ja. Da vorne ist ein Café. Komm, ich lade dich ein.«

»Gehen wir zu mir«, entschied Lena nach kurzem Zögern. »Ich muss mich umziehen.« Sie bibberte vor Kälte. Gleich darauf überfielen sie Zweifel. Eine völlig Fremde in die Wohnung mitnehmen? *Sie duzt mich.* Sie warf ihr einen raschen Blick zu. Egal, jetzt konnte sie nicht mehr zurück. *Was soll schon sein?*

Sie zogen ihre Schuhe vor der Tür aus. Lena nahm Vera die

nasse Jacke ab und trug sie und den tropfenden Schirm ins Badezimmer. Sie schob die Vase mit den Rosen zur Seite, legte ihre Einkäufe auf den Tisch. »Ich bin gleich wieder da. Mögen Sie … magst du einen Tee?«

»Ein Glas Wasser reicht.«

»Hast du Hunger? Ich wollte mir die Linsen wärmen.« Sie wies auf ihre Einkäufe.

»Zieh dich um. Ich mach das schon.« Vera sah sich um. »Wo finde ich einen Topf? Besteck? Und Teller?«

»Irgendwo da in den Laden.«

»Ich find mich schon zurecht.«

Sie verzichtete auf die Dusche, stopfte ihre nassen Sachen hastig in die Waschmaschine, schlüpfte in ein Kleid und zog sich einen dicken Pullover über.

Als sie zurückkam, hatte Vera bereits den Tisch gedeckt. Auf dem Herd blubberte das Linsengericht. Es roch köstlich. »Willst du Brot dazu?«

Sie nickte. Vera schnitt ein paar Scheiben ab und trug sie zum Tisch.

Geborgenheit, dachte Lena, die in einem Haushalt ohne gemeinsame Mahlzeiten aufgewachsen war, erstaunt, *sie vermittelt Geborgenheit. Sicherheit.* Tat, was zu tun war – ohne viele Worte. Sie konnte sich gut vorstellen, wie es in ihrer Wohngemeinschaft zuging: eine große Küche, ein liebevoll gedeckter Tisch. Eine Gruppe halbwüchsiger Mädchen, ruppig und maulfaul oder in irgendwelche Zickenkriege verstrickt – und mittendrin Vera mit ihren Wangengrübchen und den verstrubbelten dunklen Locken, die lachte, tröstete, für sie kochte. Den Brotkorb weiterreichte. Aufstand, um einen Nachschlag zu holen. Wenn nötig, schlichtend eingriff. Die sie so nahm, wie sie waren. Und niemals aufgab. Kein Wunder, dachte sie, dass sich die Mädchen – wie Kathi – auch nach ihrem Auszug noch bei ihr meldeten.

Sie saßen sich gegenüber.

»Wie ist das bei euch in der Wohngemeinschaft? Kochst du für die Mädchen?«

»Wir wechseln uns ab. Jede kommt reihum dran. Sie sollen sich selber versorgen können, wenn sie in eine eigene Wohnung ziehen. Einen Beruf haben, mit ihrem Geld und dem Haushalt klarkommen. Warum fragst du?«

»Interessiert mich.« Lena tauchte den Löffel in die Linsen und probierte vorsichtig. »Gibt es etwas Neues?«, fragte sie übergangslos. Sie schaute nicht auf.

»Nein. Ich gehe morgen noch einmal zur Polizei.«

»Georg sagt, du sorgst dich unnötig. Sie wird schon wieder auftauchen, meint er.« Sie nahm sich ein Stück Brot.

»Er kennt sie nicht.«

Sie wurde hellhörig. »Hat er das gesagt?« *Warum? Um sie schneller wieder loszuwerden?*

»Er kennt sie nur vom Sehen«, sagte Vera ruhig. »Er weiß nicht, wie sie ist.«

»Ja, wahrscheinlich«, stimmte Lena zu.

»Kathi war ein paar Jahre in meiner Wohngruppe. Ich war ihre Bezugsbetreuerin. Ich mochte sie sofort. Und sie mich.« Sie schwieg. »Ich war für sie wohl eine Art Ersatzmama«, sagte sie nach einer Weile. »An ihrem achtzehnten Geburtstag hat sie ihre Tasche gepackt, mich umarmt und ist gegangen. Sie sollte in eine betreute Wohnung ziehen, bis sie etwas Eigenes findet. Aber sie wollte weg.«

Lena kaute und nickte.

»Nach knapp zwei Wochen tauchte sie wieder auf. Rief mich an. Sie war bei ihrer Mutter gewesen. Es war ein Reinfall, eine Katastrophe. Seitdem sehen wir uns oft, telefonieren regelmäßig. Bis vor …« Ihr Kinn begann zu beben. »Kathi, sie ist … sie war so … sie war wie eine … wie die Tochter, die ich mir immer gewünscht hab«, flüsterte sie erstickt. Sie schluchzte auf. Schluckte krampfhaft. Sie versuchte sich zu beherrschen, aber es gelang ihr nicht. Ihre Schultern zuckten. Tränen strömten über ihr Gesicht. Sie wischte sie nicht ab, saß einfach da, die Hände vor sich auf dem Tisch, als gehörten sie nicht zu ihr.

Lena sah betreten vor sich hin. Sie traute sich nicht, ihre Hand zu nehmen. Sie wusste nichts zu sagen. Sie war nicht besonders gut in diesen Dingen. Die Küchenuhr tickte. Auf den Linsen bildete sich eine Haut. Eine kleine Spinne seilte sich von den Rosen ab.

Vera schniefte und suchte nach einem Taschentuch. Schnäuzte sich.

Lena hielt es nicht mehr aus. »Vera, ich muss dir etwas sagen. Wahrscheinlich hat es gar nichts mit Kathi zu tun, aber …«

Vera hob den Kopf. Ihre Augen waren verquollen. »Ja?« Ihre Stimme klang rau.

»Mitte April haben auf dem Dach des Hauses, in dem Kathi gewohnt hat – äh, wohnt …«, sie spürte, wie ihr heiß wurde, und senkte den Kopf, »drei Leute gefeiert. Die saßen da oben und tranken. Weißt du, ich sehe in die Ferne nicht so gut«, erklärte sie, »ich kann also nicht sagen, ob Kathi dabei war. Oder jemand anderer. Als ich wieder hingeschaut hab, waren da nur noch zwei. Es muss nichts bedeuten, Vera«, sagte sie hastig. »Wahrscheinlich ist sie hinuntergeklettert, als ich weggeschaut hab. Aber ich war so – erschrocken. Ich hatte was getrunken. Und«, sie zögerte nur kurz, »was geraucht, was ich sonst nie mache. Hab mir eingebildet, dass die Frau vielleicht … runtergefallen ist. Oder … Es ist nur, weil du sagst, dass sie ungefähr seit dieser Zeit, dass du … also …« Sie verheddert sich.

Vera war blass geworden. »Du hast sie nicht fallen sehen?«, fragte sie tonlos.

»Nein«, beschwichtigte Lena. »Nein. Sie war nur plötzlich nicht mehr da, und ich …«

»Und die anderen?« Vera packte ihre Hand.

»Sie sind ruhig dagesessen. Der Mann hat die Frau umarmt. Ich hab mich wohl getäuscht. Ich wollte nur …«

Vera atmete laut aus und ließ sie los.

»Ich hab nachgeschaut«, sagte Lena atemlos. »Ich war im Hof. Da war nichts, Vera. Man hätte doch etwas sehen müssen … Oder in der Zeitung davon lesen.«

Vera ließ sich nicht beirren. »Sie liegt da unten. Du hast nachgesehen. Das hat einen Grund.« Sie stand auf und ging zum Fenster. Lena folgte ihr zögernd. »Man spürt, wenn etwas nicht stimmt. Sie ist tot.«

Sie fragt nicht, warum ich nicht zur Polizei gegangen bin, dachte Lena.

»Wo genau war das? Wo hast du die drei gesehen?« Ihr Gesicht zeigte keine Regung.

Lena deutete auf das Dach, das in der Dämmerung, im Regen nur schemenhaft auszumachen war. *Sie ist plötzlich wie abgeschaltet,* dachte sie. Das kannte sie gut. *Sie schützt sich.*

»Und dieser Hof geht nach hinten raus. In deine Richtung?«

»Ja, ich …« Die Wohnung von Georg lag direkt neben der von Kathi. *Ich müsste schon aufs Dach klettern, damit du mich sehen kannst.* Aus seiner Wohnung blickte man in den Hof, in dem sie gewesen war.

»Was hast du?«

»Ich … ich … bin mir nicht mehr sicher«, stotterte Lena.

Endlich war es wieder wärmer geworden. Die Ladentür stand offen. Wolfgang schleppte einen großen Karton ins Geschäft und verschwand im Nebenraum.

Die Kundin hatte sich endlich entschieden. Lena packte die Kissenhüllen in eine Tragtasche, legte gut sichtbar ein kleines Geschenk dazu und schrieb die Rechnung. Die Frau kramte umständlich in ihrem abgeschabten Portemonnaie und zählte den genauen Betrag vor Lena auf die Theke. Vor dem Schaufenster blieb sie noch einmal stehen, schaute in ihre Tragtasche und ging vergnügt weiter. »Super Idee«, hatte Wolfgang sie gelobt. »Wenig Aufwand, große Wirkung.«

Er rumorte im Lager nebenan. Lena schloss die Kasse, nahm zwei auf dem Pult liegen gebliebene Kissen und drapierte sie auf einem hübschen, aber unbequemen roten Sitzmöbel weiter hinten im Raum.

»Kaffee?« Ihr Chef stand im Türrahmen. »Du schaust müde aus.«

»Hm. Ich hab schlecht geschlafen. Aber es geht schon wieder.« Lena sprühte Glasreiniger auf ein Tuch und polierte energisch die Platte des Verkaufspultes. Der scharfe Essiggeruch mischte sich mit dem Duft frisch gemahlenen Kaffees. Sie wandte den Kopf ab und hielt die Luft an.

Ein leises Klirren. »Vorsicht, heiß.« Wolfgang stellte schwung-voll eine Tasse auf die frisch gewischte Theke. Lena unterdrück-te mit Mühe den Impuls, nochmals nachzuwischen, während er sich nebenan seinen Mocca braute. Sie blies in ihre Melange und nahm vorsichtig einen Schluck.

Nun war er wieder da, stellte sein Tässchen ab, ohne zu trinken. »Walid hat mich da auf eine Idee gebracht.« Wenn er sprach, brauchte er beide Hände.

Würde man sie festhalten, wäre er stumm. Sie konnte sich ein Grinsen nicht verkneifen.

»Warum lachst du?«

Sie schüttelte den Kopf.

»Ich plane etwas Neues«, sagte er.

Lena hielt sich an ihrer Tasse fest. *Nein, bitte nicht.* Wollte er den Laden zusperren? Sie darauf vorbereiten, dass sie in Kürze ihren Job los war? Er kochte sonst nie Kaffee für sie. *Nicht auch das noch!* Wenn sie eisern sparte, kam sie gerade so über die Runden. Wo sollte sie in der Eile eine neue Arbeit …?

»Es gibt noch nichts Konkretes. Ich muss noch einiges abklären, brauche noch einen Investor, der mitmacht. Ich stecke mitten in den Verhandlungen. Neben der Arbeit hier schaffe ich das nicht.« Er nahm seinen Mocca wieder auf, trank und stellte die Tasse ab. »Sag, Lena, kannst du dir vorstellen, mehr zu arbeiten? Ich könnte hier jemand zweiten beschäftigen, aber ich dachte mir ...«

Gerettet! »Ja, klar. Sicher.« Sie strahlte ihn an.

»Das heißt, dass du den Laden hier im Wesentlichen allein schaukelst. Einkauf. Verkauf. Das Geld am Abend zur Bank bringst. Wir besprechen die Bestellungen, ich schaue ein, zwei Mal die Woche vorbei, nehme die Unterlagen mit zum Buchhalter. Ich muss mich auf dich verlassen können, wir werden viel telefonieren, uns auch schnell einmal irgendwo treffen, wenn ich nicht wegkann. Denkst du, du schaffst das?«

Lena nickte. Sie war sprachlos. Es machte einen gewaltigen Unterschied, ob man Teilzeit arbeitete oder den ganzen Laden allein schupfte! Eine eigene Wohnung rückte in greifbare Nähe.

»Wenn du einmal nicht kommen kannst, selber einen Termin hast, übernehme ich«, fuhr er fort. »Das muss ich allerdings früh genug wissen. Ich zahl dich für vierzig Stunden. Wir machen Montagvormittag zu. Da kommen ohnehin kaum Kunden. Das sollte sich zeitlich ausgehen, was meinst du?«

»Ja!«, jubelte Lena. »Klar geht das.« Wenn sie jeden Monat etwas weglegte ... »Wieso?«, fragte sie dann. »Ich meine, du kennst mich ja noch nicht lange.«

»Fishing for compliments.« Er lachte. »Ich hab genug gesehen, um zu wissen, dass du geschickt und zuverlässig bist. Richtig gut, was das Dekorieren, die Schaufenstergestaltung betrifft. Du siehst selber, was zu tun ist. Man muss dich nicht erst mit der Nase drauf stoßen. That's it.«

»Ab wann wird das spruchreif?«

»Das muss jetzt schnell gehen. Kommende Woche? Passt das für dich? Vertrag machen wir am Freitag.« Er streckte ihr die Hand hin.

Lena schlug ein.

‖

Jedes Mal, wenn er daran dachte, stieg die Wut in ihm hoch: Er hatte ihr zweimal auf die Mailbox gesprochen und um einen Rückruf gebeten, aber sie meldete sich nicht. Auf dem Heimweg fuhr er an der Praxis ihrer Therapeutin vorbei, blieb kurz stehen und vergewisserte sich, dass alles geklappt hatte. Befriedigt las er den Zettel, der auf ihrem Schild klebte: *Wegen eines Unfalls bleibt die Praxis bis auf weiteres geschlossen. In dringenden Fällen wenden Sie sich bitte an das Kriseninterventionszentrum.*

Gegen Abend versuchte er es erneut. Nach dem vierten Läuten hob sie ab. »Was willst du?«

»Ich habe das Geld«, informierte er sie.

»Ja?« Sie hörte sich überrascht an. »Gut«, sagte sie nach einer Weile.

»Es hat ein bisschen gedauert, aber jetzt habe ich den ganzen Betrag zusammen.«

Sie schwieg. Er stellte sich vor, wie sie mit leicht geneigtem Kopf dastand. Wie ihr die Haare in Gesicht fielen, wie sie sie mit einer raschen Bewegung hinter die Ohren strich, die Unterlippe zwischen die Zähne zog, was ihrem Gesicht einen ängstlichen Ausdruck verlieh. Dieser großäugige Blick unter dichten Wimpern, dachte er. Das ist es, was mich kickt.

Er hatte keine Ahnung, was in diesem Moment in ihr vorging. »Du fehlst mir«, sagte er aufs Geratewohl. Er hörte ihren schneller werdenden Atem. »Ich weiß bis heute nicht, warum du plötzlich so abweisend bist.« Er sprach mit leiser Stimme, aus der Bedauern, Unverständnis und Sorge klangen. »Warum du nicht mehr mit mir redest. Einen Anwalt einschaltest, der mir droht. Du kennst doch meine Situation.«

»Ich kann mich nicht auf dich verlassen. Du versprichst so viel. Du …«

»Das tut mir weh«, unterbrach er sie.

Sie schluckte. »Wann überweist du mir das Geld?«, fragte sie gleich darauf mit veränderter Stimme. Er hörte förmlich, wie die Therapeutin sie für eine mögliche Konfrontation gecoacht hatte. Du lieber Himmel, nicht alle waren blöd genug, auf so etwas hereinzufallen.

Sie wird nicht durchhalten, dachte er. Ich kenne sie besser. »Lass uns nicht so … Ich möchte es dir persönlich übergeben«, bat er. »Hast du heute Abend Zeit?«

»Ich weiß nicht …« Sie zögerte.

»Ich möchte das verstehen«, begann er erneut. »Mich entschuldigen, wenn ich dich erschreckt haben sollte. Ich bin manchmal etwas impulsiv. Ich möchte, dass wir das bereinigen, was zwischen uns steht, und …«

»Nein«, sagte sie scharf. »Ich will nicht mehr.«

»… im Guten auseinandergehen.« Perfekt, dachte er. Kein Wort über die Tote. Ich stelle ihr in Aussicht, mich nie wiederzusehen. Gleich habe ich sie!

»Geht es dir besser?«, erkundigte er sich mitfühlend. »Machst du die Therapie noch?«

»Ja«, sagte sie hastig. »Ja. Natürlich. Ich gehe regelmäßig hin.«

Es war unglaublich, wie dreist sie ihn belog! Die Psychotussi konnte nicht so schnell wieder unter die Leute. Die würde in den nächsten Wochen unter Garantie keine Patienten empfangen. »Und? Hilft dir das Reden?«

»Ja. Sicher. Es tut mir gut.«

Er ließ es dabei bewenden. »Das ist das Wichtigste«, sagte er mit einem Lächeln. »Wie machen wir das mit dem Geld?«

Sie hatte sich entschieden. »Ich habe nur kurz Zeit.«

»Soll ich zu dir kommen?«

»Nein. Nein«, rief sie. »Ich … ich bin in der Stadt unterwegs. Wir könnten uns dort irgendwo sehen.«

Sie vereinbarten einen Treffpunkt in einem Café, das sie früher beide gern besucht hatten. Die Psychotante hat sie sicher davor gewarnt, mich noch einmal in ihre Wohnung zu lassen. Es war ihm recht. Neutraler Boden, dachte er. Keine unangenehmen Erinnerungen.

»Um halb acht?«, fragte er.

»Ja. Gut.« Sie legte vor ihm auf.

Als er pünktlich zur ausgemachten Zeit mit Blumen das Café betrat, saß sie bereits in einer der Nischen beim Ausgang. Vor ihr stand ein kleiner Mocca, er orderte das Gleiche.

»Machen wir es kurz«, sagte er und schob ihr ein dickes Kuvert über den Tisch. »Wie vereinbart mit Zinsen. Hier habe ich die Aufstellung. Bitte, zähl nach und unterschreib mir hier, dass ich meine Schulden bei dir bezahlt habe und du keine Ansprüche mehr an mich stellst.«

Sie wirkte überrascht, zögerte, sah ihn an, als erwarte sie, dass er gleich loslachen würde. Sie verhöhnen: Ein Scherz, du glaubst doch nicht im Ernst, dass ich dir das Geld einfach so auf den Tisch lege. Sie war so leicht zu durchschauen.

Zögernd griff sie nach dem Kuvert und zählte langsam und bedächtig das Geld.

»Ja«, bestätigte sie, »stimmt. Danke.« Sie steckte die Scheine in ihre Tasche und verschloss sie sorgfältig. Dann wusste sie nicht, wohin mit ihren Händen.

Er schob ihr das vorbereitete Schreiben und eine Kopie für sie hin, als wäre es ihm ein wenig unangenehm. »Ich brauche das fürs Finanzamt«, sagte er und trank seinen Kaffee aus.

Sie las und unterschrieb. Er gab ihr die Blumen: kunstvoll gebundene, langstielige blassrote Rosen.

»Wenn ich dich gekränkt habe«, er sah sie die Stirn runzeln, sprach aber unbeirrt weiter, »tut mir das leid. Ich möchte mich bei dir entschuldigen. Ich bin manchmal etwas zu dominant, ich weiß. Es steht mir nicht zu, mich in dein Leben einzumischen.«

Sie wollte etwas sagen, blickte auf die Rosen. Sah ihn an.

»Ich hätte mir gewünscht, dass wir Freunde bleiben können«, fuhr er fort, während er sich erhob. »Ich wollte nicht, dass es so kommt.«

Er hielt ihr die Hand hin. »Leb wohl.«

Nach kurzem Zögern schlug sie ein.

‖

Lena zog die Wohnungstür hinter sich zu. *Es hat nichts zu bedeuten,* versuchte sie sich zu beruhigen. Vielleicht hatte sie etwas falsch verstanden. Sie würde es später noch einmal versuchen. Wahrscheinlich war ihm etwas dazwischengekommen. *Er hat es nicht mehr geschafft, mir Bescheid zu sagen.*

Die Nachbartür öffnete sich, und die schlanke blonde Frau von letztens wünschte Lena einen guten Morgen. Sie trug eine Trainingshose und ein locker geschnittenes Shirt und zerrte zwei prall gefüllte Müllsäcke hinter sich her auf den Gang. Lena holte den Lift und blockierte die Türe, bis die andere zugestiegen war.

»Heiß heute«, sagte die Frau und strich sich eine Haarsträhne aus der Stirn.

Lena nickte. War die jetzt beim Nachbarn eingezogen? Hatte sie sein Angebot angenommen?

Sie fuhren schweigend nach unten. Die Frau mühte sich mit den Säcken ab.

»Warten Sie, ich helfe Ihnen.« Lena bückte sich und griff nach einem.

»Danke.« Ein Lächeln.

Sie überquerten nebeneinander den Hof und wuchteten im Müllraum mit vereinten Kräften die beiden Säcke in einen der Container.

»Phu«, stöhnte Lena, »sind da Steine drin?«

»Erde. Nur alte Erde. Ich hab die Blumentröge auf der Terrasse sauber gemacht. Erde raus. Alles abgebürstet.«

Die Hände der Frau, ihre kurzen Nägel waren makellos sauber.

»Ich trage Gummihandschuhe.« Sie lachte. *Wie peinlich,* dachte Lena. *Sie hat meinen Blick bemerkt!*

Sie streckte der anderen die Hand hin. »Lena.«

»Iveta. Ich putze bei Ihrem Nachbarn. Falls Sie jemanden brauchen – ich hab noch Kapazität.«

»Ähm. Ja, danke.« Sie machte also nebenan sauber! »Ich … äh …« Lena errötete ein wenig, sah weg, schaute auf die Uhr. »Ich muss arbeiten. Schönen Tag noch.«

Sie spürte die Blicke der Frau in ihrem Nacken, bis die Tür hinter ihr zufiel.

Als Georg anrief, saß sie bereits in der Straßenbahn. Sie stieg an der nächsten Haltestelle aus und ging das letzte Stück zu Fuß. Die Klimaanlage hatte den ganzen Zug auf Kühlhaustemperatur gebracht. Sie fröstelte.

»Lena, was machst du gerade? Gehen wir ins Bad? Es soll richtig heiß werden heute.«

»Ich muss arbeiten. Ich fange um zwei an.«

»Ich dachte, montags …«

»Ich arbeite ab heute Vollzeit.«

»Echt? Seit wann weißt du das?«

»Seit vorgestern. Ich bin richtig glücklich, wollte es dir gleich erzählen, aber …«

»Au, verdammt. Tut mir leid. Ich hatte totalen Stress, ich war in Budapest. Fotoaufnahmen für einen Katalog. Ja, das hat sich von einer Minute auf die andere ergeben.« Er klang aufrichtig zerknirscht.

»Hm«, sagte sie. »Ich hab gewartet. Wir wollten doch auf das Konzert …«

»Lena, ich …«

Sofort kam sie sich kleinlich vor. Sie wusste doch, wie das war: Wenn man so lebte wie sie, von einem Tag auf den anderen, von der Hand in den Mund, ergriff man jede Gelegenheit, um einen Job zu ergattern. Die Freizeit, das Privatleben hatten zu warten. »Schon okay«, sagte sie hastig.

»Ich hab Sehnsucht nach dir. Sehe ich dich am Abend? Wann bist du fertig? Soll ich dich abholen? Du musst mir aber noch einmal sagen, wo genau das ist.«

»Gegen sieben.« Sie nannte ihm die Adresse. »Übrigens – gibt es in deinem Haus noch einen zweiten Innenhof?«

»Lena, bitte … du denkst doch nicht etwa immer noch an diese Geschichte?«

»Gibt es einen?«

»Nein, gibt es nicht. Warum fragst du?«

»Ich hab Vera wiedergetroffen.«

»Das ist nicht wahr!«, stöhnte er.

»Doch. Wir sind uns auf der Straße begegnet. Ich hab sie zum Essen eingeladen. Es gibt nach wie vor kein Lebenszeichen von deiner Nachbarn. Vera ist sich sicher, dass Kathi etwas zugestoßen ist …«

»Das sind doch Hirngespinste.«

»Georg«, sie zögerte, »ich hab dran gedacht, wie das wohl wäre, wenn mir etwas passieren würde. Ich kenne hier niemanden außer dir und meinem Chef. Ich würde niemandem fehlen.«

»Aber das –«

»Was würdest du tun, wenn du nichts mehr von mir hörst? Mich nicht mehr erreichen kannst?«

»Okay«, sagte er. »*Darum* geht es dir.« Er lachte. »Ich würde wahrscheinlich abwarten«, überlegte er laut. »Ich will dir ja keinen Stress machen. Du musst dich schließlich nicht bei mir abmelden. Na ja, nach ein paar Tagen würde ich anrufen. Eine Nachricht hinterlassen. Nachsehen. Ob in deiner Wohnung Licht brennt, zum Beispiel. Aber – bei *dir* ist das ja etwas anderes.«

»Wie – was anderes? Anders als was?«

»Wir sind zusammen. Ich lieb dich, Lena. Und – du verschwindest ja nicht einfach, ohne etwas zu sagen. Wenn der Postkasten überquillt, würde ich anfangen, mir Gedanken zu machen.«

»Hm, bis dahin …«

»Also wenn du ohne triftigen Grund auch nicht in der Arbeit auftauchst … jetzt hab ich ja die Adresse. Ich würde im Geschäft anrufen …«

»In der Zwischenzeit kann viel passieren.«

»Was willst du von mir, Lena?«, fragte er. »Das ist alles sehr theoretisch. Ich weiß gar nicht, warum wir ständig über solche Dinge reden. Du bist keine alte Dame, die in der Wohnung stürzt und ohne Hilfe nicht mehr aufstehen kann. Und es ist ja nicht so, dass hier ständig Leute verschwinden. Diese Vera«, stellte er grimmig fest, »macht dich noch ganz verrückt.«

So kamen sie nicht weiter. Sie beschloss, das Thema zu wechseln. »Was machst du heute noch?«

»Na ja, vielleicht hat Max Lust mitzukommen. Ins Bad. Sonst fahre ich allein. Ich ruf dich dann am Abend noch einmal an, gut?«

»Gut«, sagte Lena.

»Ich freu mich auf dich.«

»Ich mich auch. Bis dann.«

Der Nachmittag verging quälend langsam, die Hitze machte Lena mehr und mehr zu schaffen. Zwei Touristen fragten nach einer Kirche in der Nähe, ein Mann kaufte ein Mitbringsel für eine Einladung am gleichen Abend. Gegen vier gab die Geschäftsnachbarin zur Linken auf und hängte das *Geschlossen*-Schild an die Tür. »Ich gehe ins Bad. Da kommt heute niemand mehr.«

Lena harrte aus, verkaufte drei Tisch- und einen Standventilator und bestellte mehrere nach. Die Wettervorhersage versprach noch eine gute Woche Sonne. Sie surfte ein wenig im Internet, holte sich schließlich Eistee aus dem Kühlschrank und gab in einer Suchmaschine Georgs Adresse ein.

Der Häuserblock erschien auf dem Bildschirm. Sie betrachtete die Umgebung von oben, die Straßen, den Park, fand ihr Haus, ihre Wohnung, zoomte wieder auf seines, den Innenhof, kniff die Augen zusammen, stutzte, schluckte, korrigierte den Abstand zum Bildschirm. Ihr Mund wurde trocken, das Blut dröhnte in ihren Ohren. Mitten im Haus, zur anderen Seite hin, direkt unter dem Dachabschnitt, auf dem die drei gefeiert hatten, gab es einen schmalen Schacht, der aussah, als hätte man ihn aus dem Gebäude gestanzt.

Was war das? Und wozu war so etwas gut?

Sie musste Vera anrufen! Ihr sagen, was sie entdeckt hatte. Lena trank hastig das Glas leer. Ihre Hand zitterte, als sie es wieder abstellte.

Das perfekte Verschwinden, dachte sie. Wer hier hinunterstürzte – oder gestürzt wurde –, verschwand für immer. Es sei denn, es gab einen Zugang. Fenster wohl nicht? Spätestens ab dem zweiten Stock musste es dunkel sein. Konnte man sicher nichts mehr sehen.

Wieder flogen ihre Finger über die Tastatur. Sie suchte nach »Gründerzeithaus, Schacht«, klickte sich von Seite zu Seite, sah sich minutenlang Immobilienangebote an, bis sie schließlich auf den Begriff »Lichtschacht« stieß.

Es ist unmöglich, mit Georg über meine Entdeckung zu reden, dachte sie. Wenigstens heute Abend, beschloss sie, würde sie nicht davon anfangen. Sie wollte bei Gelegenheit im Haus nachsehen, ob es einen Zugang zu diesem Lichtschacht gab. Dann mit Vera reden. Die sollte entscheiden, was weiter zu tun war. Vielleicht tauchte Kathi ja in der Zwischenzeit wieder auf und die Sache war erledigt.

Sie blickte auf die Uhr und begann ihre Sachen zusammenzupacken. Vera war gestern auf der Polizei gewesen und hatte Kathi als vermisst gemeldet. Das Engagement der Beamten hatte sich in Grenzen gehalten: »Die behandeln es als reine Routinesache, Lena. ›Beruhigen Sie sich, gnä' Frau, einen Unfall hatte sie nicht. Die Spitalsanfrage war negativ. Sie ist auch nicht in Haft. Wahrscheinlich ist sie weggefahren, ohne Ihnen etwas zu sagen, und ist in ein, zwei Tagen wieder da. Kommt ständig vor. Da ist eine frisch verliebt – und vergisst die Welt um sich.‹ Damit war meine Vorsprache beendet. – Nicht in Haft! Auf die Idee wäre ich allerdings nicht gekommen.«

Die Tür flog auf. Lena war erstaunt, ihren Chef zu sehen. Er stand unter Strom.

»Ist etwas passiert?«

»Irgend so ein Idiot hat mir grade den Parkplatz weggeschnappt. War dann auch noch frech.« Er machte eine abfällige Handbewegung. »Ich musste noch einmal um den ganzen Block. Jetzt steh ich im Halteverbot neben der –«

Lenas Handy läutete. Mit einer entschuldigenden Geste hob sie ab. »Georg! Du bist schon da?«

Wolfgang deutete zum Nebenraum.

Sie nickte. »Und wo genau? Passt, ich bin gleich fertig.« Sie beendete das Gespräch. Während sie in ihre Jacke schlüpfte, knallte Wolfgang eine Lade zu. Sie hörte ihn fluchen. Er kam mit den Buchhaltungsunterlagen zurück.

»Du musst pünktlich weg?« Er blickte auf die Uhr.

»Ja. Ausnahmsweise.«

»Ist gut«, sagte er knapp. »Ich schließe ab und nehme auch gleich das Geld mit.«

»Danke, Wolfgang. Schönen Abend.«

»Dir auch.«

Sie sah Georg schon von weitem. Er lehnte an seinem Auto, wischte auf seinem Handy herum. Als würde er ihre Nähe spüren, blickte er unvermittelt auf. Er kam ihr mit großen Schritten entgegen und zog sie in seine Arme. Sie hörte seinen Herzschlag, fühlte seine Lippen an ihrer linken Schläfe.

»Endlich«, murmelte er. Seine Hand wanderte über ihre Schulter auf den Rücken.

Sie gingen zum Auto, er öffnete ihr die Tür. Wolfgang brauste vorüber, wie immer viel zu schnell. Lena hob die Hand, aber ihr Chef reagierte nicht.

Georg fuhr herum. »Da ist der Scheißkerl wieder!«

»Was?« Sie verstand nicht.

»Der Typ da. Mit dem habe ich mich gerade richtig gefetzt. Hetzt mich, hupt, fährt ständig auf und will dann auch noch in meinen Parkplatz.« Er schnaubte. »Nicht mit mir! Als ich aussteige, fängt er an zu schreien. Es hätte nicht viel gefehlt …«

»Das ist Wolfgang«, sagte Lena.

»Waas? Du kennst den Spinner?« Er starrte sie ungläubig an.

Lena nickte. »Das ist Wolfgang«, wiederholte sie. »Mein Chef.«

||

Natürlich galten für ihn andere Regeln. Auch wenn das nicht jeder Idiot sofort kapierte. Wie sie um ihn herumwieselten, seit sie das Geld rochen. Erbärmlich. Der Banktyp legte sich ins Zeug, als ginge es um sein Leben. Ein Wurm!

»Wenn ich Sie bitten darf, mir zu folgen, Herr … Darf ich Ihnen etwas anbieten, Kaffee, Cognac? Ein Glas Sekt?« Zügig nach ganz hinten und mit dem Lift nach ganz oben. Glasfronten, Flüsterteppiche, eine Vorzimmerschönheit, gediegenes Holzmobiliar. Keine Rede mehr davon, dass »ein Termin mit Ihrem Berater zu vereinbaren« sei. Seit er den Kredit abgedeckt hatte und sein chronisch überzogenes Konto ein gigantisches Plus aufwies, ging es nur noch um Aktien, Beteiligungen, Investitionen. Alles schwänzelte um ihn herum. Ein kleiner Filialleiter wittert »opportunities«, dachte er.

Es war anstrengend, den Alltag weiterlaufen zu lassen, obwohl er alles hinschmeißen und völlig neu anfangen konnte. Aber es war wohl das Vernünftigste. Ha, vernünftig! Gezielt! Geplant! Am besten war er, wenn er spontan handelte. Ungeplant. Eine Chance erkannte und sie ergriff. Sich nahm, was er wollte. Er kippte den Sekt und diktierte dem Wurm seine Bedingungen.

||

»Lena?«

»Hmmm«, murmelte sie, drehte sich zur Seite und kuschelte sich tiefer in ihr Kissen.

»Ich muss jetzt los«, flüsterte Georg an ihrem Ohr. Seine langen Wimpern kitzelten sie.

Mit geschlossenen Augen streckte sie ihm die Arme entgegen, zog ihn zu sich herunter und küsste dorthin, wo sie sein Gesicht vermutete.

Er lachte leise. »Bis morgen Abend«, sagte er. »Ich lieb dich.«

»Hmmm.«

Sie hörte die Tür ins Schloss fallen und tauchte wieder weg. Pünktlich um halb sieben blinzelte sie in die Sonne. Sie frühstückte auf der Terrasse, auf der es jetzt am Morgen noch angenehm kühl war, und schaute vergnügt in einen strahlend blauen

Himmel. Es würde wieder heiß werden. Sie hörte die Alltagsgeräusche von unten, Autos, Fahrradklingeln, den Müllwagen, hörte einen Mann laut auflachen. Die Raben vom Nachbardach zankten um ein Stück Brot.

Sie hatte noch Zeit. Sie holte den Staubsauger aus dem Putzschrank, wischte die Fensterbretter und Arbeitsflächen ab und schrubbte das Bad. Als sie aus der Dusche stieg und sich abtrocknete, ging die Türglocke. Rasch zog sie ein Kleid über und schaute nach draußen.

Die Putzfrau ihres Nachbarn, in schwarzen Leggins und einem weiten weißen Shirt, wirkte verzweifelt. »Sie erinnern sich? Iveta.«

Lena nickte.

»Entschuldigen Sie bitte. Ich weiß nicht, wen ich fragen kann. Die Tür ist zugefallen. Der Schlüssel liegt drin. Das Handy. Meine Tasche. Und – ich muss ganz dringend aufs Klo.«

Lena öffnete die Tür und wies Richtung Badezimmer. »Ja, klar.«

»Danke.«

Lena hörte die Spülung rauschen, dann stand die Frau im Wohnzimmer. »Herr Macher müsste innerhalb der nächsten halben Stunde heimkommen. Ich werde …«

»Kann er denn rein, wenn Ihr Schlüssel steckt? Brauchen Sie einen Schlosser? Einen Schlüsseldienst?« Lena griff nach ihrem Handy.

»Nein, ich ziehe den Schlüssel immer ab. Er liegt auf dem Küchentisch. Es ist zu blöd.«

Lena sah auf die Uhr. »Sie können gern hier warten. Ich hab noch Zeit. Möchten Sie etwas trinken? Kaffee? Am besten, wir setzen uns raus.«

Die Frau zögerte, nickte. »Danke. Kaffee nehme ich gern. Ich hänge ihm einen Zettel an die Tür, dass ich hier bin. Haben Sie was zum Schreiben?««

Lena machte sich in der offenen Küche zu schaffen, servierte den Kaffee auf die Terrasse, holte einen Hocker und setzte sich zu ihrem Gast. Iveta hatte die Augen geschlossen und hielt ihr Gesicht in die Sonne. Die Betonplatten waren schon warm, die Sonne leckte sanft über ihre nackten Beine.

»Schön«, sagte Iveta und wandte sich ihr zu. »Ich träume davon, eine Wohnung wie die hier zu haben: ruhig, hell. Meinetwegen klein, aber ganz oben. Direkt unter dem Himmel. Mitten im Licht. Mit Blumen vor der Tür.«

Lena starrte auf die Betontröge, in denen einige sattgelbe Blumen weiter tapfer gegen das wuchernde Unkraut ankämpften. »Ich bin keine Gärtnerin«, entschuldigte sie sich. »Ich habe keine Ahnung, was die hier brauchen.« Das Bäumchen immerhin hatte sich gut entwickelt und zarte, fein gezahnte Blätter bekommen.

»Ich könnte Ihnen helfen«, schlug Iveta vor. Sie stand auf und inspizierte die Container. »Die Erde ist gut. Ein bisschen lockern, ein wenig düngen, das Unkraut auszupfen. Überlegen Sie sich, was Sie hier haben wollen. Blumen, Kräuter, Gemüse, Erdbeeren?«

»Blumen. Aber – die müssten robust sein.« Sie blickte übertrieben schuldbewusst drein.

Iveta lachte. »Ich finde schon was. Ich hab Sie übrigens letztens gesehen.«

»Ja?« Lena sah sie über den Tassenrand hinweg an.

»In der Früh. In der Fußgängerzone. Ich putze dort in einem Nachtclub.«

»Ich war mir nicht sicher«, sagte Lena errötend und stellte ihre Tasse ab. Sie war verblüfft, wie locker die Frau über diese Arbeit sprach. »Und wie ist das so, in dem … Lokal?«

Iveta zuckte die Achseln. Sie wickelte eine blonde Haarsträhne um den Finger, zog daran und ließ sie wieder los. Ihr ungeschminktes Gesicht war ausdruckslos. »Der Geruch, der ist gewöhnungsbedürftig … aber es ist gutes Geld. Und wenn ich fertig bin, gehe ich raus. Ich hab wieder ein Leben.« Ein kleines entschuldigendes Lächeln. Ein Schulterzucken. »Es ist einfach ein Job«, erklärte sie. »Als Zimmermädchen machst du nichts anderes: Bettwäsche wechseln, das Bad putzen, das Klo. Ich kann es mir nicht leisten, wählerisch zu sein.«

Lena nickte. Wer war sie, dass sie anderen vorschreiben wollte, wie sie zu leben hatten?

»Wenn ich hinkomme, sind die Frauen … verdammt, ich muss mich nicht rechtfertigen.« Iveta stand abrupt auf, ging zu einem der Betontröge und begann Unkraut auszurupfen.

Lena blickte auf ihren schmalen Rücken und schwieg.

»Weißt du … entschuldigen Sie.« Sie hielt erschrocken inne. »Also, ich will einfach ein besseres Leben für die Kleine und für mich. Ich lege jeden Cent zur Seite. Ich will eine Wohnung, irgendwann ein eigenes Geschäft. Meiner kleinen Schwester eine Zukunft geben. Sie soll lernen, studieren, von niemandem abhängig sein.« Sie wandte sich um. »Mein erster Job … 24-Stunden-Pflege. Ich hab meine Tante vertreten, die nach einer Hüftoperation länger ausgefallen ist. Auf der Busfahrt hierher haben die meisten von uns geschlafen. Ich war aufgeregt, hab aus dem Fenster geschaut. Ich hab mir weiß Gott was erwartet. Sie erzählen dir nicht, wie es wirklich ist.« Sie senkte den Blick. »Dass man Tag und Nacht mit dem Kranken zusammen ist, hab ich natürlich gewusst. Vierzehn Tage vergehen schnell, denkst du dir. Dann löst dich die Kollegin ab.« Sie setzte sich wieder und starrte vor sich hin. Sprach wie zu sich selber. »Ich bin in einem kleinen Dorf gelandet. Da war nichts. Nichts. Ich hab bei dem alten Mann im Zimmer geschlafen, auf einem Sofa. Zwei weitere Zimmer in dem Haus waren versperrt. Meine Tante hat mir gesagt, ich soll das nicht persönlich nehmen. So sind sie halt, übervorsichtig. Misstrauisch. Der alte Mann hat nicht mehr gesprochen, manchmal gewimmert, oft geschrien, als hätte er Angst. Er hat immer wieder nach mir geschlagen. Ich komme aus der Pflege. Ich weiß, dass die Patienten oft ungeduldig sind. Zornig, wenn sie Schmerzen haben, sich nicht zurechtfinden. Sich nicht verständlich machen können. Wenn sie Angst haben. Er tat mir leid. Ich hatte eine Liste, was zu tun ist. Hab ihn gewaschen, gewickelt, ihn gefüttert, mit ihm gesprochen. Ich konnte schon ein bisschen Deutsch. Ich weiß nicht, ob er mich verstanden hat. Ich hab gekocht, die Hausarbeit gemacht. Der Sohn kam einmal die Woche, hat die Lebensmittel gebracht, den knapp bemessenen Wochenbedarf. Ist gleich wieder weggefahren, immer in Eile, immer unter Druck. Wenn er mit mir gesprochen hat, war er in Gedanken schon irgendwo anders.«

Sie trank die Tasse leer und stellte sie ab.

»Du darfst mich nicht einfach so reden lassen«, sagte sie nach einer Weile. »Wenn ich einmal anfange, finde ich kein Ende. Ich bin wohl zu viel allein. Entschuldige … entschuldigen Sie.«

»Ist schon okay. Ich hab ja gefragt. Es interessiert mich … Ich bin Lena. Wir können uns gern duzen.«

||

Er hatte recht behalten. Natürlich hatte sie sich wieder gemeldet.

»Ich muss mich bei dir entschuldigen.«

»Aha«, sagt er. Er lässt es gleichgültig klingen und räumt geräuschvoll auf seinem Schreibtisch herum. Sie soll wissen, dass sie ihn stört, dass er beschäftigt ist.

»Störe ich dich?« Sie klingt aufgeregt.

»Nein«, beruhigt er sie. Er legt einen weichen Ton in seine Stimme. »Brauchst du etwas? Ist alles okay?«

»Ja«, sagt sie. »Ja, alles okay. Weißt du – ich hab nachgedacht.

Es tut mir leid. Das mit dem Anwalt. Das war unfair. Ich wollte dich nicht unter Druck setzen, aber …«

»Deine Therapeutin hat gemeint, es wäre besser.«

»Ja, genau.« Sie klingt erleichtert. »Ich war ein bisschen kopflos, und … es tut mir leid. Die … die Rosen sind sehr schön.«

»Sie wird ihre Erfahrungen haben«, sagt er. »Es gibt genügend Männer, von denen eine Frau sich besser fernhalten sollte. Aber sie weiß nichts über uns. Sie kennt mich nicht. Ich bin eher verschlossen – du weißt, warum. Manchmal impulsiv, wahrscheinlich auch zu direkt. *Du* weißt das. Und dass du immer jemand ganz Besonderer für mich warst«, sagt er leise.

Er hört sie schlucken. »Ich habe –«, beginnt sie, aber er unterbricht sie sofort.

»Wie fühlst du dich, sag?« Jetzt behutsam vorgehen! »Kommst du voran in der Therapie? Tut sie dir gut? Kannst du schon wieder schlafen?«, fragt er leise.

»Wie man's nimmt«, sagt sie. »Es wird leichter.« Sie zögert. »Ich komme vielleicht … auch allein zurecht.«

»Du weißt, wenn du etwas brauchst …«

»Du bist mir nicht böse?«

»Nein«, sagt er, »Liebes, nein.«

Dann schweigen beide. Sie räuspert sich.

»Pass auf dich auf«, sagt er leise.

Er legt auf, bevor sie antworten kann.

||

Seit Lena das Schaufenster neu dekoriert hatte – ein Sommeridyll in Türkis, Weiß, Gelb und Rot mit Liegestuhl und Sonnenschirm, Zeitungen und Badetuch, einem angedeuteten Sandstrand –, blieben immer wieder Leute stehen, kamen in den Laden, stöberten und kauften. Sie hatte alle Hände voll zu tun und vergaß darüber, Vera anzurufen.

Eines Abends stand sie plötzlich vor dem Laden, in einer viel zu weiten, zerknitterten beigen Baumwollbluse mit hochgekrempelten Ärmeln. Glühend, aufgelöst von der Hitze. Die Farbe stand ihr nicht, sie wirkte dadurch kompakt und bieder. Mit einem kleinen, fast zärtlichen Lächeln betrachtete Vera das Schaufenster, versuchte dahinterzuspähen. Knielange blaue Hose, praktische Umhängetasche: auf den ersten Blick eine Frau, die anpacken konnte. Der Äußerlichkeiten nicht so wichtig waren. *Warmherzig*, ergänzte Lena beim Gedanken an ihr Lächeln. Jetzt trat sie einen Schritt zurück, blickte an der Fassade hoch.

Lena ging zur Tür. »Vera!«

»Hier arbeitest du also.« Vera umarmte sie und sah sich um. Sie wirkte beeindruckt. »Ziemlich schick, sieht man von außen nicht gleich.«

»Ja, ich dachte, ein kleiner Stilbruch tut dem Ganzen gut.« Lena lachte. Sie verstaute einige Objekte im Regal und trug eine große Vase ins Lager. »Ich mache in zehn Minuten zu. Hast du Lust, mit mir essen zu gehen? Ich muss noch das Geld einwerfen. Die Bank ist gleich da vorne.«

»Ja, gern. Geht diesmal auf mich.« Vera hob eine filigrane weiße Schale hoch, drehte sie um. »Verrückt. Wer zahlt um Himmels willen diese Preise?«

»Ist in *der* Gegend kein Problem. Kleine Sachen verkaufen sich gut. Sag, gibt es etwas Neues wegen Kathi? Was sagt die Polizei?«

»Ich merke, ich werde denen langsam lästig. Aber was soll ich denn tun? Ich kenne die Leute nicht, mit denen Kathi unterwegs war. Den Mann, den sie vor kurzem kennengelernt hat. Wir haben über tausend Dinge geredet, die sie beschäftigen, aber ich kenne tatsächlich keinen einzigen ihrer Bekannten hier.«

»Ich habe nachgedacht. Man sollte der Polizei sagen, dass du

Kathi in der Wohnung vermutest. Dass du Sorge hast, sie könnte sich etwas angetan haben. Dann müssen sie die Wohnung
doch aufbrechen, oder? Vielleicht gibt es da Fotos, Adressen,
irgendwas.«

Vera nickte. »Ich hab zu spät dran gedacht. Jetzt glauben
sie mir nicht mehr. Sie werden den Hausverwalter wegen des
Schlüssels kontaktieren, bei Gelegenheit Nachschau halten. Bei
Gelegenheit!«

Lena steckte das Geld in ihre Tasche, blickte sich noch einmal
prüfend um und versperrte den Laden. »Komm«, sagte sie.

Sie hielten kurz bei der Bank und schlüpften dann in einen
Durchgang, der sich in einen grünen Innenhof öffnete. Ein
kleiner Tisch war noch frei. Sie bestellten beide Apfelsaft und
einen Salat.

Lena trank, stellte ihr Glas ab und räusperte sich. »Vera, ich
hab da etwas entdeckt: Dieses Haus hat einen sogenannten
Lichtschacht. Das ist –«

Vera riss die Augen auf. »Also doch«, sagte sie atemlos. »Ich
weiß, was das ist. Du hast im Hinterhof nachgesehen, oder?
Und dieser Schacht – woher weißt du davon? Gibt es einen
Zugang? Kann man da rein? Wir müssen –« Sie brach ab. »Lena,
es macht mich noch verrückt, dass die Polizei das so locker
nimmt. Freundinnen raten mir, einfach abzuwarten. Ich weiß
aber, ich spür das, dass da etwas nicht in Ordnung ist. Dieses
Nichtstunkönnen, das Warten – das ist das Schlimmste. Worauf warten, wenn du sicher bist, dass sie – tot ist?« Sie schloss
die Augen und schluckte.

Lena griff nach ihrer Hand. Auch sie zweifelte nicht mehr.
Ob sich diese Szene auf dem Dach so abgespielt hatte, wie sie es
in ihrer ersten Panik angenommen hatte, ob ihre Befürchtun-
gen stimmten oder nicht: Die Frau lag tot in der Wohnung. Im
Lichtschacht. Oder war irgendwo abgelegt, vergraben, versenkt
worden. Georg hatte recht: Menschen verschwanden nicht

einfach. Es stieß ihnen etwas zu, oder sie taten sich selbst etwas an. Beides meistens da, wo sie lebten.

Man müsste wissen, mit wem sie zusammen war, wer sie gekannt hat. Wissen, wie sie gelebt hat, ihren Tagesablauf, mit wem sie sich getroffen hat. ›Sie ist absolut zuverlässig. Immer‹, hatte Vera betont.

»Ich bin morgen Abend bei Georg. Ich werde ihn fragen, ob er jemanden von Kathis Freunden kennt. Ob er einen von ihnen schon einmal gesehen hat.«

»Er hat gesagt, er weiß nichts«, wandte Vera mutlos ein. »Wir müssen vor allem rauskriegen, wie man in diesen Lichtschacht kommt.«

»Du hast neulich einen schlechten Zeitpunkt erwischt. Ich rede noch einmal mit ihm. Vielleicht weiß er etwas über diesen Schacht. Ich kann nachsehen, wie man reinkommt. Vielleicht gibt es einen Zugang, eine Tür. Fenster in den Schacht.«

»Und dann? Kein Mensch in dem Haus lässt dich in seine Wohnung. Ich habe – entschuldige.« Veras Handy läutete.

Sie warf einen Blick auf das Display. Runzelte die Stirn. Ihre Augen wurden groß. Sie packte ihre Hand und drückte sie so fest, dass Lena leise aufschrie.

»Kathi!«, rief sie atemlos. »Endlich! Wo bist du? Geht es dir gut? Kathi? Kathi, sag was! Wo bist du … ist alles … Kathi?« Sie lauschte angestrengt. Zwischen ihren Brauen bildete sich eine steile Falte. »Aufgelegt.«

Sie starrte auf das Handy.

»Aufgelegt«, wiederholte sie tonlos. Sie schlug die Hände vors Gesicht. Ihre Schultern sanken nach vorne, die Hände bargen ihren Mund, als müssten sie einen Schrei zurückhalten.

»Was hat sie gesagt?«

»Nichts«, flüsterte Vera heiser. »Kein Wort.«

Vera war wie unter Schock. Sie rührte ihren Salat nicht an. Lena aß mit schlechtem Gewissen.

»Ruf sie an. Vielleicht war die Verbindung schlecht. Sie hat dich nicht gehört. Oder sie konnte gerade nicht reden.« *Irgendetwas stimmt hier nicht,* dachte sie. Sie hütete sich, es zu sagen.

Vera vertippte sich. Versuchte es noch einmal. »Das Handy ist relativ neu. Ich hab sie noch nicht eingespeichert.«

»Hier ist Kathi. Nachrichten bitte nach dem Ton.«

»Kathi, Vera spricht. Ist alles in Ordnung? Geht es dir gut? Bitte ruf mich an.«

Nichts geschah. Vera starrte das Telefon an, nahm es in die Hand, legte es weg. Griff erneut danach. »Warum sagt sie nichts? Warum ruft sie nicht zurück? Denkst du, jemand hindert sie daran? Ist sie in Gefahr? Was meinst du?«

In Gefahr? Jemand hindert sie? Das ging jetzt aber wirklich zu weit. Wenn sie damit bei der Polizei antanzte … Es gab bestimmt eine logische Erklärung. Ein Netzausfall oder der Akku war leer. Irgendetwas in der Art.

»Du musst zur Polizei gehen, Vera. Die können die Nummer zurückverfolgen, sehen, wo sich ihr Handy eingeloggt hat.«

»Aber die tun doch nichts«, beharrte Vera. »Sie ist ja wieder aufgetaucht. Wenn sie nicht mit Ihnen reden will …‹ Für die ist das Routine. Ein paar Anfragen – und aus. Soll ich einfach untätig dasitzen und warten?«

»Was willst du *denn* machen? Hast du eine Alternative?«

»Die Polizei läuft mir nicht davon. Da kann ich auch morg noch hin. Vielleicht finden die in der Zwischenzeit ja etw s heraus. Oder wir!«

»Vielleicht«, stimmte Lena zögernd zu.

Die Freundin wirkte alarmiert.

»Sie hat angerufen«, versuchte Lena sie zu beruhigen.

»Ich weiß nicht«, sagte Vera beklommen. »Das war – seltsam.«

»Seltsam? Was meinst du?« Sie schob ihren Teller zur Seite.

»Ich habe jemanden gehen hören. Eine Autotür, Schritte. Ich bin mir sicher.«

»Sie hatte das Handy in der Hosentasche und die Tastensperre nicht drin!« Lena lachte erleichtert auf. »War bei meinem Vater das Gleiche: Anrufe zu den unmöglichsten Zeiten. Ich dachte jedes Mal, es sei ihm etwas passiert … Einmal ist er eine Treppe hinaufgerannt. Ich hörte nur dieses fürchterliche Schnaufen und Keuchen und hab mir das Schlimmste ausgemalt.«

»Kathi fährt nicht Auto. Sie hat keinen Führerschein.«

»Wahrscheinlich ist sie mit jemandem mitgefahren.«

»Hm.« Vera nickte. »Du hältst mich für hysterisch? Lena, ich weiß nicht mehr, was ich denken soll.«

Wir drehen uns im Kreis, dachte Lena. *Das führt zu nichts.*

Sie zahlten und brachen auf. Es war ein ruhiger Abend. Vor den kleinen Lokalen saßen Leute auf der Straße. Man trank, plauderte, lachte, Kinder liefen zwischen den Tischen herum. Hin und wieder fuhr ein Auto vorbei. Die Luft war samtig.

Vera hatte keinen Blick für ihre Umgebung. Sie ging neben Lena her wie von einem unsichtbaren Faden gezogen, antwortete einsilbig, gerade das Nötigste, um nicht unhöflich zu wirken. Es kam kein Gespräch mehr zustande. Sie rannte beinahe in einen Kinderwagen und schien es nicht zu bemerken. Schob sich an den Sitzenden vorbei, stieß mit der Hüfte gegen eine Tischkante, zeigte keine Reaktion. Das musste doch wehtun! Sie stolperte und rempelte einen Mann an, der sich eben von einem Freund verabschiedete. Der fuhr wütend herum – und ließ die Arme wieder sinken.

»Komm«, sagte Lena und griff nach ihrer Hand. Die war eiskalt. Sie drückte sie, und Vera schaute sie irritiert an. »Wir wechseln die Straßenseite. Hier ist einfach zu viel los.«

Vera nickte mechanisch. »Ich werde Zettel mit ihrem Foto aufhängen«, sagte sie unvermittelt, wie zu sich selbst. »Im Haus.

In Kathis Wohnumgebung. Vielleicht meldet sich jemand, der sie kennt.«

»Die Straße ist frei.« Lena legte ihr den Arm um die Schulter und zog sie mit sich.

Nach wenigen Schritten blieb Vera stehen. »Ich muss zurück ins Hotel.«

»Soll ich mitkommen?« *In dem Zustand rennt sie womöglich noch in ein Auto.*

Vera lehnte ab. »Geht schon wieder, danke.« Plötzlich hatte sie es eilig. »Ich will mich gleich darum kümmern.«

»Aber …«

»Am Bahnhof gibt es einen Copyshop, der auch am Abend offen hat. Da ist schon meine Straßenbahn. Lena, ich melde mich, sobald …« Dann rannte sie los.

»Ja, mach das«, murmelte Lena und blickte ihr nach. *Es ist gut, wenn sie etwas zu tun hat.* Sie selber würde sich im Haus umsehen.

Langsam schlenderte sie durch die aufgeheizte Stadt nach Hause. Sie wusste nicht mehr, was sie glauben sollte. Von einem Moment auf den anderen kippte ihre Gewissheit ins Gegenteil, zweifelte sie an ihrer Wahrnehmung, den Schlüssen, die sie daraus gezogen hatte. An ihrer Menschenkenntnis.

Veras Ängste rissen sie mit. *Sie liegt da. Im Lichtschacht. In der Wohnung.* Der Anruf? Jemand hatte das Handy gefunden. Die Flugzettel waren Beschäftigungstherapie. Ablenkung. Nicht mehr.

Sie ging schneller, nahm Seitengassen, die sie noch nie gegangen war, sah die Fassaden hoch zu den Figuren, die die Dächer bevölkerten, den Dachausbauten, die wie Geschwülste auf einigen der schönen alten Häuser hockten, den trägen Tauben auf den Simsen und den Fledermäusen, die durch die Luft witschten.

Sie schaute in ebenerdig gelegene Wohnungen und solche im

Souterrain. Wer hier wohnte, gehörte zu den Verlierern, hatte kleine schäbige Lokale als Nachbarn, Lärm vor den Fenstern, Autos, Busse, Schulkinder, Betrunkene. Das Licht der Straßen-laternen im Zimmer, selten die Sonne. Die schmalen Gassen schluckten das Licht.

Nach einer Weile wurde es wieder heller. Auf der Hauptstra-ße flanierten Spaziergänger, schleckten Eis, blieben lächelnd vor den großen Schaufenstern stehen. Paare gingen Hand in Hand.

Was würde sein – in ein paar Monaten? Wenn Steffi zurück-kam. Wo würde *sie* sein? Wo wohnen? In einer winzigen Woh-nung mit überhöhter Miete? Immerhin hatte sie jetzt einen Job, von dem sie leben konnte. Davon abgesehen war alles offen.

Lena ging langsamer und suchte in ihrer Tasche nach dem Schlüsselbund. Sie hörte Schritte hinter sich.

»'n Abend.« Ihr Nachbar kam ihr zuvor und schloss die Tür auf.

»Danke. Guten Abend«, sagte sie ein wenig atemlos. Sie gin-gen nebeneinander zum Lift.

»Frau Pleskova hat mir gesagt, dass Sie vielleicht Blumenerde brauchen können. Ich habe zu viel gekauft.«

»Iveta?«

Er nickte. »Soll ich sie Ihnen gleich hinübertragen? Ich meine, bis wir einander wiedersehen, das kann dauern … Sie sind ja auch selten zu Hause.«

»Ja … nein … ich …«

»Okay. Schon klar.« Er lachte. »Sie kennen mich nicht. Ich stelle sie Ihnen vor die Tür.«

»Danke«, sagte Lena verblüfft.

»Frau Gartner links von Ihnen scheint mich auch für einen Ganoven zu halten.« Er wirkte belustigt. »Und die kennt mich schon eine ganze Weile.«

Lena wehrte ab. »Ich bin ziemlich müde«, sagte sie. Man

konnte doch wohl schlecht jemandem, der einem etwas schenkte, die Tür vor der Nase zuknallen.

»Macher, Leo Macher.« Er streckte ihr die Hand hin. »Und Sie sind Lena.« Der Lift stoppte, sie stiegen aus. »Vielleicht haben Sie ja einmal Lust, bei mir zu essen.« Er stand breitbeinig da und lächelte sie an.

Du lieber Himmel, dachte Lena. Die gleiche Altersgruppe wie mein Chef. *Er könnte mein Vater sein.* Sie griff zögernd nach der Karte, die er ihr hinhielt.

Sein Lächeln wurde breiter.

Verde. Ein Restaurant!

»Ich bin der Koch«, sagte er.

Nach dem Aufstehen holte sie die Säcke mit Erde in die Wohnung und schleppte sie auf die Terrasse. Sie würde sich morgen darum kümmern. Sie trank ihren Kaffee draußen, genoss die Kühle des frühen Morgens und den Blick über die Dächer. Weiter hinten drehte sich ein gelber Kran. Ein paar Häuser weiter flogen Rabenkrähen auf, stritten und zeterten. Lena stellte ihre Tasse ab.

Ihr Puls beschleunigte.

‖

Seit gestern war er wie im Fieber. Er war zum ersten Mal im Kasino gewesen. Allein. Hatte eine Weile den Spielern zugesehen, sich schließlich an einem der Tische niedergelassen, eine größere Summe gesetzt. Und gewonnen. Es hatte ihn gepackt. Er gewann dreimal in Serie, genoss die Blicke der Mitspieler. Die der überschminkten, selbstsicheren Frauen, die ihm weder schön noch begehrenswert erschienen, das Klicken der rollenden Kugel, den kurzen Moment, bevor … Er gewann noch einmal. Und verlor dann alles. Er erhob sich mit unbewegter Miene, trank an der Bar, setzte sich ins Auto und fuhr zu ihr.

Sie klang verschlafen, räusperte sich, zögerte. Drückte dann auf den Türöffner. Der Eingangsbereich roch leicht nach Zement, nach Feuchtigkeit. Er registrierte einen Wasserschaden an der Wand. Das Haus verrottete langsam. Unverständlich, dass sie immer noch hier wohnte. Im Lift betrachtete er sein Spiegelbild, lächelte sich zu, schob das Kinn vor, schnippte einen Fussel von seinem Revers. Er sah verdammt gut aus in dem neuen Anzug. Sie würde sofort darauf reagieren. Da war er sich sicher.

Er läutete. Schritte, dann öffnete sich die Tür. Sie trug ein zerknittertes weißes Hemdchen und hatte sich die Haare gebürstet. Sie roch nach Schlaf. Mit einem Schritt war er in der Wohnung.

»Ich habe dich so vermisst«, stöhnte er und riss sie in seine Arme.

Sie wollte etwas sagen.

»Pscht«, machte er und küsste ihren Nacken. Seine Lippen wanderten über ihren Hals, ließen ihr keine Minute nachzudenken, sich zu besinnen. Seine Hände waren überall. Er überrollte, überrumpelte sie mit Küssen, Worten, hastigen Zärtlichkeiten, schob die Widerstrebende ins Schlafzimmer, presste sich an sie, zerrte an seinem Reißverschluss, ließ die Hose herunter, drehte sie um, drang in sie ein, krallte sich in ihr Haar, in ihr Fleisch, vergaß sie, keuchte, lockerte seinen Griff erst, als sie nach Luft schnappte, küsste und biss sie, kam und rollte zur Seite. Streifte die Hose ganz ab. Streckte sich. Gähnte. Lächelte entspannt. Drückte sie wieder an sich und sagte all die Dinge, die sie mochte. »Nur du«, flüsterte er. »Nur mit dir ...« Er betastete die Male an ihrem Hals. Sie war sehr blass und hielt die Augen geschlossen.

Er schlief tief und traumlos und verließ sie erst gegen Morgen.

‖

Lena hatte sich daran gewöhnt, dass ihr Chef hin und wieder unvermutet auftauchte, eine Weile am Schreibtisch im Nebenraum saß, ein bisschen mit ihr plauderte und wieder verschwand. Er hatte sich schnell umgestellt und schien seine Freiheit zu genießen.

Heute war er gegen Mittag gekommen. Er schien bester Laune zu sein. Ein bisschen aufgedreht, dachte Lena. *Da ist etwas im Busch!* Er verrückte da eine Vase, arrangierte dort ein paar Kissen neu, während sie Kunden bediente, Rechnungen schrieb, kassierte. Flirtete dann mit einer üppigen Blonden, die ihn sichtbar anhimmelte. Trug ihr die Einkäufe zum Auto und stand kurz darauf wieder in der Tür.

»Komm, sperr zu, wir gehen essen.« Er legte seine Tasche aufs Pult und verschwand im Nebenraum. Sie hörte, wie er Laden öffnete und wieder schloss.

»Aber – warum?«

»Wer braucht schon Gründe?« Wolfgang lachte. »Die Sonne scheint, es ist herrlich draußen. Ich hab Hunger, du hoffentlich auch. Also …«

Lena fühlte sich ein bisschen überrumpelt, aber seine Freude riss sie mit.

Sein Wagen stand direkt gegenüber in einer Ladezone. Er pflückte achtlos ein Strafmandat von der Windschutzscheibe und öffnete ihr die Tür. »Am Wasser oder mit Blick über die Stadt?«

Lena zog eine Braue hoch. »Wir nehmen besser etwas in der Nähe. Ich kann nicht so lange wegbleiben.«

»Ich glaube, dein Chef hat nichts dagegen.« Wolfgang zwinkerte ihr vergnügt zu.

»Am Wasser«, entschied sie und schnallte sich an.

Er fuhr zügig, aber entspannt. »Ist leider kein Cabrio«, sagte er und betätigte den Fensterheber.

Lena beugte sich hinaus. Der Wind fuhr ihr ins Haar, strich

ihr über Nacken und Gesicht. Sie sah zu ihm hin. Er lächelte ihr zu. Wieder erinnerte er sie, wiewohl er um Jahre jünger war, an ihren Vater: wenn ihm ein Coup, eines seiner vielen Projekte, gelungen war und er dasaß wie ein satter, entspannter Kater. Ein Mann, der es gewohnt war, rasche Entscheidungen zu treffen. Ein Patriarch, der die Aufmerksamkeit auf sich zog – und es genoss. Wenn etwas nicht funktionierte, machte er den Laden dicht und zog etwas Neues hoch.

»So muss ein Sommer sein … Bist du zufrieden?« Er beschleunigte den Wagen.

»Mit der Arbeit?«

Er nickte. »Ich habe den Eindruck, du bist ganz in deinem Element.«

»Ja«, sagte sie, »es ist für mich mittlerweile mehr als ein Job.«

»Du bist richtig gut«, lobte er. »Die Idee mit den Geschenken für die Kunden. Das neue Schaufenster – ich hätte nicht gedacht, dass das funktioniert.«

Sie ließen die Stadt hinter sich. Lena schloss die Augen. Es roch nach Heu und Wasser, nach Sommer und Ferien. Georg sollte hier neben mir sitzen, dachte sie. Sie hatte keine Ahnung, wo er gerade war.

»Und sonst? Hast du dich schon eingelebt? Ein paar Leute kennengelernt?«

»Ja.« Sie öffnete die Augen. »Es wird langsam.«

»Gut.« Er bremste. »Du lieber Himmel, sieh dir das an«, stöhnte er. Vor ihnen quälte sich ein Führerscheinneuling aus einer Parklücke. »Okay, wir haben alle so angefangen.« Er parkte rasch und routiniert. Wieder öffnete er ihr die Tür. Es war ungewohnt und passte nicht zu ihm. Männer, die Damen in ihre Mäntel halfen, vor sie hin sprangen, um ihnen die Türen aufzuhalten – das war die Generation ihres Vaters. Konservative Herren aus einer anderen Gesellschaftsschicht. Das war nicht ihre Welt. Sie dachte an die Nataschas, Sybillen und Margots, die neben ihrem Vater herstöckelten.

Sie ist sehr weiblich. Sie erwartet, entsprechend behandelt zu werden. Man kann gut mit ihr trinken, pflegte ihr Vater zu sagen. Vermutlich ein Scherz, den sie nicht verstand.

Im Ufergasthaus wurden sie wie Freunde begrüßt. Der Wirt umarmte ihren Chef und begrüßte Lena mit einer Wärme und Herzlichkeit, die durch nichts gerechtfertigt war. Sie hatten einander noch nie gesehen.

Sie nahmen an einem schattigen Tisch im Garten nahe am Ufer Platz. Das Licht flirrte auf dem Wasser.

Wolfgang schaltete sein Handy aus und griff nach der Karte. »Magst du Fisch?«

»Gern.«

Er orderte eine Platte für zwei Personen, dazu trockenen Weißwein, und wieder fühlte sie sich an ihren Vater erinnert. Seine Gesten, die die ganze Welt umarmten, niemals sparsam eingesetzt, immer ausufernd, raumgreifend. *Das ist mein Temperament*, sagte er, wenn sie ihn darauf ansprach. Er hatte sich noch immer nicht gemeldet.

Der Wein kam. Wolfgang probierte, nickte. Er schenkte ihr ein, sie tranken.

»Auf den schönen Tag, auf den Glücksgriff, den ich mit dir gemacht habe. Dir liegt das Verkaufen im Blut.«

Es war ihr ein wenig unangenehm, so in den Mittelpunkt gestellt zu werden. »Und das neue Projekt?«, fragte sie rasch.

»Lässt sich gut an. Ich bin sehr zufrieden.« Mehr war ihm nicht zu entlocken.

»Und das Geschäft willst du behalten, oder?«, stellte sie endlich die Frage, die ihr auf der Zunge brannte.

Vom Nachbartisch blickte eine zierliche dunkelhaarige Schönheit zu ihnen herüber, musterte Lena eingehend und ließ dann ein maliziöses Lächeln sehen. Der kahlköpfige Herr an ihrem Tisch schien nichts davon zu bemerken und redete weiter auf sie ein. Wolfgang folgte Lenas Blick, wandte sich um, lächelte, grüßte mit einem leichten Neigen des Kopfes und wandte seine Aufmerksamkeit wieder ganz ihr zu. »Eine Ex-Freundin. Es war ein bisschen, nun – kompliziert.« Er beugte sich vor und flüsterte: »Ignorieren.«

Das Essen kam. Er legte ihr vor, schenkte ihr Wein nach, trank selber nur wenig. Vor ihnen kräuselte sich das Wasser in kleinen Wellen. Eine Entenfamilie zog schnatternd vorbei. Die Kleinen kreiselten um die Mutter, immer wieder kippte eines abrupt nach vorne, tauchte – wie von einem Senkblei in die Tiefe gezogen – unter und wuppte kurz darauf an anderer Stelle wieder hoch. Sie machte ihn lächelnd darauf aufmerksam.

Wolfgang war ein angenehmer Gesprächspartner. Er erzählte von seinen Reisen, witzige, pointierte Geschichten, fragte sie dies und das, ohne je zu persönlich zu werden. Sie hätte so sitzen bleiben mögen bis zum Abend. Reden, schweigen, aufs Wasser schauen und später, wenn die Sonne sinkt, irgendwohin tanzen gehen, dachte sie.

Sie schaute auf die Uhr. »Wir müssen zurück.«

Er zuckte die Achseln. »Wenn du meinst.« Er lächelte nachsichtig. Sie fühlte sich wie ein übereifriges Kind und wurde ein wenig rot.

»Alles Gute zum Geburtstag, Lena.« Er hob sein Glas.

Sie sah ihn verblüfft an.

»Der war doch vor ein paar Tagen? Ich dachte mir, vielleicht freust du dich über eine verlängerte Mittagspause.«

Sie griff nach ihrem Wein und stieß mit ihm an. »Eine nette Überraschung. Danke.« Sie tranken.

Ihr Handy läutete.

»Entschuldige bitte. – Lena? Hi.« Sie schluckte, ihr wurde warm. »Nein, in einem Lokal am Wasser. Total schön. Und du? Ach so … Hm. Mit meinem Chef. Ja. Nein. Es … nein …

Georg … später. Ja. Ja, ich komme gegen halb acht zu dir. Bis dann. Ich freu mich.«

»Stress?« Wolfgang betrachtete sie nachdenklich.

Sie spürte Hitze aufsteigen. »Nein. Nein. Das war mein Freund.«

»Der hat dich letztens abgeholt, oder?« Er hatte sie also doch gesehen.

»Ja.«

»Wir sind ziemlich aneinandergeraten. Wegen eines Parkplatzes. Völlig unnötig, ich hab dir davon erzählt? Okay, vielleicht hatte er einen schlechten Tag, kommt vor. Ist jedenfalls ziemlich ausgetickt.«

Lena spürte den Impuls, Georg zu verteidigen, aber er kam ihr zuvor.

»Entschuldige, Lena, das geht mich nichts an. Vergiss es, bitte.«

Auf der Rückfahrt schaute Lena aus dem Fenster. Ihr war nicht nach Reden.

Auch Wolfgang schwieg, sah manchmal zu ihr herüber. Besorgt, wie ihr schien. »Musik?«, fragte er.

Sie nickte.

Lena freute sich auf den gemeinsamen Abend. Sie hatte sich beeilt, das Geschäft pünktlich geschlossen und stand jetzt vor Georgs Haus. Läutete an. Nichts. Keine Reaktion. Probierte es erneut. Vielleicht war ja die Gegensprechanlage kaputt?

Sie drückte die drei darüberliegenden Knöpfe und lauschte. Stille. Dann ein Summen. Die Tür sprang auf. Lena lief die paar Stufen hinauf zum Lift, blieb stehen und sah sich um.

Georg hatte sich wohl verspätet. Sie konnte die Gelegenheit nützen, sich ein wenig umzusehen. Irgendwo hier musste es einen Abgang zum Keller geben, vielleicht eine Tür zum Lichtschacht. Sie versuchte sich zu orientieren, rief sich die

Luftaufnahme des Hauses in Erinnerung, drehte sie im Kopf. Die Fenster der Wohnung links vom Lift mussten in Richtung ihres Hauses weisen. Zum Lichtschacht hin.

Vielleicht konnte man durch ein Kellerfenster etwas sehen? Die Stufen zum Keller rechts vom Lift endeten an einer grauen Stahltür. Sie rüttelte daran und ging unverrichteter Dinge wieder zurück. Hier war es kühl. Die Stufen glatt und sauber. Sie fröstelte. Sie dachte an die Raben von heute Morgen, ihre heiseren Schreie, den Tumult über dem roten Dach. *Die Jungen lernen fliegen.* Sie hatte sie schon einmal dabei beobachtet. Die Jungvögel, beinahe schon so groß wie die Alten, hoben ab, bewegten ihre Flügel, flogen ein Stück und sackten plötzlich ab, als wären sie erschrocken über ihre neuen Fähigkeiten. Manche fingen sich gleich wieder, andere taumelten zu Boden, wo sie von den aufgeregten Rabeneltern umflattert wurden.

Entschlossen wandte sie sich um, ging ein paar Schritte zurück, räusperte sich und läutete ohne große Hoffnung an der ersten Tür. Es war leise Musik zu hören, hüpfende quirlige Töne, darunter ein klagendes Instrument, das ihnen einen sicheren Boden bot. Wieder drückte sie auf den Klingelknopf.

Ein kompakter, schlecht rasierter Mann in Arbeitshosen öffnete und musterte sie. In seiner rechten Hand qualmte eine Zigarette. Der Hausbesorger. »Ich kenne dich«, sagte er. Im Hintergrund schluchzte eine Klarinette. »Du warst schon einmal da. Du hast dir den Hof angesehen.«

»Guten Tag. Ja, stimmt. Mein Freund wohnt ganz oben in einer der Dachgeschosswohnungen. Wir sind verabredet. Aber – er ist noch nicht da.« Lena zögerte. »Und … ich muss dringend aufs Klo. Darf ich vielleicht bei Ihnen …?« Sie musste es versuchen. Wenn sie Glück hatte, ging das Bad Richtung Lichtschacht.

»Bitte schön.« Er trat zur Seite und wies in die Wohnung. »Dort hinten.«

Lena warf einen raschen Blick zurück und trat in den verrauchten Flur. Ein rauer Tabak, der sie im Hals kratzte. Der Mann würde ihr schon nichts tun. Sie hatte außerdem ihr Handy mit und konnte im Notfall Hilfe rufen.

Das WC lag rechter Hand. *Perfekt!* Ihr Puls beschleunigte. Es war im Nachhinein eingebaut worden und relativ geräumig. Muschel und Waschbecken blitzten vor Sauberkeit. Ein schmales Fenster.

Lena klappte Brille und Deckel herunter. Ob die stabil genug waren? Sie schlüpfte aus den Schuhen. Draußen steigerte sich die Musik in Rhythmus und Lautstärke. Schmetternde Blechinstrumente wurden von zwei hektischen Schlagzeugen einem furiosen Ende entgegengetrieben. Sie drehte den Wasserhahn auf, kletterte vorsichtig auf das Klo und öffnete das Fenster. Sie streckte sich und spähte ins Freie. Gegenüber eine graue Wand, grüne Stellen im abblätternden Putz. *Pfui Teufel, das stinkt!* Verrottende Abfälle. Moder. Etwas Undefinierbares, das ihr den Magen hob. Sie würgte und schlug sich die Hand vor den Mund.

Mehr als die eine Ecke war von hier aus nicht zu sehen: weiße und grüne Glasscherben. *Die Flasche, die er hinuntergeworfen hat.* Daneben ein vermoderter Papierfetzen, auf dem Boden festgeklebt. Vorsichtig zog sie den Kopf wieder zurück und tastete mit den Zehen nach einem sicheren Halt.

Da zerriss ein Schrei die Stille im Schacht, durchdringend, rau, verzweifelt. Ein Schatten stürzte hinunter und fuhr wieder hoch. Sie plumpste mit den Füßen auf den Deckel, zu Tode erschrocken, blieb erstarrt stehen, die Hand ans Herz gepresst, und hatte Mühe, sich wieder zu fassen.

Sie inspizierte hektisch und besorgt den Deckel, die Brille. Setzte sich hin. Schlüpfte in die Schuhe. Ihre Knie zitterten. Sie drehte den Wasserhahn zu und betätigte zweimal die Spülung.

»Alles in Ordnung?« Draußen war es still geworden, keine Musik mehr.

»Ja«, sagte sie atemlos. »Ja.« Sie erhob sich und öffnete die Tür. »Mir ist schwindlig«, stammelte sie.

»Willst du etwas trinken? Einen Schnaps? Das ist Medizin.« Er nahm zwei dickwandige Gläser aus der Kredenz, ging ins Wohnzimmer und kam mit einer Flasche wieder.

Das Fenster!

»Danke. Geht schon wieder. Es ist so heiß. Ich habe das Fenster aufgemacht. Frische Luft. Jetzt ist mir besser.«

»Schon gut. Trink. Das schadet nicht.« Er kippte sein Glas in einem Zug mit nach hinten gelegtem Kopf. »Selbstgemacht«, sagte er. »Man darf nur nicht übertreiben.« Er schenkte sich noch ein Glas ein. »Ich halte dieses Fenster immer geschlossen. Wenn es regnet, wird alles nass. Das Taubennetz ist kaputt. Es fällt alles in den Schacht. Tote Vögel. Es stinkt. Der Hausherr spart. Ich muss ihn daran erinnern, dass er jemanden schickt, der da sauber macht.«

Lena probierte vorsichtig, nahm dann einen größeren Schluck. Er trieb ihr Tränen in die Augen.

Der Mann lachte nachsichtig. Er strich sich mit der Hand über sein stoppeliges Kinn. Ein Geräusch wie von feinem Sandpapier. Er hob sein Glas und stieß mit ihr an. *Er hat lustige Augen,* dachte sie.

»Wenn man den Hof kärchert, sollte der Geruch doch weggehen. Es gibt sicher einen Zugang, eine Tür?«

»Zugemauert«, sagte er grimmig. »Dieses Haus ist eine Katastrophe. Alles billig saniert. Bad, Klo nachträglich eingebaut.« Er klopfte gegen die Wand hinter sich, die hohl klang. »Gutes Geld für schlechte Arbeit. Das kannst du machen mit Leuten, die keine Kohle haben. Die sich nicht wehren können. Willst du dich nicht setzen?«

Sie blickte auf die Küchenuhr. Sie war schon zwanzig Minuten hier. »Gut«, willigte sie ein. »Aber nur kurz. Mein Freund wartet sicher schon.«

Sie nahm auf dem ausladenden Sofa im Wohnzimmer Platz. Er setzte sich ihr gegenüber in einen Fauteuil und schenkte ihr noch einmal nach. Sie fühlte sich angenehm entspannt.

»Weißt du, ich habe auf dem Bau gearbeitet bis zu meinem Unfall. Ich kenne mich ein bisschen aus. Der Vermieter ist ein Bandit. Er kauft alte Zinshäuser auf, terrorisiert die Altmieter, bis sie aufgeben. Dann wird billig saniert und teuer vermietet. Aber manchmal macht ihm einer einen Strich durch die Rechnung. Mietnomaden«, sagte er. »Dann zahlt er drauf. Das nenne ich ausgleichende Gerechtigkeit.« Er lachte und wurde wieder ernst. »Wie heißt du?«

»Lena.«

»Milena.«

Sie schaute ihn überrascht an.

»Meine Tochter heißt Milena. Sie studiert. Jus«, sagte er.

»Respekt. Sie müssen stolz auf sie sein.«

»Ja«, sagte er, »bin ich. Aber ich warte auf ein Enkelkind. Sie ist verheiratet, schon zwei Jahre, aber es tut sich nichts.«

Lena erhob sich. »Ich muss jetzt gehen. Danke. Sie haben mir sehr geholfen.«

»Wenn du etwas brauchst«, sagte er, »klopfst du an. Oder zum Reden. Hier redet niemand. Alles anonym.«

»Gern.«

Er begleitete sie zur Tür und schaute ihr nach, bis sich die Lifttüre hinter ihr schloss.

Sie merkte bereits an der Tür, dass Georg gereizt war. Die Begrüßung fiel denkbar knapp aus, ein flüchtiger Kuss, dann wandte er sich ab. Sie folgte ihm durch den Vorraum ins große Zimmer und setzte sich aufs Bett. Er hatte die Rollos geschlossen, der Raum lag in dämmrigem Licht. Dennoch war es empfindlich wärmer als im Parterre.

»Was ist los?«

»Ich hatte Streit mit Max. Deinetwegen. Dann hetze ich hierher – und du bist nicht da. Kino können wir jetzt vergessen.«

»Ich war um halb acht hier, aber du hast nicht aufgemacht. Dann hab ich mit dem Hausbesorger geplaudert.«

»Bitte? Mit dem Hausbesorger? Und wieso rufst du nicht an?« Er tigerte zwischen Fensterband und Tür hin und her.

»Ich hab's versucht«, sagte sie ruhig, darauf bedacht, es nicht wie einen Vorwurf klingen zu lassen. »Was heißt Streit mit Max meinetwegen? Worum ging es?«

Georg blieb stehen. »Er sagt, da lief was zwischen euch. Er war stinksauer, dass wir zusammen sind, und hat mir die Freundschaft aufgekündigt.«

»Es stimmt nicht«, sagte sie und schaute zu Boden.

Er musterte sie prüfend. »Und warum ist er so ausgetickt an dem Abend?«

»Weiß ich nicht. Das hab ich dir doch schon gesagt. Wir haben ganz normal geredet, uns unterhalten, dann meinte er plötzlich, ich würde seine Narben anstarren.« Sie wurde langsam ärgerlich. »Was soll das jetzt? Glaubst du mir nicht?«

»Max sagt …«

»Was sagt er? Gib mir seine Nummer, ich rufe ihn an.« Sie sprang auf.

»Aber du hast doch …«

»Gelöscht«, sagte sie knapp.

»Wir kennen uns schon ewig …«

Was soll das? »Und jetzt gefährde ich eure Männerfreundschaft, oder was?«

»Du lieber Himmel, ich frag ja nur!«, wiegelte er ab.

»Die Nummer.« Sie streckte die Hand nach seinem Handy aus, das hinter ihm auf dem Schreibtisch lag.

Er riss es an sich. »Vergiss es.«

Was war das jetzt? Sie starrte ihn fassungslos an. »Ich will mit

166

ihm reden. Er sieht das falsch. Wir haben das geklärt. Ich, ich verstehe nicht …«

»Okay, okay. Er sieht es falsch. Es ist also etwas dran?«

»Ich fasse es nicht.« Sie standen voreinander wie kurz vor einem Kampf. Lena hatte Mühe, ruhig zu bleiben. »Ich hatte nichts mit Max. Ich hab ihm nichts versprochen. Ich rufe ihn an«, sagte sie mühsam beherrscht. »Du kannst gerne mithören. Ich –«

»Nein«, sagte er kühl. »Nicht nötig.«

»Okay. Und jetzt?«

Er schwieg.

»Gehen wir essen? Oder zu mir? Magst du …«

Sein Handy klingelte. Er warf einen raschen Blick darauf und drückte den Anruf weg.

»Max?«

»Nein.«

»Wer …?«

»Egal.« Er schien zu überlegen. »Lena, ich glaube, wir lassen das heute besser.«

»Das heißt, ich soll jetzt gehen?«

Es kam keine Antwort.

Lena rannte die Treppe hinunter. Sie schniefte und bemühte sich, nicht zu weinen. *Wir lassen das heute besser.* Und dann? *Wenn das schon so anfängt,* dachte sie. *Wenn er mir nicht glaubt …* Im ersten Stock blieb sie stehen und schnäuzte sich ausgiebig. Ihr Handy läutete. Sie zog es aus der Tasche und riss es ans Ohr. *Er will sich entschuldigen!*

»Milena, Lena, meine Liebe. Du darfst mir nicht böse sein. Ich habe es nicht vergessen.«

»Papa«, flüsterte sie erstickt.

»Alles Gute zum Geburtstag, Lena. Ich habe ein bisschen Verspätung, ich weiß. Du musst entschuldigen. Geht es dir gut?«

Lena unterdrückte ein Schluchzen.

»Was ist los, Mädchen? Hast du Kummer? Ein Mann?«

»Nein, Papa«, schniefte sie. »Es ist alles in Ordnung. Wo bist du? Wie geht es dir?«

»Geschäfte, Geschäfte«, sagte er. »Aber, Lena, hör zu, ich werde mich bald zur Ruhe setzen. Spanien wahrscheinlich. Wir schauen uns gerade Häuser an, Ana und ich. Dann musst du kommen. Wir werden –«

»Ja, Papa. Sicher.« Sie versuchte ein Lächeln. »Kommst du vorher einmal …«

»Bestimmt. Ich rufe dich an. Versprochen. Momentan ist es etwas – ja, ich komme gleich!« Im Hintergrund waren Stimmen und Musik zu vernehmen. »Lena, ich muss weiter. Pass auf dich auf. Alles Gute noch einmal.«

Jetzt weinte sie haltlos, an die Wand gelehnt, das Handy in der einen Hand. Sie biss sich auf die Knöchel, um das Schluchzen zu ersticken. Wimmerte. In einem Stockwerk über ihr ging eine Tür, dann fuhr der Lift nach oben. Jemand stieg ein. Lenas Hals schmerzte. Sie wühlte nach einem Taschentuch und putzte sich die Nase.

Der Lift stoppte. Rasche Schritte entfernten sich. Die Haustüre fiel zu.

‖

Sein Handy läutete. Er warf einen Blick darauf, zögerte kurz, hob dann ab.

»Ja?«

»Hast du die Flugblätter gesehen?« Sie klang panisch.

»Flugblätter? Wovon sprichst du?« Er blieb stehen und sah sich nach einem Café um. Er hatte es in der Wohnung nicht länger ausgehalten. Die Hitze, dachte er, aber damit war bald Schluss. Die neue war klimatisiert. Und hatte zwei Terrassen. In drei Wochen würde er umziehen.

»Warte einen Moment. Gleich.« Er nahm in einem Stra-
ßencafé Platz und orderte einen großen Braunen. »Ja, danke. –
Flugblätter, sagst du?«

»Sie … Kathrin wird gesucht. Hier hängen überall Zettel mit
ihrem Foto. Jemand sucht sie. Eine Frau. Ihre Mutter? Sie vermisst sie. Wartet auf sie. Und sie, sie wird nicht mehr kommen.
Nie wieder. Der Gedanke macht mich verrückt. Gibt es etwas
Schlimmeres? Ich … ich will, dass sie sie wenigstens begraben
kann.«

»Liebes«, sagte er, »beruhige dich.« Jetzt ging das wieder los!

Der Kaffee kam. Er lächelte die Serviererin an, zückte seine
Brieftasche und zahlte. »Denk nicht mehr an die alte Geschichte. Lassen wir Gras darüber wachsen. Ich hab alles geregelt, wie
du es wolltest.«

»Verstehst du nicht? Da sucht eine Frau nach ihrer Tochter!
Wartet. Hat noch Hoffnung, dass sie auftaucht«, keuchte sie.

Er nahm einen Schluck Kaffee. Das musste ein Ende haben.
Er dachte nach.

»Wo hast du sie … hingebracht? Die genaue Stelle …« Sie
ließ nicht locker.

»Wozu willst du das wissen?«, fragte er scharf. Er verschüttete
etwas Kaffee und fluchte.

»Ich …« Sie zögerte.

»Was ist los? Geht es dir wieder schlechter? Soll ich zu dir
kommen?« Er legte seine Tasche auf den Tisch und wühlte
nach Taschentüchern. Zog ein Handy hervor, starrte es eine
Weile an und steckte es zurück. Er schob den Kaffee von sich.
»Wo bist du?«

»Es geht mir – besser«, sagte sie. »Ich habe mich entschieden.«

»Entschieden?«

»Ich kann so nicht leben. Ich werde zur Polizei gehen. Eine
Selbstanzeige machen. Ich bin mir nicht mehr sicher, ob ich sie

gestoßen habe. Oder du. Ich will reinen Tisch machen. Ich will, dass es endlich aufhört ...«

»Das ist doch Wahnsinn!«, schrie er und sprang auf. »Ich komme zu dir. Wir müssen reden.«

»Nein«, sagte sie knapp. »Du brauchst dir keine Sorgen zu machen. Ich hab mir das genau überlegt. Ich halte dich da raus. Ich war allein mit ihr auf dem Dach. Wir haben getrunken. Sie ist ausgerutscht. Ich war in Panik. Nach ein paar Tagen habe ich sie da rausgeholt. Und im Wald begraben.«

»Das glaubt dir doch kein Mensch! Wenn sie nachfragen, Druck machen ... glaub mir, die fassen dich hart an. Das stehst du nicht durch.« Er musste sie davon abbringen.

»Dazu muss ich wissen, wo du ... wo sie liegt.«

Im Hof, dachte er. Sie liegt im Hof. Was immer sie jetzt unternimmt, setzt eine Maschinerie in Gang, die nicht mehr zu stoppen ist. Das konnte er nicht zulassen. Sie war eine Gefahr. Er musste handeln. »Okay, okay. Vielleicht hast du recht«, lenkte er ein. »Hast du mit jemandem darüber gesprochen?«

»Nein.«

»Mit einer Freundin?«

»Nein.«

»Mit deiner Therapeutin?«

»Ich war insgesamt nur zweimal dort. Die Praxis ist seit zwei Wochen geschlossen. Sie hatte einen Unfall.«

»Das tut mir leid.«

Beide schwiegen.

»Ist es weit von hier?«, fragte sie dann.

»Nein, eine halbe Stunde mit dem Auto.«

»Du bringst mich hin? Ja?«

»Ja, gut«, stimmte er zu. »Ich halte das für nicht sehr klug, aber wenn du meinst.«

»Danke. Wann hast du Zeit? Ich möchte so schnell wie möglich ...«

»Ich hab noch zu tun. Heute Abend? Treffen wir uns bei der U-Bahnstation an der Westausfahrt. Ja, genau. Zieh dir sicherheitshalber etwas Dunkles an. Laufklamotten oder etwas in der Art. Wir sollten nicht auffallen. Ab wann kannst du?«

»Um sieben? Da ist es noch hell.«

»Nein, tut mir leid. Da arbeite ich noch. Ich kann erst gegen neun dort sein. Ich hab eine Taschenlampe im Auto, kein Problem.« Dumme Nuss. Sie ließ ihm keine Wahl.

»Danke. Bis dann.«

»Ja, bis dann.«

||

Lena hastete die Straße entlang. *Jetzt bloß niemandem begegnen! Schnell nach Hause.* Ihre Nase lief. Sie schniefte und wischte sich über die Augen. Vor ihr ging eine ältere Frau in einem geblümten Kleid. Vor der Plakatwand blieb sie plötzlich stehen.

Lena rannte in sie hinein. »Entschuldigung. Tut mir leid.«

Die Frau nickte geistesabwesend, stutzte, musterte Lena, die Wand, dann wieder sie. Sie riss die Augen auf. Sie wirkte erschrocken.

Lena starrte auf die Plakate. Vera hatte ganze Arbeit geleistet: Auf Augenhöhe, über einer Joghurtwerbung, klebte eine lange Reihe von Flugzetteln. Eine lachende Kathi. Sie trat näher.

Vermisst: Kathrin Berger. Kathrin (geb. 5. 8. 1990) ist seit dem 17. April d. J. spurlos verschwunden. Ich mache mir große Sorgen. Bitte rufen Sie mich an, wenn Sie Kathrin (Kathi) kennen oder ihr in letzter Zeit begegnet sind. Jeder noch so kleine Hinweis kann hilfreich sein. Vielen Dank. Darunter Veras Name und Handynummer.

Die Frau war neben sie getreten. Sie schien sich wieder gefasst zu haben. »Rufen Sie sie an«, sagte sie leise und legte ihre mollige Hand auf Lenas Schulter. In ihren Augen stand Mitleid.

Lena wich zurück.

»Entschuldigen Sie bitte. Ich dachte …«

»Sie irren sich.«

»Ihre Schwester? Sie sehen ihr unglaublich ähnlich.«

»Hm«, sie schniefte.

»Es tut mir leid«, sagte die Frau sichtlich betroffen. »Sie kommt sicher bald zurück.«

»Ja, bestimmt.« *Nichts wie weg hier!* Sie wühlte in ihrer Tasche nach dem Schlüsselbund und rannte die letzten Meter zu ihrem Haus.

Auch hier klebte Kathis Bild auf dem Anschlagbrett. Lena angelte nach ihrem Handy, während sie zum Lift ging. Veras Nummer war besetzt. Der Lift blockiert. Sie stapfte die Treppen hoch und rang bereits im dritten Stock nach Luft. Sie blieb eine Weile stehen und starrte aus dem Gangfenster in den Innenhof. Hinter einer Tür lachte ein Kind. Über ihr klopfte jemand. Langsam setzte sie sich wieder in Bewegung.

Max! Er saß direkt vor ihrer Tür.

»Was soll das?«

Er hatte die Mütze fast bis zu den Augen gezogen. Er lächelte schief und erhob sich langsam. Er schien nüchtern zu sein. »Endlich. Ich dachte schon …«

»Was willst du?« Ein rascher Blick nach rechts. Der Lift stand offen. Sein Rucksack blockierte die Tür. Sie hob ihn hoch und warf ihn in seine Richtung. Er packte reflexartig zu und ließ ein Keuchen hören. Sie blieb direkt neben dem Lift stehen. *Sicherheitshalber.* Man konnte nie wissen.

»Ich kann Georg nicht erreichen.« Er kam näher.

»Und?«, blaffte sie.

»Ich dachte, er ist bei dir. Ihr seid ja jetzt zusammen.« Seine hellen Augen wurden schmal.

»Georg ist nicht da«, sagte sie ruhiger.

»Wir hatten Streit.«

Und? Soll ich dich jetzt trösten oder was? Sie war auf der Hut.
»Mach dir das mit ihm aus«, sagte sie betont desinteressiert.

»Lena, er hebt nicht ab, wenn ich anrufe. Ruf *du* ihn an. Bitte. Sag ihm, dass ich mit ihm reden will. Ich …«

»Schlechter Zeitpunkt«, unterbrach sie ihn schroff.

»Aber du …« Er kam näher.

»Nichts aber. Sag – spinnst du, Max?«, schrie sie ihn an. »Du erzählst ihm irgendwelchen Mist. Und tauchst hier auf und erwartest dann ausgerechnet von mir, dass ich …« Sie stutzte. »Wie kommst du überhaupt zu meiner Adresse?«

»Lena, ich hab überreagiert …«

»Ah ja. Überreagiert? Nennt man das so: überreagiert? Wie an dem Abend auf der Dachterrasse? Ja?«

»Lena, beruhige dich. Es tut mir leid. Sag, können wir reingehen?« Er wies auf ihre Tür.

»Nein, können wir nicht«, pfauchte sie. »Ich hab keine Lust drauf, dass du wieder – überreagierst.« Er wollte etwas sagen, aber sie ließ ihn nicht zu Wort kommen. »Ich hab keine Ahnung, was damals in dich gefahren ist. Ich fand dich nett …«

»Nett?« Er lachte verächtlich.

»Nett, ja. Ich hatte mich auf den Abend gefreut Und dann tickst du plötzlich aus. Schreist mich an. Stehst fünf Minuten später auf der Mauer und willst springen. Das ist krank. Du brauchst einen Arzt!« Sie wehrte ihn mit einer hastigen Bewegung ab. »Geh weg, verdammt. Fass mich nicht an!«

»Es tut mir leid, Lena. Ich hab alles verbockt.« Er ließ die Arme fallen. »Ich hatte getrunken, ich stand unter Stress, ich … Es ist mir peinlich, Lena. Ich kann … ich muss dir das erklären.«

»Erklären!«, schnaubte sie.

»Ich war …«

»Und wie zum Teufel kommst du dazu zu behaupten, wir wären zusammen gewesen?«

»Wer sagt das?« Seine Brauen schossen hoch.

»Georg.«

»Das hab ich nicht –«

»Wie, das hab ich nicht? Denkst du, der erfindet das? Was?«, fuhr sie auf ihn los.

»Das ist ein Missverständnis. Ich kann das klären. Ich werde …«

»Ja. Wird gut sein. Klär das. Und jetzt geh«, sagte sie schneidend.

»Lena, du musst –«

»Was *muss* ich? Ich muss nichts. Gar nichts muss ich.«

Er wirkte niedergeschlagen. »Ja, dann …«, sagte er. Er warf sich den Rucksack über die Schulter und wandte sich zur Treppe um. »Sagst du ihm bitte, er soll mich anrufen«, murmelte er.

Lena nickte. Plötzlich war die Wut weg.

»Ja«, sagte sie leise.

Aber da war er schon im Stiegenhaus.

Sie schlug die Tür hinter sich zu, drehte den Schlüssel zweimal im Schloss und schlüpfte aus den Schuhen. Dann rannte sie zum Fenster. Max schlurfte mit gesenktem Kopf die Straße entlang. Auf der Höhe von Georgs Haus überquerte er die Fahrbahn, ohne nach links oder rechts zu blicken. Ein Kleinwagen bremste im letzten Moment und hupte wie wild. Der Fahrer brüllte etwas. Max sah nicht auf. Der Typ war eindeutig verrückt! Dem war alles egal.

Die Türglocke. Sie zuckte zusammen.

Es war Iveta, in locker sitzenden Jeans, eine Obstkiste mit Pflanzen in den Händen. Sie hob sie hoch, als präsentiere sie ihre Ware auf einem Markt. Lena nahm ihr die Blumen ab.

»Alles in Ordnung? Ist er weg?«

»Ja, danke. Komm mit.« Sie ging voraus ins Wohnzimmer und stellte die Blumen auf den Tisch.

174

»Ich hab dich gehört und bin in der Nähe der Tür geblieben.
Für den Fall, dass er … Hey, hast du geweint?« Iveta legte ihr
die Hand auf den Arm und schaute sie besorgt an.

Sie schüttelte den Kopf.

»Entschuldige bitte, ich wollte nicht neugierig sein.«

»Schon gut. Magst du was trinken?«

Iveta nickte. »Gern«, sagte sie mit einem kleinen Lächeln.

Lena ging zum Kühlschrank. »Kirsche? Apfel?«

»Kirschsaft bitte.« Iveta stutzte. »Schau, das ist seltsam.«

»Was meinst du?« Lena reichte ihr ein Glas.

»Danke.« Iveta trank. »Diese großen Vögel … Krähen, Raben,
ich weiß nicht … schau, was machen die da?«

Lena hielt die Luft an. Gänsehaut rieselte über ihren Rücken.
Da waren sie wieder! Mindestens zehn, zwölf Vögel. Mehr als
zuletzt. Sie kreisten über dem roten Ziegeldach. Ließen sich auf
dem First nieder, schrien, zankten. Das waren keine besorgten
Rabeneltern, die die ersten Flugversuche ihrer Kleinen über-
wachten! Sie nestelte ihre Brille aus dem Etui und schob sie auf
die Nase. *Das sind ausgewachsene Vögel.*

Wieder stürzten sich zwei in die Tiefe, ein anderer flog auf.
Nein, dachte sie verzweifelt. *Nein. Bitte nicht!*

»Da unten liegt etwas«, stellte Iveta fest. »Vielleicht offene Mülltonnen, ein totes Tier. Schau, die eine hat etwas im
Schnabel.«

Die schrecklichen, heiseren Schreie im Lichtschacht! Ihr Puls
jagte. Sie klammerte sich ans Fensterbrett. Ihre Knie zitterten,
ihr war kalt. Hieß es nicht, dass sie Aas fraßen, tote Tiere? Wenn
ein Mensch dort zu liegen kam …

Ein großer schwarzer Vogel flog direkt auf sie beide zu. Lena
sah seine weit gespannten Flügel, die sich wie in Zeitlupe auf
und ab bewegten, das glänzende Gefieder, die harten Augen,
den Schnabel, der tatsächlich etwas trug.

Sie riss die Arme hoch, als wollte sie ihn wegschlagen, und

erwischte ihre Brille. Der Vogel drehte ab. Sie klammerte sich am Fensterbrett fest, schloss die Augen. Ihr wurde übel.

»Was hast du, was ist los, Lena?« Ivetas Stimme kam von weit her.

Sie sollte sich besser um die Pflanzen kümmern. Die gehörten in die Erde. Sie musste Georg anrufen, Vera. *Nein, nicht Vera!* Nicht heute, nicht jetzt. Morgen war ein langer Tag. Sie erwartete eine Lieferung, Wolfgang hatte Fragen zur gestrigen Bestellung. Das Schaufenster ...

Der Boden begann zu schwanken. Lena würgte, schluckte, schluckte. Rannte los. Sie schaffte es nicht mehr bis zum Klo. Mitten im Raum erbrach sie in hohem Bogen wieder und wieder, fühlte Ivetas Arm, der sie hielt, ließ sich den Mund abwischen, die feuchte Stirn, und tappte an ihrer Hand mit zittrigen Knien ins Schlafzimmer.

Dann lag sie im Bett, neben sich einen Eimer mit Wasser, wie früher als Kind, als ihre Mutter noch da war.

»Falls dir wieder übel wird.« Ivetas große blaue Augen blickten sie besorgt an. »Ich bleib noch ein bisschen. Ich mache das Wohnzimmer sauber und setze die Blumen ein, gut? Willst du einen Tee?«

»Danke. Es geht gleich wieder. Iveta, ich wische das selber auf, das ist ja ekelig.« Sie machte Anstalten aufzustehen.

Iveta drückte sie sanft zurück in die Kissen. »Hey, ich bin das gewohnt. Das macht mir nichts aus. Versuch ein bisschen zu schlafen.«

Wie schlafen bei den Bildern, die sie überfielen? Vögel, die auf einen toten Körper niederfuhren und wieder hoch, das Fleisch aus den Rippen hackten, die Augen ... sich um ihre schreckliche Beute zankten. Sie würgte und beugte sich über den Kübel. Es kam nur Schleim. Ihr Hals brannte. Sie hörte Iveta in der Wohnung auf und ab gehen, hörte Wasser laufen, dann die Klospülung, dann wieder ihre raschen, leichten Schritte.

Sie nahm eine Bewegung wahr und fuhr erschrocken hoch. »Was, was ist?«

Verwirrt sah sie sich um. Sie musste eingeschlafen sein. Iveta stand in der Schlafzimmertüre, eine Tasse in der Hand. Kamillengeruch. »Besser?«

»Hm. Ja.« *Nur nicht daran denken!*

Iveta stellte den Tee auf dem Nachtkästchen ab und setzte sich an den Bettrand. »Ich bin fertig. Hab die Blumen eingetopft. Magst du es dir ansehen?«

Lena setzte sich vorsichtig auf und schlüpfte in ihre Hose.

Das Wohnzimmer roch nach Essigreiniger, die Terrassentür stand offen. Der Betonboden war sauber gefegt, in den Containern saßen die Pflanzen, ein bisschen erschöpft, in frischer feuchter Erde.

»Danke«, murmelte sie. »Das ist so lieb von dir … alles. Ich weiß gar nicht, wie …« Sie bemühte sich krampfhaft, nicht hinzusehen. Auf das Dach. Auf die Raben. Ihre Schreie nicht zu hören.

»Schaut noch nach nicht viel aus, aber in zwei, drei Wochen, du wirst sehen … da ist das hier richtig schön.«

||

Er hatte viel zu lange gewartet. All diese Telefonate, ihre hysterischen Anfälle, die erzwungenen Treffen: Er hatte die Nase voll. Endgültig voll. Wie nie zuvor war sie durch diesen Vorfall in den Mittelpunkt gerückt. Klebte an ihm. Störte seine Planung. Das gute Leben, dem jetzt nichts mehr im Wege stand. Sie war zu einer Gefahr geworden.

Er wechselte die Fahrbahn. Es dämmerte bereits. Der Abendverkehr floss ruhig dahin.

Er hatte immer Frauen neben ihr gehabt, die ganze Zeit über. Es war einfach: Behandle sie am Anfang wie eine Prinzessin.

Gib ihr das Gefühl, dass sie jemand Besonderer für dich ist, dass nur sie dich wirklich versteht. Und du sie. Letztendlich glaubten sie einem immer, wenn man es einigermaßen klug anstellte. Weil sie es glauben wollten. Er verzog den Mund zu einem schiefen Grinsen. Gib die Regeln vor. Ändere sie, wann es dir passt. Und vor allem: Keine Nachsicht, wenn sie zicken, schmollen, anstrengend werden. Sofort eine Grenze ziehen. Das war der ganze Zauber.

Der Wagen war Weltklasse. Zärtlich strich er über das feine weiße Leder, beschleunigte, glitt an den anderen Autos vorbei, setzte den Blinker und bog ab. Sie wartete bereits auf ihn, ging unruhig vor dem Stationsgebäude hin und her. Ganz in Schwarz, wie er es ihr befohlen hatte. Die Haare hatte sie zusammengebunden. Sie schrak auf, als er unmittelbar vor ihr anhielt.

Er stieg aus und hielt ihr die Tür auf. »Liebes, wartest du schon lange?«

Sie wand sich aus seiner Umarmung. »Nein, nein ... ich hab dich nicht kommen sehen. Was ist das für ein Wagen?«

»Ausgeborgt. Wir bringen ihn danach zurück. Ich hab gesagt, ich will ihn kaufen. Wir machen also eine Testfahrt.« Er lachte und sagte mit großer Geste: »Komm, nimm Platz.«

Er schloss die Tür, ging um den Wagen zur Fahrerseite und stieg ein. Startete, zögerte kurz, nahm ihr Gesicht in beide Hände und küsste sie.

Sie ließ ihn gewähren, reagierte aber nicht. Dann zog sie den Gurt zu sich und schnallte sich an.

»Bist du dir sicher?«, fragte er, während er den Verkehr beobachtete.

»Ja.« Sie nickte und starrte vor sich hin. »Ja«, wiederholte sie, »ganz sicher.«

Er ordnete sich ein. »Ich halte es nach wie vor für einen Fehler, das weißt du.«

Sie zögerte kurz, legte dann ihre Hand auf seinen Arm, als wollte sie ihn beruhigen, beschwichtigen. »Ich kann so nicht leben. Es hört nicht auf. Ich hab ständig die Bilder vor Augen, und heute, als ich diese Flugblätter gesehen hab, war mir klar, was ich tun muss.«

Er nickte. »Du weißt, was auf dich zukommt? Sie werden dich in die Mangel nehmen, dich verhören, bis sie ein Geständnis haben. Du wirst mit dieser Geschichte nicht durchkommen.«

»Das ist mir egal. Glaub mir, alles ist besser, als mit dieser Schuld zu leben … ich kann mir nicht verzeihen, dass ich nichts getan hab, weißt du. Ich kann nicht schlafen. Ich denke ständig daran …«

Von ihm war nicht mehr die Rede.

Er wollte etwas sagen, aber sie ließ ihn nicht zu Wort kommen. »Keine Sorge, ich halte dich da raus. Versprochen. Ich war mit ihr allein.«

»Ich mach mir Sorgen um dich.«

Sie schwieg.

»Dieses Flugblatt …« Er fuhr jetzt langsamer und sah sich nach einer passenden Abfahrt um.

»Ich hab eins mitgenommen.« Sie zog einen Zettel aus ihrer Tasche. »Schau.«

Er griff danach, studierte das Blatt eingehend und gab es ihr wieder zurück.

Sie faltete es zu einem ordentlichen kleinen Paket, hob ein wenig den Hintern und steckte es in ihre Hosentasche. »Kennst du diese Vera?«, fragte sie, ohne ihn anzusehen.

»Nein. Sie hat nie von ihr erzählt.« Er rieb sich mit Daumen und Zeigefinger die Nasenwurzel.

»Hast du Kopfschmerzen?«

»Nicht so schlimm«, murmelte er. »Aber Durst. Du auch?« Er angelte aus dem Seitenfach zwei kleine Flaschen Apfelsaft mit Soda, reichte ihr eine davon, nachdem er den Drehverschluss gelockert hatte, und schraubte die zweite vorsichtig auf. Er trank sie in einem Zug leer, während sie ihre nach ein paar Schlucken absetzte, sich den Mund abwischte und still auf die Straße vor sich schaute.

»Du denkst an alles.« Ein blasses Lächeln. Wieder trank sie. »Weißt du, ich bin froh«, sagte sie dann, »eine Entscheidung getroffen zu haben. Es geht mir jetzt besser. Und … es tut gut, mit dir zu reden.«

»Hast du sonst mit jemandem …?«, fragte er wieder.

»Nein. Nein. Das ist ganz allein meine Sache. Ich muss wissen, wo sie begraben liegt … wo … wo ich sie begraben habe. Dann gehe ich zur Polizei und stelle mich.«

Sie vertraute ihm. Sie waren so unfassbar dämlich. Alle. »Soll ich dir einen Anwalt besorgen?«, fragte er, während er von der Straße abfuhr und in einen Feldweg einbog.

»Nein«, sagte sie knapp. »Fahr bitte etwas langsamer. Mir ist ein bisschen schwindlig«, sagte sie.

»Überleg es dir«, bot er an. »Ich könnte dir einen besorgen.«

»Nein«, wiederholte sie. »Ich weiß, was ich tue.«

Er stellte den Wagen ab und beugte sich zu ihr hinüber. Sehr gut, die Wirkung setzte bereits ein. Das Medikament machte sie benommen. Es würde ihre Erinnerung löschen. Obwohl – das war jetzt nicht mehr von Belang. »Du bist sehr blass. Alles okay? Ich komme hier mit dem Auto nicht mehr weiter. Wir müssen ein kleines Stück gehen. Schaffst du das?«

Er half ihr aus dem Wagen. Sie taumelte ein wenig.

»Komm, lehn dich hier an. Ich hole die Taschenlampe.« Er ging ums Auto, öffnete die Tür hinter dem Fahrersitz und griff nach dem Rucksack. »Schau … der Mond.«

Ihr Blick folgte langsam seinem Zeigefinger, der einen großen Bogen beschrieb. Sie stierte auf das helle Halbrund. Ihr Mund stand ein wenig offen. Sie sieht aus wie eine Debile, dachte er.

»Mir ist schlecht«, nuschelte sie.

»Gleich geht es dir wieder besser.« Er hielt ihr eine Flasche mit einer klaren Flüssigkeit an die Lippen und zwang sie zu trinken.

Sie schluckte, hustete, wehrte seine Hand ab.

Er bog ihren Kopf zurück. »Tabletten gegen die Übelkeit. Gleich geht es dir besser. So – nachspülen.«

Sie würgte. Er hielt ihr den Mund zu wie einer widerspenstigen Katze, die sich weigerte, ihre Medikamente zu schlucken. Sie sträubte sich ein bisschen, ergab sich dann. Er flößte ihr noch mehr Alkohol ein. Die helle Flüssigkeit tropfte ihr übers Kinn und färbte ihren Sweater dunkel. Das sollte reichen. Eine ordentliche Dosis eines Schlafmittels, Blutdrucksenker, Alkohol.

»Komm«, sagte er und zog sie mit sich. Sie stolperte ein paar Schritte, strauchelte und schlug der Länge nach hin. Riss ihn beinahe mit. Er unterdrückte einen Fluch.

»Was, was …?«, stammelte sie. Ihre Haare hatten sich gelöst und hingen ihr wirr ins Gesicht. Sie schniefte und fuhr mit dem Handrücken über die Nase.

Er half ihr auf. »Du wolltest hierher. Sehen, wo sie liegt. Wir sind gleich da«, murmelte er.

Er umklammerte ihren Arm, schleppte sie ein Stück in den Wald hinein und redete beruhigend auf sie ein. Wenn sie jetzt zu schreien begann … Man konnte nie wissen, ob nicht jemand in der Nähe war.

»Komm, bück dich. Hier wird der Wald ein wenig dichter«, sagte er. Die Stelle war perfekt.

Sie lallte etwas, das er nicht verstand, und strauchelte erneut.

»Ja, setz dich hin. Gut so.«

Sie kauerte im Moos. Lehnte schief an einem Baumstamm, dessen Äste tief angesetzt waren. Die Blätter verfingen sich in ihrem Haar. Sie war bleich, schweißig und völlig apathisch.

Er stellte den Rucksack ab, ging auf die Knie und entnahm ihm die halbleere Flasche. Er schraubte sie auf, wischte sie mit einem Tuch sorgfältig ab und drückte sie ihr in die Hand. Sie vermochte sie nicht zu halten. Der Rum ergoss sich über ihre Knie.

Er packte ihre Hand und drückte sie mehrmals auf das Glas. Genauso verfuhr er mit Kathrins Handy. Gut, dass er es nicht entsorgt hatte. Seine Unachtsamkeit erwies sich jetzt als Glück. Wann immer man sie finden würde – das Handy einer Vermissten, die Suchanzeige in ihrer Hosentasche, eine Überdosis an Alkohol und Medikamenten sprachen für sich.

Rasch blickte er sich um. Alles war still. Kein Knacken in den Zweigen, kein Rascheln im Unterholz.

Dann ein dumpfer Laut. Er fuhr herum.

Langsam, wie in Zeitlupe, kippte sie zur Seite und schlug auf dem Boden auf. Sie lag seltsam verdreht da. Hatte sie sich übergeben? Nein, alles in Ordnung.

Er beugte sich hinab und kniff sie in den Nacken. Keine Reaktion. Gut. Sehr gut. Er musste nichts weiter tun.

Er durchwühlte ihre Tasche nach dem Wohnungsschlüssel, sorgsam darauf bedacht, keine Fingerabdrücke zu hinterlassen, zurrte seinen Rucksack zu und warf ihn sich über die linke Schulter. Dann ging er rasch zum Auto zurück.

||

Es war bereits dunkel. Sie hatten gemeinsam die alte Blumenerde zum Mistplatz, zu den Biotonnen geschleppt und sich dann in den Park gesetzt, wo die Luft schwer war vom Duft der Linden. Ein paar Kinder, die längst im Bett sein sollten, kickten im Käfig. Drei Jugendliche lungerten am Kleinkinderspielplatz herum und sahen immer wieder zu ihnen herüber.

Iveta drängte zum Aufbruch. »Ich muss früh raus. Arbeitest du morgen nicht?«

»Doch. Ab zehn. Aber ich kann noch nicht schlafen. Darf ich dich ein Stück begleiten?«

»Ja. Sicher. Und wie kommst du zurück?«

»Ich nehme ein Taxi.«

»Gut«, befand Iveta. »Wenn man ein bisschen angeschlagen ist, sollte man kein Risiko eingehen. An solchen Tagen zieht man das Unglück an.«

Lena warf ihr einen fragenden Blick zu, aber sie schien nichts weiter sagen zu wollen.

Sie verließen den Park, gingen die Straße entlang, an der Plakatwand, an Georgs Haus vorbei. Sie sah die Fassade hoch, und Iveta folgte ihrem Blick.

»Das vermisste Mädchen hat in diesem Haus gelebt«, nahm sie ihr Gespräch wieder auf.

»Und du denkst wirklich, sie könnte im Hof liegen? Weil du sie einmal auf dem Dach gesehen hast?«

Lena schluckte. Dann nickte sie.

»Aber du hast doch nachgesehen. Da war nichts.«

»Es gibt einen winzigen Hof, der keinen direkten Zugang hat. Vielleicht liegt sie ja da? Ich hab beim Hausbesorger aus dem Klofenster geschaut, aber man sieht nicht viel.«

»Hast du sie gekannt?«

»Nein.«

»Sie sieht dir ein bisschen ähnlich.«

»Ja, ich weiß.«

Beide schwiegen.

»Rede mit dem Hausbesorger«, schlug Iveta vor. »Der scheint in Ordnung zu sein. So – wir sind da. Kommst du noch kurz mit rein?«

Lena zögerte. »Zehn Minuten. Ich will dich nicht um den Schlaf bringen. Du hast genug für mich getan.«

Iveta legte den Arm um sie. »Komm mit.«

Sie betraten einen schmutzigen Hausflur mit abblätterndem

183

Verputz. Iveta ging voraus und blieb vor der zweiten Türe stehen: eine hohe, braun gestrichene Flügeltür, ein vergittertes Fenster zum Gang.

»Erwarte dir nicht zu viel.« Sie betraten eine kleine, gelb ausgemalte Küche mit einer Dusche in der Ecke. Dahinter lag das Wohnschlafzimmer. Iveta machte eine weit ausholende Geste, als präsentierte sie einen Palast. Dann zog sie eine Braue hoch. »Das Klo ist im Stiegenhaus.«

»Immerhin eine eigene Wohnung«, sagte Lena.

»Ja, ein Zimmer für mich allein.«

»Wie viel zahlst du?«

»Fünfhundertfünfzig. Inklusive Betriebskosten.«

»Das ist nicht dein Ernst! Das sind keine fünfunddreißig Quadratmeter.«

Iveta zuckte die Achseln. »Ja«, bestätigte sie. »Aber etwas anderes ist nicht zu kriegen, wenn man kein Geld auf der Seite hat. Die Wohnung ist außerdem völlig verbaut. Das eine Fenster wurde wohl nachträglich eingefügt. Sinnlos. Zwei Meter weiter knallt der Blick an die nächste Wand. Aber als Übergangslösung, bis ich wieder genug gespart hab, ist sie in Ordnung.«

»Wieder?«

»Hm.« Iveta wandte sich ab. »Mein letzter Freund war Spieler. Ich hab es zu spät gemerkt. Magst du was trinken?«

»Nein danke.«

Iveta zog eine Schublade auf. »Stört es dich, wenn ich rauche?«

»Nein.« Sie stutzte. »Du rauchst?«

Iveta klopfte eine Zigarette aus der Packung und riss ein Streichholz an. Sie schloss genießerisch die Augen und nahm einen tiefen Zug.

»Hin und wieder brauche ich das«, erklärte sie, obwohl Lena nichts gesagt hatte. »Zur Belohnung.«

Lena nickte.

184

»Habt ihr zusammengewohnt?«

»Ja, ich bin relativ schnell bei ihm eingezogen. Ein Fehler. Ich war verliebt. Und ich wollte raus aus dem Elendsloch, in dem ich mit meinen Kolleginnen gewohnt hab. Wir waren zu viert. Die Wohnung war nicht viel größer als die hier. Fünfzig Quadratmeter, höchstens. Und nach fünf Monaten mit ihm war fast mein ganzes Erspartes weg.« Sie schwieg eine Weile. Rauchte, streifte die Asche ab. »Ich wollte nicht zurück, weißt du. In diese Enge. Hab mich nach einem eigenen Zimmer gesehnt. Endlich Ruhe, einmal für mich sein können. Auf niemanden Rücksicht nehmen müssen.«

»Hast du dich nie allein gefühlt?«

»Allein?« Iveta lachte. »Es ist der Himmel, Lena. Ich mache die Tür hinter mir zu – und bin glücklich. Die Welt bleibt draußen.« Sie dämpfte die Zigarette aus. »Wie blöd man sein kann. Und wie blind«, sagte sie wie zu sich selbst. »Blumen, ein paar schöne Worte, und man hält es für die große Liebe.«

»Das tut mir leid«, sagte Lena.

Iveta setzte ein kleines Lächeln auf. »Frauen wie wir sind die perfekte Beute für solche Kerle«, sagte sie. »Ein bisschen unsicher. Neu in der Stadt. Allein. Voller Träume und Pläne. Die Freunde weit weg. Egal – das ist vorbei. Ich hab daraus gelernt.«

»Hm.«

»Entschuldige, Lena, ich wollte nicht …«

»Passt schon.« Sie schaute auf die Uhr. »Du lieber Himmel. Schon halb zwei. Ich ruf mir jetzt ein Taxi. Danke für alles.«

»Wenn du irgendwas brauchst … wegen der Blumen und so … ruf an.«

»Ich melde mich auf jeden Fall. Und jetzt – schlaf gut.«

»Du auch.«

Gegen acht Uhr früh war sie schon wieder unterwegs. Iveta hatte recht. Sie musste noch einmal mit dem Hausbesorger reden.

Es war kühler als zuletzt, dennoch war gut die Hälfte der Passanten gekleidet wie an einem heißen Sommertag. Lena fröstelte bei ihrem Anblick. Sie knöpfte ihre Strickweste zu und ging schneller.

»Matić. Ja, bitte?« Der Hausbesorger meldete sich sofort. Er erwartete sie an der Wohnungstüre. Ein überraschtes Lächeln, ein kräftiger Händedruck. »Trinkst du einen Kaffee mit mir?«

»Gern. Ich hoffe, ich störe Sie nicht.«

Er machte eine beschwichtigende Geste, legte ihr wie einem Freund den Arm um die Schultern und schob sie in die Küche. »Ich warte auf den Schädlingsbekämpfer. Ich habe wieder ange-rufen. Wir brauchen ein Taubenabwehrnetz. Jemand muss den Lichtschacht reinigen. Jetzt hat die Hausverwaltung endlich reagiert. Na ja ...« Er seufzte. »Setz dich doch.« Er nahm einen kleinen Topf, der sich nach oben verengte, vom Abtropfbrett, füllte ihn mit Wasser und stellte ihn auf den Herd. »Gut, dass du mich erinnert hast.«

»Wie ... wie kommen sie in den Schacht?«, fragte Lena auf-geregt. Ihre Hände wurden feucht. Sie wischte sich über die Oberschenkel, als striche sie ihr Kleid glatt, und schluckte.

»Mit einem Seil. Vom Dach aus. Ist beeindruckend. Hast du noch nie gesehen?«

»Nein«, würgte sie hervor. »Wann kommen die?«

Matić sah auf die Uhr. »Zwischen acht und zehn«, sagte er gleichmütig wie einer, der das Warten gewohnt ist. Das Wasser kochte. Er gab Zucker in den Topf, ließ das Wasser nochmals aufwallen und nahm ihn vom Herd. Maß das Kaffeepulver ab, rührte es vorsichtig ein und stellte das Gefäß wieder auf die heiße Platte. Sofort füllte sich die Luft mit dem Duft starken Kaffees, wie ihn Lena aus ihrer Kindheit kannte, wie ihn der

Vater trank, viele Tassen am Tag. Sie sog den Geruch ein, ihre Anspannung löste sich ein wenig.

Matić nahm den Topf vom Herd, goss mit Schwung zwei winzige Tassen voll und stellte sie auf den Tisch. In seinen großen Händen wirkten sie wie Geschirr aus einer Puppenküche.

»Rauchst du?«

»Nein.«

Er steckte sich eine Zigarette an und öffnete das Fenster. Lena hob die Tasse hoch und blies vorsichtig in den Kaffee.

»Nicht gleich trinken«, sagte Matić. »Der Sud muss sich erst setzen.«

»Ich weiß.« Sie musste sich ablenken, etwas tun.

Matić ging zum Tisch und kam mit einem Zettel wieder. »Schau«, sagte er, »das hängt seit gestern überall. Das ist das Mädchen aus dem fünften Stock.«

»Kathi?« Lena stellte die Tasse ab.

»Kathrin, ja.« Er reichte ihr das Blatt und setzte sich. »Ein liebes Mädchen. Ein bisschen wie du.«

»Sie kennen sie?«

»Kennen«, sinnierte er und probierte vorsichtig den Kaffee. »Wann kennst du einen Menschen? Du glaubst, du kennst ihn – aber nein. Du siehst nur, was er dir zeigt.« Er fuhr sich mit der Hand über das stoppelige Kinn. »Sie arbeitet viel, weißt du. In einem Hotel. Bei Ausstellungen. Auf Messen. Man muss nehmen, was kommt, sagt sie. Man darf nicht wählerisch sein.«

»Wissen Sie mehr über sie?«, fragte sie rasch.

»Keine Eltern, keine Familie. Sie hat nicht darüber geredet.« Er dämpfte seine Zigarette aus.

»Kennen Sie ein Paar, das sie besucht hat? Die Frau hat sehr lange blonde Haare.«

»Warum fragst du?«

»Ich dachte, ich hätte sie einmal hier gesehen.«

»Vielleicht ist sie weggefahren?« Matić stand auf und kam mit einem Glas Wasser wieder. Er schob es zu ihr hin.

»Wer?«, fragte sie.

»Kathrin. Es ist sicher schon einige Wochen her, dass wir uns das letzte Mal begegnet sind.«

»Vielleicht ist ihr etwas passiert?«, wagte sie sich vor.

»Was meinst du? Ein Unfall?« Seine Augen wurden schmal. »Dann muss man in der Wohnung nachschauen.«

»Vera, die Bekannte, die sie sucht, glaubt, dass ihr etwas zugestoßen ist.«

»Und du? Was meinst du?«

Sie machte eine hilflose Geste. »Ich kenne sie nicht. Ich hab einmal, kurz nach meinem Einzug, drei Leute hier auf dem Dach gesehen …«

»Und du glaubst, eine davon war sie?« Er runzelte die Stirn. »Und dieses Paar da?«

»Ja.« Es war so einfach. *Er hat mich sofort verstanden.*

»Hast du sonst etwas gesehen? Hatten sie Streit? Ist jemand abgestürzt?« Er beugte sich vor.

»Nein«, sagte sie, »nein. Die saßen da oben. Haben getrunken. Zuerst zu dritt. Und als ich wieder hingesehen habe, zu zweit. Da hab ich mir gedacht … vielleicht …«

Er legte ihr die Hand auf den Arm. »Und jetzt glaubst du, dass sie da unten liegt? Deshalb bist du gekommen. Nachschauen. Im Hof. Dann zu mir.« Er ließ sie los und lehnte sich zurück. Seufzte. Seine dunklen Augen waren voller Mitleid.

»Ja«, krächzte Lena.

»Warum hast du nichts gesagt?« Er griff nach seinen Zigaretten.

»Ich war nicht ganz nüchtern an diesem Abend. Ich war mir nicht sicher. Ich …« Wie oft hatte sie das schon erzählt … erklärt, die immer gleichen Sätze gesagt. Und nichts geschah.

Man glaubte ihr nicht. Hielt sie für hysterisch. Und manchmal war sie nahe daran gewesen, es selber zu glauben. Sie seufzte.

»Kind«, sagte er und schüttelte den Kopf. »Heute Mittag wissen wir mehr.« Er stand auf. »Ich ruf dich an. Wo bist du? Im Geschäft?«

»Ja.« Sie sah hastig auf die Uhr. Wie spät war es? Sie musste los!

»Wie kann ich dich erreichen?«

Lena brauchte zwei Anläufe, bis sie die richtige Zahlenfolge hatte. Er tippte die Nummer ein.

»Und wenn … und die Polizei …?«

»Das hat mit dir nichts zu tun, Lena. Wenn im Haus, im Hof jemand tot aufgefunden wird – ich sagte, wenn –, dann verständige ich die Polizei. Wer dann dazu befragt wird, ist nicht meine Sache. Ich weiß nicht, wer wo was gesehen hat. Ich kann nur von mir reden.«

»Warum … warum … tun Sie das für mich?«

»Du hast niemanden. Das ist nicht gut. Meine Tochter konnte immer zu mir kommen. Mit allem.« Er kratzte sich am Kopf. »Ich verstehe das nicht. Heute wird nicht mehr geredet. Jeder trägt alles allein.«

Er begleitete Lena zur Tür.

»Ich weiß, wie das ist«, sagte er knapp. »Wenn du niemanden hast, der dir zuhört, wachsen die Sorgen, die Ängste schneller als das Gras …«

Sie nickte. »Danke«, murmelte sie.

Matić klopfte ihr auf die Schulter wie einem Mann. Fast ruppig. »Meine Tür ist offen«, sagte er.

||

Er hatte tief und traumlos geschlafen. Er blinzelte in die Sonne, streckte sich. Stand auf und ging ins Bad. Duschte, rasierte sich sorgfältig. Trank einen Kaffee.

Erledigt, dachte er. Noch ein kurzer Besuch in ihrer Wohnung – zur Sicherheit. Man konnte nie wissen …

Wie lange es wohl dauern würde, bis man sie fand? Sie waren ein gutes Stück in den Wald hineingegangen. Trotz ihrer Dröhnung. Wieder dachte er an den dumpfen Laut, mit dem sie umgekippt war. An die seltsame Stille danach. Sie hatte es herausgefordert. Ihm keine Wahl gelassen.

Ich werde verzweifelt, aber gefasst sein, wenn man sie findet, dachte er.

›Ja, wir hatten wieder Kontakt. Waren manchmal miteinander essen. Ich hab mich gefreut, dass es ihr wieder gut ging.‹

›Ist mir nicht aufgefallen. Nein.‹

›Ganz normal.‹

›Keine Ahnung.‹

›Kathrin?‹ Mit einem Lachen. ›Ja, warum fragen Sie? Was hat das mit ihr zu tun? Eine ganz kurze Affäre. Ich hab sie im Jänner kennengelernt. War dann auch Anfang April schon wieder vorbei.‹

›Das ist ganz und gar unmöglich. Sie … nein, das kann nicht sein. Sie doch nicht! Entschuldigen Sie, das ist doch lächerlich!‹

›Eifersüchtig? Damals, als wir uns getrennt haben – gut, ja. Da haben unsere Bekannten natürlich recht. Aber – das ist lange her. Fast zwei Jahre. Und ich … Moment, ich glaube … sie kannte Kathrin gar nicht.‹

Er durfte nicht zu dick auftragen!

Aber wahrscheinlich fragte ihn ohnehin niemand. Er würde es auf sich zukommen lassen. Wie immer.

Sorgfältig spülte er die Tasse ab und stellte sie auf das Abtropfbrett. Dachte kurz daran, Lena anzurufen, und verwarf

den Gedanken wieder. Später, dachte er. Die rennt nicht weg.
Es hat keine Eile.

Gegen neun verließ er das Haus. Er fuhr den Wagen in die
Waschstraße und brachte ihn zum Händler zurück.

‖

Lena sah die beiden Lieferwagen vor dem Geschäft schon von
weitem. Der eine Fahrer war ausgestiegen, lehnte an der Hauswand und wischte energisch über sein Handy. Der andere ging
rauchend auf und ab. Warum hielt sich kein Mensch mehr an
eine Vereinbarung? *Zehn Uhr war ausgemacht.* Sie hatten bereits
ausgeladen. Auf dem Gehsteig standen Stapel von Kartons.

Sie rannte los, schlug einen Haken, um zwei tratschenden
Müttern und ihren Buggys auszuweichen, brachte sich mit
einem Sprung vor einem Rollerfahrer in Sicherheit und erreichte keuchend das Geschäft. »Guten Morgen. Ist es schon zehn?«
Sie schaute auf die Uhr: Die waren eine halbe Stunde zu früh.

Der Handymann, ein schlaksiger Blonder mit leichtem Über-
biss, löste sich von der Wand. »Morgen. War wenig Verkehr
heute. Wo soll das Ganze denn hin?«

»Morgen.« Der andere blieb vor ihr stehen und kratzte sich
am Ohr.

Lena schloss die Tür auf. »Ins Lager nebenan. Ich glaube, Sie
haben nur drei, vier Pakete«, wandte sie sich an den mit dem
Handy. Er nickte und ließ es in die Tasche gleiten.

Sie war den ganzen Vormittag über damit beschäftigt, die
übernommene Ware auszupacken. Dreimal ging die Tür. Der
Briefträger brachte einen Packen Briefe. Ein Pärchen sah sich
um und verließ das Geschäft, ohne etwas zu kaufen. Eine winzige ältere Dame mit Hut und Spitzenhandschuhen fragte nach
dem Weg zur öffentlichen Bücherei.

Lena arbeitete sich systematisch durch den Berg an Paketen,

zerschnitt und stapelte das Verpackungsmaterial und räumte die neuen Stücke ein. Um die Dekoration würde sie sich später kümmern.

Gegen halb zwölf machte sie eine kurze Pause, trank ein Glas Wasser und kontrollierte ihr Handy: nichts. Sie wählte Veras Nummer und landete wieder auf der Mailbox.

Georg aber hob sofort ab. »Lena!« Er klang vergnügt.

»Guten Morgen, Georg.«

»So förmlich? Ist was?« Er lachte. »Ich hoffe, du bist mir nicht böse. Ich war … ich hab noch einmal mit Max gesprochen. Es hat sich alles aufgeklärt.«

»Hm. Er saß gestern Abend überraschend vor meiner Tür. Hat dich nicht erreicht und dich dann bei mir gesucht.«

»Ja, ich hatte mein Handy zu Hause vergessen. War bouldern.«

»Was?«

»Kennst du nicht? Das Beste zum Abschalten. Du machst einen auf Spiderman. Kletterschuhe, ein Crashpad, also eine Matte – das reicht. Du kletterst ungesichert, an Steinwänden, Brücken, Überdachungen, mitten in der Stadt. Zeig ich dir mal. Vielleicht kriegst du ja Lust drauf. Sag, was machst du heute Abend, sehen wir uns? Ich hab Zeit. Ich könnte einkaufen gehen. Uns was kochen. Und dann …«

»Ich weiß noch nicht, ob …«

»Hey, was ist los? Bist du sauer?« Er klang besorgt.

»Nein, bin ich nicht. Ich arbeite. Hab grade viel um die Ohren. Ich ruf dich am Nachmittag an, gut?«

»Du?«

»Ja?«

»Ich lieb dich.« Bevor sie etwas sagen konnte, legte er auf.

Lena starrte auf das Display. Es würde alles wieder ins Lot kommen. *Du bist zu empfindlich.* Sie legte das Handy auf das Pult, zögerte und griff wieder danach.

ich dich auch, tippte sie und drückte auf »Senden«.

Gleich darauf läutete es wieder. Eine unbekannte Nummer.

»Lena?«

»Ich bin's, Matić. Lena, ich habe die Polizei angerufen. Im Hof liegt jemand.«

Sie schloss die Augen.

»Bist du noch da?«

»Ja«, hauchte sie.

»Die Kripo ist unterwegs. Wir werden wohl die Wand aufstemmen müssen.«

»Ist sie … ist es …?«

»Man sieht nicht mehr viel von ihr, sagt der Mann. Die … die Leiche muss schon länger da liegen.« Er zögerte. »Wie geht es dir? Bist du allein? Ist jemand da? Soll ich jemanden anrufen?«

»Nein, nein«, wehrte sie ab. »Es geht schon. Ich treffe mich später mit Georg.«

»Gut«, sagte er. »Hier geht es jetzt richtig los. Die Feuerwehr kommt gerade. Ich muss Schluss machen. Lena?«

»Ja?«

»Pass gut auf dich auf«, sagte er.

Sie nickte stumm.

Am Nachmittag tauchte Wolfgang auf und half ihr, die restliche Ware auszupacken. »Ich brauch ein bisschen Abwechslung von dem Gezerre mit der Bank, den Geldgebern. Etwas Handfestes.« Er lachte. »Langsam fange ich an, den Laden hier zu vermissen.« Er zwinkerte ihr zu.

»Wie laufen die Verhandlungen?« Sie bückte sich nach einem großen Paket und wuchtete es mit einem leisen Stöhnen auf den Tisch.

»Hey, überlass die schweren Dinge mir, wenn ich schon da bin. Gut. Das Projekt steht im Wesentlichen. Es geht nur noch um die Feinheiten. Und bei dir? Alles in Ordnung?«

»Ja, klar.« Sie kratzte sich an der Nase.

»Ich dachte nur … du schaust ein bisschen, hm – unglücklich aus. Stress mit deinem Freund?«

»Nein, wie kommst du darauf?« Sie fuhr mit dem Stanleymesser energisch über den Karton und klappte die Flügel auf. Holzwolle raschelte.

Er lachte. »Das ist es doch meistens: Beziehungsstress. In dem Punkt sind wir alle verletzbar. Da reicht eine Kleinigkeit.«

»Nein«, sagte Lena. »Es geht uns gut.« Sie dachte an sein ›Ich lieb dich‹. An ihre Antwort. Und lächelte.

»Entschuldige, ich wollte nicht neugierig sein. Ich dachte nur…«

Sah sie wirklich so erledigt aus? Sie schaute auf die Uhr. Inzwischen hatte man die Tote wohl geborgen. Ob Vera schon Bescheid wusste? Sie musste sie anrufen! Oder Matić – ja, zuerst Matić, dann Vera. Sie hatte Angst vor dem Gespräch. Was sagte man einer Frau, die gerade eine Freundin verloren hatte?

Sie arbeiteten eine Weile schweigend nebeneinander. Sie bemühte sich, an nichts zu denken, aber die Gedanken kamen und gingen. Vera hatte morgen nach Hause fahren wollen. Jetzt musste sie die tote Kathi identifizieren. Matić – wie hieß er eigentlich mit Vornamen? – hatte gesagt, dass von der Toten nicht mehr viel übrig sei. Musste man als Angehörige die Tote trotzdem ansehen, identifizieren? *Die Rabenkrähen … Nein. Nein!*

»Scheiße!« Sie riss die linke Hand hoch und ließ den Cutter fallen. Blut tropfte auf den Boden. Ein tiefer Schnitt am Daumenballen klaffte auf. Es brannte wie Feuer.

»Lass sehen!« Wolfgang war sofort an ihrer Seite. Er drehte ihre Handfläche nach oben, griff hinter sich und zog eine Schublade auf. Rasch wickelte er ein sauberes Geschirrtuch um ihre Hand.

Ihre Knie zitterten.

»Setz dich.« Ihr Chef schob ihr einen Schemel hin und drückte sie sanft nieder. Gleich darauf kam er mit dem Verbandskasten und einem kleinen Glas Wasser wieder. »Komm, trink. Das hilft gegen den Schock.«

Lena nahm einen kräftigen Schluck und hustete. Tränen schossen ihr in die Augen. Sie rang nach Luft und keuchte. Das war Schnaps!

Sie fühlte seine Hand auf der Schulter. »Trink aus. Ich will nicht, dass du kollabierst. Geht's?« Er prüfte ihren Puls.

Sie nickte und kippte den restlichen Schnaps. »Ja«, sagte sie heiser.

Ihr Chef wickelte das Geschirrtuch ab. Sie biss die Zähne zusammen. »Nicht hinschauen«, sagte er. »Willst du ein Glas Wasser?«

»Ich … nein, nein danke.«

»Die Wunde muss desinfiziert werden. Keine Sorge, tut nicht weh. Verband drauf. Und dann bringe ich dich zum Arzt.«

Lena starrte vor sich auf den Tisch, sah das blutige Messer und wandte sich ab. Ihr war flau im Magen. Sie hätte am liebsten losgeheult.

»Ist gleich vorbei. Ein tiefer Schnitt, es scheint aber keine Sehne verletzt worden zu sein.«

Sie nickte.

»Ich hab fast ein schlechtes Gewissen«, fing er wieder an, »weil ich dich mit dem Ganzen hier allein lasse. Es ist viel Arbeit, wenn eine Lieferung kommt.«

Sie atmete aus. »Das brauchst du nicht. Es macht mir Spaß. Es ist genau das, was ich immer machen wollte. Und solange ich mich nicht um die Buchhaltung kümmern muss …« Sie lächelte kläglich. Es tat ein beschissen weh.

»Fertig. Schau einmal.« Er richtete sich auf. Sein weißes Hemd hatte etwas Blut abbekommen. Er folgte ihrem Blick, reagierte aber nicht.

»Danke.« Ihre linke Hand war professionell verpackt.

»Das sollte fürs Erste reichen. Und jetzt bringe ich dich zum Arzt. Willst du zu jemand Bestimmtem oder fahren wir in eine Spitalsambulanz?«

»Nicht nötig«, wehrte sie erschrocken ab. »Es geht schon wieder. Ich … ich brauche keinen Arzt. Ich hab mich schon oft geschnitten, kein Problem. Ich war nur erschrocken.« Sie stand auf und griff nach dem Cutter. »Ich mache das hier fertig und …«

»Kommt nicht in Frage, Lena. Wir sperren zu. Und wenn du nicht zum Arzt willst, dann bring ich dich jetzt nach Hause.«

Eine Dreiviertelstunde später betrat sie ihre Wohnung. Es war drückend heiß, im Wohnzimmer stand die Luft. Sie trank ein Glas Wasser, riss die Fenster auf und öffnete die Terrassentür. Ein kühler Windhauch streifte ihren Nacken. Sie atmete hörbar aus.

Es war nett von ihrem Chef, sie nach Hause zu bringen, aber sie war froh, endlich allein zu sein. Er war einen Umweg gefahren, angeblich eine Abkürzung, die prompt in einen Stau mündete. War zuletzt selber entnervt gewesen. Und müde. Sie sah die Fältchen um seine Augen. Im Profil sah er älter aus.

»Lust, noch irgendwo eine Kleinigkeit zu essen?«

»Danke. Ich will nur nach Hause.«

»Tut es noch weh?«

»Geht so. Georg – mein Freund – kommt später noch vorbei.«

Ein rascher Blick. »Schade. Dann ein andermal.«

»Ja, gern.«

Sie beugte sich über die Betontröge. Die Pflanzen sahen blass und müde aus. Hingen schlapp in der fetten Erde. Na bestens, sie brachte es doch tatsächlich fertig, Blumen binnen drei Tagen zu vernichten! Sie starrte auf das rote Ziegeldach, dann hinunter auf die Straße, wo alles war wie immer, und wieder auf die

Pflanzen. Mit einiger Mühe wickelte sie den Gartenschlauch, der in großen Schlingen um den Wasserhahn gelegt war, ab und wässerte die Tröge. Die Blumen lagen flachgepresst im Dreck. Jetzt hatte sie sie umgebracht. Kaltes Wasser schockt sie, hatte sie irgendwo gelesen. Nun war es zu spät. Sie rollte den Schlauch zusammen und legte ihn in die Ecke.

In der Wohnung zog sie sich Rock und Bluse aus.

Das Telefon! Sie fuhr herum, stieß mit der Hand gegen den Tisch und jaulte auf.

»Hallo, Lena, da ist Max. Ich wollt dir nur sagen, ich … es ist alles geklärt.«

»Ich weiß«, keuchte sie. Der Schmerz tobte.

»Ich dachte, wir könnten einmal ins Kino gehen. Oder was trinken.« Er klang unsicher.

»Nein«, sagte sie gepresst.

»Es muss nicht heute sein. Wenn du magst … ich würde dich gern mal wieder treffen. Das war doch fein damals im Park.« Er nuschelte. Sie war alarmiert.

»Max!«

»Oder du kommst zu mir«, insistierte er. »Ich sag dir die Adresse. Wir haben einen Pool im Garten. Es ist schön hier am Abend.«

»Max, ich will nicht. Ich …« Der Schmerz ließ langsam nach.

»Jetzt nicht – oder überhaupt nicht?«

»Ich bin mit Georg zusammen«, sagte sie und ärgerte sich im selben Moment.

»Das hat doch damit nichts zu tun. Ich sagte doch, wir haben das geklärt. Willst du mir jetzt ständig aus dem Weg gehen oder was?«

»Max. Ich. Will. Nicht.«

»Okay, okay, schon gut. Du brauchst nicht gleich laut zu werden. Ich hab's ja kapiert.«

Sie schwiegen. Ihr Daumen pochte.

»Ich hoffe, das tut dir nicht irgendwann leid. Schöne Zeit noch.«

»Was ... Max?«

Er hatte aufgelegt.

Lena warf sich aufs Sofa und starrte an die Decke. Was war das jetzt? Wollte er ihr drohen? Der Kerl war verrückt. Würde er sie in Zukunft jedes Mal, wenn er betrunken war, anrufen? Ihr auflauern? Sie belästigen? Sie musste das abstellen. Aber wie?

Sie fuhr auf, als ihr Handy erneut läutete. Sie würde ihn zur Schnecke machen. Zur Not mit einer Anzeige drohen. Das musste ein Ende haben! »Was willst du noch?«

»Lena?« Es war Georg.

»Entschuldige, ich dachte ... Max«, stammelte sie.

»Alles in Ordnung?«

»Ich dachte, Max schon wieder. Er macht Stress. Ich glaube, er ist betrunken«, platzte sie heraus. »Ich hab mich geschnitten. Bei der Arbeit. In den Daumenballen. Es tut beschissen weh.« Sie holte Luft. »Zu deiner Frage: Ging schon besser. Und dir?«

»Vergiss Max. Ich klär das. Lena, ich freu mich auf dich. Nur, es wird ein bisschen später. Neun wahrscheinlich. Ich bin auf einem Casting, kann jetzt nicht lange reden. Ich komme direkt zu dir und bringe was zu Essen mit, gut? Worauf hast du Lust?«

»Sushi?«

»Gut. Wird gemacht. Ich beeile mich. Ich ruf dich an, wenn ich hier weggehe.«

»Ja, ist gut. Bis später.« Aber er hatte bereits aufgelegt.

Sie duschte umständlich und zog sich an. Schaute auf die Uhr. Sie hatte noch Zeit.

Sie griff zum Handy, zählte fünf Kurznachrichten, alle von Max, und löschte sie ungelesen. Tigerte in der Wohnung hin und her, nahm die letzten drei schon etwas weichen Marillen aus der Obstschale und ging auf die Terrasse. Die Pflanzen hatten sich wieder aufgerichtet. Einige hatten winzige Knospen angesetzt. Lena aß das Obst im Stehen, warf die Kerne in den Müll, wusch sich die Hände und griff wieder zum Handy. Sie musste sich beschäftigen. Das Warten machte sie verrückt.

Diesmal war Vera sofort am Apparat. »Lena! Ich wollte erst gar nicht abheben. Es rufen seit Tagen lauter Verrückte an. Wie geht es dir?«

»Geht so. Und dir?« Sie räusperte sich.

»Ich weiß nicht, was ich denken soll. Lena, es ist alles so unwirklich. Noch immer nichts Neues. Ich war noch einmal auf der Polizei …«

»Wann?«

»Gestern. Es gibt noch immer keine Spur von Kathi … Mein Urlaub endet morgen. Ich fahre am Nachmittag wieder nach Hause.«

»Vera, ich muss …«

»… arbeiten, ich weiß. Ein Treffen wird sich wahrscheinlich nicht mehr ausgehen, es sei denn, du hast am Vormittag frei?« Es klang wie eine Frage.

»Nein, leider …«

»Ich hab gesehen, du hast ein paarmal angerufen.« Vera klang müde. »Es war vielleicht doch keine so gute Idee mit dem Aushang. Mein Handy läutet ununterbrochen. Auch in der Nacht. Der eine will Kathi gerade erst da, der andere dort gesehen haben. Jedes Mal die Hoffnung, dass sie noch lebt, obwohl ich mir sicher bin …« Vera schnäuzte sich. »Eine Frau hat mir erzählt, sie habe sie vor einer Plakatwand in der Nähe der Wohnung gesehen, wo ich die Suchmeldung geklebt hatte. Kathi habe sie abgewimmelt, behauptet, jemand anderer zu sein.«

Lena wollte etwas sagen, aber sie kam nicht zu Wort.

»Ein Mann war sich sicher, dass sie von seinem Nachbarn gefangen gehalten wird. Der sei aus dem Osten und betreibe

Mädchenhandel. Eine Frau«, Lena hörte sie schlucken, »eine Frau hat mir gesagt, sie weiß, wo Kathi begraben liegt. Sie wollte sich wieder melden. Da bin ich zusammengeklappt. Hab nur noch geheult. Sie hat nicht mehr angerufen.« Ihre Stimme brach. »Warum macht man so etwas, Lena? Warum? Wie kaputt sind diese Leute?«

»Es tut mir leid, Vera. Ich …«

»Und dann all die Scharlatane, Wünschelrutengänger, Seher! Ein Medium hat sich gemeldet. Kathi habe zu ihr gesprochen. Sie wolle nicht, dass ich leide. Ich müsse für sie beten. Sie will mir helfen, mit Kathi in Kontakt zu kommen. Ich müsse nur … entschuldige, Lena«, Vera klang plötzlich aufgeregt, »die Polizei. Bleib dran.«

Lena sank auf das Sofa und wartete. In der Hand pochte der Schmerz. Sie presste das Handy ans Ohr. Der Ansagetext bat um Geduld, wiederholte sich wieder und wieder, bis er nur noch eine Aneinanderreihung sinnloser Laute war. Plötzlich brach er ab.

Die Leitung war tot. Vera war nicht mehr erreichbar.

Matić stand in der offenen Haustüre, die Hemdsärmel hochgekrempelt, und rauchte. Er schien in Gedanken und schaute erst auf, als Lena direkt vor ihm stehen blieb. Der Gang hinter ihm war noch feucht. Die Putzutensilien lehnten an der Hauswand.

Er tätschelte ihr unbeholfen den Arm, nahm einen tiefen Zug, blies den Rauch aus. »Zwanzig Jahre«, sagte er. »Und das ganze Leben noch vor sich.« Seine Stimme klang heiser.

Sie schluckte.

Matić' Zigarette verglomm. Er schnippte sie weg. »Komm.«

Sie betraten den kühlen Flur. Er schob sie an seiner Wohnungstür vorbei weiter Richtung Lift. Linkerhand klaffte ein großes Loch.

»Es war nicht möglich, sie von oben zu bergen. Man wollte

auch den Fundort untersuchen … So habe ich hier aufge-
stemmt.« Er legte seinen Arm um sie. Sie hörte ihn atmen.

Sie starrte durch die Öffnung auf ein schmutziges Stück Beton, das von Kerzen erhellt war, und wusste nichts zu sagen.

»Die Seele der Toten ist noch vierzig Tage unter uns«, sagte
Matić nach einer Weile. »Ob man daran glaubt oder nicht. Man
muss sich verabschieden.«

»Ja.«

»Willst du sehen, wo sie lag?«

Sie nickte. Sie bückte sich und betrat den Hof. Matić blieb
dicht hinter ihr. Der Geruch eines starken Desinfektionsmittels
verdichtete sich. Sie bemühte sich, gleichmäßig weiterzuatmen.
Ihr Kreislauf spielte verrückt.

Zwei mal zwei Meter. Rauer Beton. Moos in der einen Ecke,
Glasscherben, ein verwischter Kreideumriss. Sie registrierte die
Einzelheiten und fühlte – nichts.

Hier also …

Drei Grablichter zuckten. Verwelkende Blumen. Sie hörte
Matić leise husten und wandte sich um. Er starrte auf die
Kerzen, die Hände gefaltet wie zum Gebet. Langsam hob sie
den Blick.

Verwitterte, von grauen Schlieren überzogene Wände fuhren
nach oben, unterbrochen von dem einen oder anderen Fenster.
Darüber ein kleines Stück Himmel.

Matić trat zu ihr und legte ihr seine Hand auf die Schulter.
»Komm«, sagte er leise. »Es ist genug.«

Sie nickte und stolperte durch die Öffnung in den Flur.

In seiner Wohnung atmete sie auf. Es roch nach seinen Zigaretten und nach Kaffee.

»Was hast du da gemacht?«

Sie machte eine wegwerfende Handbewegung. »Geschnitten.
Nichts Schlimmes.«

Er reichte ihr ein großes Glas Wasser, das sie in einem Zug leer trank. Er füllte es noch einmal und kam mit einer Flasche Raki und zwei kleinen, dickwandigen Gläsern zum Tisch. *Seine Medizin.* Wortlos schenkte er beide voll. Sie stießen an. Tranken. Der Schnaps brannte und tat ihr wohl.

»Es war gut, dass du gekommen bist«, sagte er, und sie wusste nicht, von welchem Mal er sprach. Sie nickte. »Man hätte sie nicht gefunden«, fuhr er fort. »Sie wäre dort liegen geblieben, wer weiß, wie lange ...«

»Wie ...« Sie stockte. »Haben Sie sie gesehen?«

»Ja.« Er hielt in der Bewegung inne, schenkte nach und verschloss die Flasche sorgfältig. »Ich habe schon viele Tote gesehen, weißt du. Damals, im Krieg. Aber das ist anders.« Er zögerte. »Sie war nicht mehr zu erkennen. Nicht viel mehr als Knochen. Ein wenig Haut. Der Tod macht einen sehr klein.« Er nahm einen Schluck und stellte das Glas wieder ab. »Sie lag auf dem Bauch. Ich denke, dass sie sofort tot war«, sagte er ohne weitere Erklärung. »Die Männer von der Gebäudereinigung kamen, kurz nachdem du gegangen bist. Ich habe sie auf den Dachboden begleitet. Von dort ist der eine hinausgeklettert. Ich bin wieder hinunter und habe das Geschirr abgewaschen. Zehn Minuten später waren beide wieder da: Da unten liegt jemand. Ich habe die Polizei angerufen. Die Feuerwehr. Dann dich. Zu Mittag war klar, dass wir die Wand aufstemmen müssen. Um eins war der Hausverwalter da, und ich konnte anfangen.« Er schnäuzte sich. »Alles in Ordnung mit dir?«

Sie nickte.

»Dann wurde alles abgesperrt«, fuhr er fort. »Und die ersten Gaffer standen herum. Und die Reporter. Wie die Fliegen. Widerlich. Kaum abzuwimmeln. Ich bin dann hierher und habe geputzt. Mich abgelenkt. Die Polizei war in ihrer Wohnung.«

»Hast du ... Entschuldigung, haben Sie denen gesagt, wer sie ist?«, fragte sie hastig.

»Passt schon. Ich bin Goran. Ich habe gesagt, dass ich sie schon lange nicht gesehen habe … Trinkst du noch einen?«
»Danke.« Die Küchenuhr schlug neun.

‖

Besser, er kümmerte sich gleich darum. Es war ein schöner Abend, die Menschen saßen in den Gastgärten, auf den Gehsteigen vor den Lokalen. In leichten Sommerkleidern, in kurzen Hosen, mit beschlagenen Gläsern in der Hand. Eine südländische Schönheit in einem roten Kleid wandte sich um und erwiderte sein Lächeln. Zu üppig, befand er und ging weiter. Zu alt. Er sah sich nach einer Gruppe junger Mädchen um, eine davon mit langen blonden Haaren, die in einer Hofeinfahrt herumalberten. Wie dumm von ihr, sich die Haare abzuschneiden, dachte er. Das Schönste an ihr. Neben ihrer Hingabe.

Immer machten sie irgendwann Fehler. Eine wie die andere. Eigenmächtigkeiten. Vertrauten irgendwelchen Freundinnen. Oder wurden mit der Zeit kleinlich. Anstrengend. Mühsam. Behandelten ihn schlecht – wie Kathrin. Das konnte er nicht durchgehen lassen.

Er blickte sich um, schloss das Haustor auf und schaute in ihren Postkasten. Ein paar Werbesendungen, Urlaubspostkarten, der Brief einer Bank. Nichts sonst. Er versperrte das Fach und fuhr in den dritten Stock.

Der Flur lag im Dunkeln. Er öffnete die Tür zum Schlafzimmer. Hitze schlug ihm entgegen. Er streifte Handschuhe über und durchsuchte rasch und ergebnislos Schrank und Nachtkästchen. Den Schreibtisch. Er hob die Matratze hoch und ließ sie wieder fallen: nichts. Er wischte sich über die Stirn.

Die Türen zum Bad und zum Wohnzimmer standen offen. Es roch sauber, alles lag an seinem Platz. In diesem Punkt war sie wie er. Gewesen, dachte er, mit leisem Bedauern, das sofort in Wut umschlug: ihre Zickerei nach dem Vorfall mit Kathrin. Sie hätten es weiter gut miteinander haben können. Hin und wieder. Er hatte alles versucht. Umsonst. Ihre ständigen Dramen. Die Umstände, die sie ihm machte.

Er öffnete Laden, den Kühlschrank, schaute hinter die Bücher im Schrank: nichts. Kein Tagebuch, keine Briefe. Keine Notizen. Sie hatte nicht gelogen.

‖

Kurz vor zehn. Lena schob Matić ihr Glas hin. »Waren Sie … warst du in der Wohnung?« Der Alkohol entspannte sie.

Goran Matić schenkte nach, stand auf und kam mit einem großen Glas Wasser und einem Korb Brot wieder.

Sie brach ein Stück Brot ab und kostete. »Gut«, lobte sie mit vollem Mund.

Georg hatte sich noch immer nicht gemeldet. Immer gibt es einen Grund dafür, dachte sie, während sie grimmig kaute.

›Der Termin hat länger gedauert.‹

›Die haben umdisponiert.‹

›Es gab noch eine Besprechung.‹

›Der Chef wollte noch was von mir.‹

›Ich brauche diesen Job, Lena, ich kann keine Ansprüche stellen, einfach alles liegen und stehen lassen … Du kennst das doch?‹

Schließlich hatte er gestanden: ›Sorry, ich hab's nicht so mit der Pünktlichkeit. Aber ich bemühe mich, Lena. Versprochen.‹ Ein entschuldigendes Lächeln, sein Mund, der näher kommt und ihren Nacken küsst, ihren Mund oder ihr Haar. Sein Herzschlag an ihrer Brust, sein Geruch, seine Wärme, sein zärtliches Lachen …

Er mochte es nicht, wenn sie ihm hinterhertelefonierte.

Man kann sich nicht auf ihn verlassen. Sie würde austrinken und nach Hause gehen.

»Woran denkst du? Alles in Ordnung?« Matić schaute sie besorgt an.

»Ja«, sagte sie knapp.

»Gut«, sagte er ohne rechte Überzeugung. »Ja, ich war in der Wohnung. Der Hausverwalter hat mir den Schlüssel übergeben. Ich habe aufgesperrt. Im Flur lagen Schuhe, im Schlafzimmer ihre Kleider. Das Wohnzimmer war ordentlich aufgeräumt. Die Polizei war schnell fertig. Sie haben ein paar Sachen mitgenommen, ich weiß nicht, was. Suizid wahrscheinlich, hat der Kommissar gesagt. Wir werden sehen ...«

»Vera sagt, das würde sie niemals tun.«

»Warum ist sie sich so sicher? Ich meine: Was weiß man schon vom anderen? Wann hat sie sie zuletzt gesehen? Weiß sie, ob Kathrin Sorgen hatte? Kennt sie ihre Freunde?«

Sie schüttelte den Kopf. Sie war ein wenig benommen.

»Die Polizei hat einige Hausbewohner befragt. Die meisten waren nicht zu Hause. Die Beamten kommen morgen noch einmal.« Er stand auf. »Hast du Hunger? Ich kann uns etwas kochen«, bot er an.

»Nein danke. Ich bin mit Georg zum Essen verabredet.«

Goran Matić schaute auf die Uhr. »Er kommt oft spät nach Hause«, sagte er. »Wie Kathrin. Sie mochte ihn. Er ist witzig und pfeift sich nichts, hat sie gesagt. Sie waren – befreundet, weißt du?«

»Was sagst du?« Sie starrte ihn mit offenem Mund an.

»Ich habe sie öfter miteinander gesehen. Sie wirkten sehr vertraut.«

»Er sagt, dass er sie kaum kennt«, sagte sie tonlos. Sie hielt sich an ihrem Glas fest.

Matić kam mit Wurst und Käse wieder, stellte zwei Teller hin und ging noch einmal zum Kühlschrank, um ein Glas Pfefferoni zu holen. »Vielleicht habe ich mich geirrt.« Er runzelte die Stirn. »Er ist ein Mann, den die Frauen mögen. Wahrscheinlich waren sie nur Freunde.«

Lena erhob sich. »Ich muss nach Hause. Ich will nicht, dass er vor verschlossener Tür steht. Danke für alles, Goran.«

»Mach dir keine Gedanken.« Er ging mit ihr bis vor die Haustüre. »Soll ich dich heimbringen?«

»Danke. Ich hab es nicht weit.«

An der Ecke drehte sie sich noch einmal um. Matić stand rauchend auf dem Gehsteig und schaute ihr nach. Sein weißes Hemd leuchtete aus der Dämmerung.

Sie sah Georg schon von weitem. Er tigerte vor ihrem Haus auf und ab, blieb stehen. Blickte die Fassade hoch. Wandte sich um.

»Lena, wo kommst du denn her? Ich hab angeläutet, aber ...« Er umarmte sie. Die Tragtasche – mit Sushi, dachte sie – raschelte an ihrem Rücken.

Sie drehte den Kopf zur Seite. Er roch fremd. Sein Kuss streifte ihre linke Wange. Sie machte sich los.

»Was hast du mit deiner Hand gemacht?« Er griff nach ihrem Unterarm und hob ihn vorsichtig an. »Tut es weh? Warst du beim Arzt?«

»Ist nur ein Schnitt. Wolfgang hat den Verband angelegt.«

»Du bist sauer«, stellte Georg fest. »Tut mir leid, Lena. Es hat länger gedauert. Ich konnte nicht weg. Die wollten die eine Szene noch einmal drehen.«

»Warum hast du nicht angerufen?«

»Mein Akku ist leer«, gestand er zerknirscht. »Sag, stört es dich, wenn wir zu mir gehen? Ich bin ziemlich kaputt. Ich würde gern duschen, frische Sachen anziehen und ...« Er streichelte ihren Arm. »Lena, ich mach's wieder gut.«

Sie zögerte. Er sah müde aus. *Egal, ich will wissen, was mit Kathi war. Warum er lügt ...*

»Ich hab mich so auf dich gefreut«, sagte er. »Wann musst du morgen raus? Bleibst du bei mir?«

»Ja, gut.«

»Klingt ja nicht gerade euphorisch.« Er legte seine Hand um ihre Schulter und lachte. »Wo warst *du* eigentlich?«

»In deinem Haus.«

»Du hast gedacht, ich bin …«

»Nein. Wegen Kathi. Ich hab mit dem Hausbesorger gesprochen, und …«

Georg blieb stehen. »Wegen Kathi? Lena, bitte! Das gibt's doch nicht! Das wird langsam zu einer fixen Idee.« Zwischen seinen Brauen stand eine steile Falte.

»Sie ist wieder aufgetaucht«, sagte Lena tonlos.

»Pfff … Ich hab dir doch gesagt …« Sie bogen um die Ecke. In der Hausbesorgerwohnung flimmerte der Fernseher. Georg zog den Schlüsselbund aus der Tasche und sperrte die Haustüre auf. Bei den Postkästen blieben sie stehen. »Nichts«, sagte er und verschloss das Fach wieder. »Immerhin keine Rechnungen.« Er lachte.

»Sie ist tot«, platzte sie heraus.

Georg fuhr herum.

»Man hat sie heute aus dem Hof geborgen, also, das, was von ihr noch übrig war.«

Georg folgte ihrem Blick und starrte entgeistert auf das Loch in der Wand, auf den kleinen Schutthaufen und die zitternden roten Lichter. »Wieso ist sie gesprungen, warum macht sie so etwas? Ich versteh das nicht.« Er stand reglos, seine Arme hingen schlaff herab.

»Hast du –«, Lena räusperte sich, »hast du sie gut gekannt?«

Georg zuckte die Achseln. »Wie man sich halt kennt.« Er ging langsam auf das Loch in der Wand zu, bückte sich und schlüpfte in den dunklen Lichthof.

Lena folgte ihm zögernd.

»Hier?«, fragte er und wies auf die verwelkten Blumen.

Sie nickte. Beide schwiegen. Lena schaute nach oben, auf ein winziges Stück dunklen Himmels, den einsamen Stern.

»Und die Kerzen?«

»Sind von Matić.«

»Wer ist das?«

»Goran Matić. Der Hausbesorger.«

»Wieso weißt du, wie der heißt?« Er wartete ihre Antwort nicht ab, nahm ihre unverletzte rechte Hand und zog sie hinter sich her.

»Pass auf, da liegen Steine.«

Im Lift sah sie sein müdes blasses Gesicht unter den zerstrubbelten Haaren und spürte einen Anflug von Mitleid. Es schien ihm nahezugehen. *Sie waren befreundet.*

Ihr war zum Heulen. Er beugte sich zu ihr herab und küsste ihr Haar.

Georg duschte, während sie den Tisch deckte. Sie aßen lustlos und gingen bald schlafen. Sie hatte keine der Fragen gestellt, die ihr auf der Zunge brannten. Er hatte nichts erzählt. Sie hatten über Belanglosigkeiten gesprochen, seinen Job als Statist beim Film und kurz über Max. Er war ins Bett gefallen wie ein Stein und sofort eingeschlafen.

Lena lag im Dunkeln und lauschte seinen ruhigen Atemzügen. Ihr war heiß. Sie strampelte die Decke weg und rückte ein Stück von ihm ab.

Warum hatte er nichts weiter wissen wollen? Nicht, wer sie gefunden hatte, nichts über die näheren Umstände. War das normal? Was war los mit ihm? Sie war sich mittlerweile sicher, dass Matić recht hatte: Georg hatte Kathi gut gekannt.

Ein lautes dumpfes Geräusch ließ Lena hochfahren. Wo war sie? Und warum …

Jemand hämmerte gegen die Tür. Der Wecker zeigte sieben Uhr zehn. Neben ihr lag Georg auf dem Rücken, nackt wie sie, und schnarchte leise.

Sie rüttelte ihn an der Schulter. Er zog sich die Decke über die Augen und knurrte. Das Klopfen wurde lauter. Vielleicht war ja etwas passiert, Feuer ausgebrochen oder jemand war in Not!

Sie sprang aus dem Bett. »Moment, bitte!« Sie schlüpfte in Georgs blauen Morgenmantel, der ihr bis zu den Knöcheln reichte, und lief barfuß zur Tür. Jetzt ging der Lärm beim Nachbarn weiter. Lena legte die Kette vor und öffnete.

Ein Mann und eine Frau mittleren Alters, sie größer als er, sahen zu ihr herüber. »Kriminalpolizei. Wir haben ein paar Fragen.«

»Ich komme gleich, ich zieh mir nur was an.« Durch den Türspalt hörte sie die Stimmen der Polizisten und des Nachbarn.

Georg kam aus dem Bett wie ein Schlafwandler. Er tappte ins Bad und hielt sein Gesicht unter den Wasserhahn. »Wer ist da?«, fragte er matt.

»Polizei.« Lena zerrte den Zipp ihrer Hose hoch und öffnete die Tür ganz.

»Wir sind gleich bei Ihnen«, sagte die Frau mit einem Blick zu ihr, während der Mann etwas auf seinen Block kritzelte. Der Nachbar, ein älterer Mann mit akkurat gescheiteltem, schwarz gefärbtem Haar und schnarrender Stimme, stand in der Tür und gab Auskunft.

Lena ging zurück ins Wohnzimmer.

Georg stand mit dem Rücken zu ihr, in Shorts und T-Shirt, wandte sich um. »Ich mach uns Kaffee.« Er drückte ihr einen Kuss auf die Schulter. »Hab noch nicht Zähne geputzt.«

»Hm. Hast du irgendwo eine Bürste?«

»Einen Kamm. Bad. Zweite Lade.«

Sie wusch sich das Gesicht und kämmte sich. Der dünne Kamm rupfte. *Warum dauert das so lang?* Sie drückte etwas Zahnpasta auf ihren Zeigefinger ... *Na endlich!* Sie spülte sich den Mund aus und ging zu den anderen.

Georg stellte ihr wortlos einen Kaffee hin. Wandte sich fragend an die Beamten. Die Polizistin lehnte ab, ihr Kollege mit dem starken Bartwuchs sah aus, als hätte er gern angenommen. »Danke«, sagte er und rieb sich das Kinn.

Sie ließen sich auf dem Sofa nieder. Georg berührte mit seinem Lenas Knie. Sie lächelte ihn an und hielt sich an ihrer Tasse fest.

»Sie wohnen hier?«, fragte sie Polizistin, nachdem sie ihre Daten aufgenommen hatte, und sah sich im Raum um.

»Ja«, sagte Georg. »Also – ich.«

»Ich bin nur ... zu Besuch«, sagte Lena.

Der Beamte betrachtete sie nachdenklich. Er hatte einen melancholischen Blick, ein Kinngrübchen unter dem Bartschatten und dichte schwarze Haare. Sein Kopf war in Relation zum Körper zu groß geraten.

»Ihre Nachbarin ist zu Tode gekommen«, wandte sich die Frau an Georg.

Er nickte.

Lena nippte an ihrem Kaffee. »Ja, wir haben davon gehört.« Das Gespräch kam nicht richtig in Gang.

»Haben Sie sie gekannt?«

»Nein«, sagte Lena wie aus der Pistole geschossen.

»Vom Sehen vielleicht?«

»Nein«, sagte sie mit fester Stimme. »Wir, also Georg und ich, kennen uns noch nicht so lange. Ich war erst ein paarmal hier.«

Er griff nach ihrer Hand und drückte sie. Sie tauschten ein Lächeln.

»Und Sie?«, fragte die Frau beiläufig, als interessiere sie das Ganze nicht besonders. Im Gegensatz zu ihrem Kollegen wirkte sie aber hellwach.

»Tja, kennen ...«, begann Georg. Dann schwieg er.

»Hatten Sie näheren Kontakt? Was wissen Sie von ihr?«

Georg zuckte die Achseln.

In einem Krimi wären wir beide auf der Stelle verdächtig, dachte Lena. Schweigsam, unkooperativ, vor jeder Antwort ein Blickwechsel. Wenn sie ihnen erklärte, dass Georg am Morgen eine gewisse Anlaufzeit brauchte ... Sie verwarf den Gedanken sofort.

»Vielleicht haben Sie einmal während ihrer Abwesenheit ihre Blumen versorgt oder nach ihrer Post gesehen«, half der Beamte aus.

»Haben Sie Fingerabdrücke von mir gefunden?« Georg lachte. Es klang provokant.

Lass das, beschwor sie ihn stumm. *Das ist kein Spiel.*

Er warf ihr einen raschen Blick zu. »Kathrin hat ... also, sie hatte keine Blumen«, sagte er ruhig.

»Sie kennen ihre Wohnung?« Die Frau kramte in ihrer Tasche und schob sich einen Kaugummi in den Mund.

»Ich war ein paarmal dort, ja. Sie hat ein paar Arbeiten für mich abgetippt.«

»Sie studieren?«

»Ja. Jus. Wenn mir die Nebenjobs Zeit dazu lassen.« Er stand auf, ging zur Küchenzeile und drückte eine Kapsel in die Kaffeemaschine. Er füllte in aller Ruhe Wasser nach und nahm eine neue Tasse aus dem Schrank. »Möchte wirklich niemand ...?«

»Danke«, sagten die Polizisten wie aus einem Mund.

»Wir würden gern weitermachen«, sagte die Frau mit scharfem Unterton.

Georg kam zurück zum Sofa und stellte die Tasse ab. Er setzte sich und lehnte sich entspannt zurück. »Bitte.« Er kann es nicht lassen, dachte Lena. *Halt die Klappe, verdammt.*

»Was wissen Sie über –«, die Polizistin machte eine Pause, »Kathrin Bernegger?«

Lena betrachtete ihr ebenmäßiges Profil, die wachen hellen Augen und den grauen Kurzhaarschnitt. Das war die Sorte Frau, die ihr Vater als unweiblich abtat. Hose. Lederjacke. Kurze Haare. Ihre Art, ihre Zielstrebigkeit erinnerte sie an Vera. Eine Vera an guten Tagen.

»Sie lebt seit zwei Jahren hier. Kommt vom Land. Hat keine Angehörigen, soviel ich weiß. Verschiedene Jobs wie wir alle«, leierte er die Informationen herunter. »Locker. Ein bisschen chaotisch, was ihre Wohnung betrifft. Zuverlässig. Träumt davon, die Welt zu sehen, hat aber keine Kohle …« Er korrigierte sich. »Also … träumte. Reicht das?«

Die Polizistin ging nicht auf seine Provokation ein. »Kannten Sie ihre Freunde? Freundinnen? Hatte sie viel Besuch?«

Georg schüttelte den Kopf.

»Es gibt eine Freundin. Vera«, schaltete sich Lena ein. »Die war letztens hier, hat nach ihr gesucht.«

Die Beamtin nickte. Ihr Kollege schaute Georg voller Argwohn an. Er wandte sich an seine Kollegin. »Warum, denkst du, verschweigt er uns, dass sie ein Verhältnis hatten? Wegen ihr?« Er deutete auf Lena.

Der redet über mich, als wäre ich nicht da, dachte Lena aufgebracht. Sie hielt den Atem an und versuchte sich zu beruhigen. *Ich wusste es! Matić hat recht gehabt.* Sie grub ihre Nägel in die Handflächen. Sie fühlte nichts.

»Herr Neudeck?« Die Beamtin klang neutral.

»Ich hatte kein – Verhältnis mit Kathrin.« Georg hob die Tasse hoch, trank, stellte sie ab und lehnte sich zurück.

»War sie depressiv?« Der Beamte beugte sich vor und fixierte ihn.

»Depressiv, nein. Sie war … locker, chillig unterwegs. Ich verstehe nicht, warum sie sich umgebracht hat. Aber wie gesagt – ich kannte sie nicht so gut.«

»Es gibt Zeugen, die etwas anderes behaupten«, warf die Beamtin ein.

Matić, dachte Lena wieder. Sie verschränkte die Arme vor dem Körper und sah auf die Uhr.

»Du musst ins Geschäft, oder?«, fragte Georg sofort.

»Hab noch Zeit.« Sie war entschlossen zu bleiben, zu hören, was er zu sagen hatte. So lange konnte eine Befragung ja nicht dauern. Mit dem Nachbarn waren sie nach wenigen Minuten fertig gewesen. Zur Not würde sie ein Taxi nehmen. Sie schaute zu Georg, der ihr entspannt zulächelte.

»Ihr Schlafzimmer ist nebenan, oder? Ihr Nachbar hat Sie gehört. Sie ist einmal am Morgen aus Ihrer Wohnung gekommen.« Die Frau richtete sich auf. Sie wirkte gelangweilt, als rede sie mit einem verstockten Kind, das Geschichten erzählte, obwohl die Tatsachen offen dalagen. »Wann haben Sie Ihre Nachbarin zuletzt gesehen?«

»Pfff, weiß nicht.« Georg zuckte die Achseln. »Im April? Mitte April. Ich dachte, sie sei verreist«, sagte er nach einer kurzen Pause.

»Ohne Geld?«, fragte die Polizistin.

»Hat sie etwas in der Richtung verlauten lassen?«, fiel ihr der Kollege ins Wort.

»Hat sie nicht.« Er klang aufsässig.

»Wie kommen Sie dann drauf, sie könnte weggefahren sein?«

»Sie hat Lotto gespielt. Wäre ja möglich, dass sie einmal etwas gewonnen hat.« Es klang belustigt, als glaube er selber nicht daran.

»Lotto?«, fragte die Beamtin und stand auf. »Für jemanden, der seine Nachbarin kaum kennt, wissen Sie doch einiges.«

Ihr Kollege erhob sich ebenfalls. »Vielleicht möchten Sie ja allein mit uns reden?«, bot er an.

»Wozu soll das gut sein?«

»Georg, bitte!«

Er schaute sie überrascht an.

»Haben Sie sich das Haus angesehen?«, wandte er sich an die Polizistin. »Ja? Das ist völlig anonym hier. Die Leute kommen und gehen. Keiner kennt den anderen. Ja, ich hab Kathrin ein paarmal getroffen. Sie war der Typ, der Leute einfach anquatscht. Auf der Straße. Im Lift. Sie war hübsch. Wir kamen ins Gespräch, sie hat von sich erzählt. Wir waren einmal was trinken ... du lieber Himmel, ist das verboten?«

»Wenn Ihnen noch was einfallen sollte, Herr Neudeck ...« Die Beamtin reichte ihm ihre Karte. »Oder Ihnen.« Sie legte eine weitere vor Lena auf den Tisch. »Sie sehen ihr sehr ähnlich, wissen Sie das?«

»Das Foto auf dem Flugblatt ... ja«, stammelte Lena.

Georg stand auf. »War's das?«

»Fürs Erste, ja. Danke, wir finden allein raus«, sagte die Beamtin.

Lena blickte auf ihren schmalen ausrasierten Nacken und den stämmigen Beamten, der hinter ihr hertrottete. Sie war sicher, die beiden bald wiederzusehen.

Sie stritten sich sofort.

»Warst du mit ihr zusammen?«, fragte Lena und packte ihn am Arm.

Georg machte sich los. »Nein, verdammt. Lass mich. Wir waren zwei-, dreimal miteinander im Bett, wenn du es genau wissen willst. Da kannte ich dich noch nicht. Also ...«

»Warum hast du das nicht gesagt?«

»Soll ich dir jetzt jeden One-Night-Stand der letzten Jahre referieren oder was?« Er knallte die Tasse auf den Esstisch.

Lena schluckte. »Warum hast du der Polizei nichts davon gesagt? Ist ja nichts dabei. Wenn du …«

»Und was geht das die Polizei an, deiner Meinung nach, mit wem ich –«, er atmete aus, »ins Bett gehe, hä?«

»Ist doch nichts dabei …«

»Sag, checkst dus echt nicht? Bist du so naiv? Die sammeln unsere Daten, lesen überall mit, und dann soll ich auch noch darüber Auskunft geben, mit wem ich vögle. Sicher nicht!«

»Georg. Ich wollte nicht …«

»Bist du eifersüchtig? Ja, du bist eifersüchtig. Ich sehs ja.«

»Ich bin nicht eifersüchtig«, pfauchte sie. »Es geht hier überhaupt nicht um mich.«

»Nein, überhaupt nicht.« Er verschränkte die Arme vor der Brust. »Und deine ständigen Fragen: ›Wer war das? Wer hat angerufen? Warum hebst du nicht ab?‹ Hä?«

»Du tust mir unrecht …«

»Ich sag dir jetzt einmal was: Wenn ich eines nicht brauchen kann, ist das eine eifersüchtige Freundin. Herumzicken. Kontrolle. Szenen. Das hatte ich schon.«

»Darum geht es gar nicht, Georg.« Sie bemühte sich, ruhig zu bleiben. »Ich … die Polizisten sind doch nicht blöd. Die kriegen doch mit, dass du etwas verschweigst. Die vermuten dann womöglich …«

»Lena, bitte! Was sollen sie denn vermuten? Dass ich sie umgebracht hab?« Er wurde laut. »Ja, okay. Ich gestehe: Ich habe Kathrin ermordet. Ich hatte genug und hab mir gedacht, im Hof findet sie keiner.«

Sie starrte ihn mit offenem Mund an.

»Blöd gelaufen«, zischte er. »War doch das perfekte Versteck. Das perfekte Verbrechen.« Er lachte. »Keine Ahnung, wer mir auf die Schliche gekommen ist. Aber«, er rückte näher, ihre Gesichter berührten einander fast, »das eine sage ich dir, Lena, wenn ich den kriege …«

Sie stand erstarrt. Roch seinen Kaffeeatem, blickte in seine schönen braunen Augen, die zu schmalen Schlitzen verengt waren, hörte ihn atmen und ihr eigenes Herz rasen. Binnen Sekunden war sie schweißgebadet.

»Und jetzt?«, fragte er.

Sie raffte wortlos ihre Sachen zusammen und verließ die Wohnung.

Wie ein kleines Mädchen hockte Lena auf der Vorderkante des ausladenden Sofas in Matić' Wohnzimmer, die Knie zusammengepresst, mit nach außen gedrehten Fersen. Goran Matić hatte sie vor der Tür abgefangen. Er ging rauchend auf und ab.

»Er hat gesagt, dass er sie umgebracht hat«, flüsterte Lena.

»Trink«, sagte der Hausbesorger. Er setzte sich zu ihr und schob ihr ein Glas Raki hin. »Was genau hat er gesagt?«

Lena kippte den Schnaps in einem Zug. Gleich würde es ihr besser gehen. *Wenn ich so weitermache, ende ich noch als Säuferin.*

Sie stellte das Glas ab und begann zu erzählen: von der Vernehmung, Georgs provokantem Verhalten, ihrem wachsenden Unbehagen und ihren Versuchen, auf ihn einzuwirken, die kläglich gescheitert waren. Sie sah Matić' aufmerksame Augen auf sich gerichtet, sah ihn hin und wieder nicken, rauchen und sich mit der Hand über den Bart streichen. Nach und nach wurde sie ruhiger.

Matić stand auf und räumte Schnapsflasche und Gläser weg. »Der hat sie nicht umgebracht«, sagte er nach einer Weile. Er lachte. »War halt genervt von der Polizei. Und von deinem Misstrauen.«

»Aber ...«

»Was willst du, Lena? Was erwartest du? Egal, was er sagt – du glaubst ihm nicht.«

»Er hat sie gekannt. Er hatte was mit ihr …«

»Sagt er das?«

Sie nickte.

»Er hält dich für eifersüchtig.«

»Bin ich nicht.« Sie merkte selber, dass sie trotzig klang.

Er ging nicht darauf ein. »Schau, Lena, du fragst, wer angerufen hat. Du willst alles über die Nachbarin wissen. Was soll er sich denken?«

»Warum sagt er so was?«, fragte sie erneut.

»Er war zornig. Vielleicht enttäuscht«, bot Matić an.

»Dann muss er den Mund aufmachen. Mit mir reden. Warum spielt er solche Spielchen? Warum …?«

»Warum fragst du *mich* das? Frag *ihn*. Wer soll dir sagen, warum er so handelt, wenn nicht er?«

»Hm.«

»Du weißt nicht, was wirklich ist. Rede mit ihm.«

Lena stand auf. Für Matić war alles einfach. Immer. Und leicht zu lösen. Aber das war es nicht. Nicht in dieser Sache. Er war ihr keine Hilfe.

Er schien davon nichts zu bemerken. »Schlaf eine Nacht drüber und ruf ihn dann an«, sagte er und begleitete sie zur Tür.

»Ja, gut«, sagte sie resigniert. Sie war unzufrieden.

Sie rannte nach Hause, duschte und zog sich um. Nahm ein Taxi und kam trotzdem zu spät. Als sie aus dem Wagen stieg, sah sie Kunden im Geschäft und ihren Chef, der mit einer Dame plauderte, während er ihre Einkäufe verpackte.

Er schaute zur Tür, als Lena eintrat.

»Guten Morgen. Tut mir leid …« Sie spürte, wie sie errötete.

»Guten Morgen«, sagte er freundlich und wandte sich wieder der Kundin zu.

Lena stellte ihre Tasche im Nebenraum ab und trat auf einen älteren Mann zu, der die Gebrauchsanweisung eines Geduldspiels las. Er bewegte die Lippen, während seine Augen über den Text wanderten. »Kann ich Ihnen helfen?«

»Ja, ich suche ein Geschenk für meinen Schwiegersohn.«

Sie sah immer wieder zu Wolfgang hin, während sie beide Kunden bedienten, Waren verpackten, Nachschub aus dem Lager holten. Ihre Hand tat kaum noch weh. In einer kurzen Pause wickelte sie vorsichtig den Verband ab und klebte ein großes Pflaster auf. Gleich darauf stieß sie sich an einer Kante und jaulte auf.

Wolfgang schloss die Tür hinter einem älteren Ehepaar. »Wo ist dein Verband?«

»Geht schon«, keuchte sie. »Es tut mir leid. Ist nicht meine Art ...«

»Ich weiß. Ist schon okay. Ich hab dich heute nicht erwartet. Dachte, du bleibst zu Hause.« Er kam näher. »Was ist passiert?« Er wirkte besorgt.

Lena schüttelte den Kopf. Sie wollte nicht darüber reden.

»Ich wollte noch ein paar Sachen erledigen. Und, Lena – ich muss dir etwas zeigen. Aber komm her. Das Pflaster reicht nicht.«

Sie folgte ihm in den Nebenraum. »Ja?«

»Mein neues Projekt. Ist noch nicht ganz fertig, aber man sieht schon, wie es einmal aussehen wird.« Er strahlte. »Ich bin neugierig, was du dazu sagst.« Er desinfizierte die Wunde, schnitt eine Auflage zurecht und wickelte schweigend einen neuen Verband um ihre Hand. »So. Und das bleibt jetzt drauf«, sagte er mit übertriebener Strenge.

»Versprochen.« Sie nickte. »Was ist es? Ein Geschäft wie das hier? Ein Restaurant?«

»Lass dich überraschen.« Er lachte. »Ich treffe jetzt Walid und hole dich zu Mittag ab. Gut?«

»Ja. Wunderbar. Ich bin schon gespannt.«

Er war auf die Minute pünktlich.

»Wohin fahren wir?«

»Du wirst schon sehen.« Er lächelte. Seine Hände lagen auf dem Lenkrad. Er fuhr langsam, reihte sich ein, verzichtete auf seine üblichen Überholmanöver und ließ sich durch nichts aus der Ruhe bringen.

Er zögert den Moment hinaus, dachte Lena. *Genießt die Vorfreude.*

Sie fuhren in die Innenstadt, zuckelten eine Weile hinter einem Fiaker her. In der Kutsche saß ein junges Paar. Sie hatte ihren Kopf auf seine Schulter gelegt. Der Kutscher deutete auf die Sehenswürdigkeiten links und rechts, aber es schien sie nicht zu berühren. Lena seufzte.

»Geht's dir gut?«, fragte er.

»Hm. Danke.«

»Musik?«

»Muss nicht sein.«

Nach einer Weile hielt er an und parkte den Wagen.

»Hier?«

Er nickte. Sie standen vor einem Stadtpalais. Lena schaute eine reichverzierte Fassade hoch. Links und rechts Luxusläden.

»Komm«, sagte er.

Sie betraten das Haus und fuhren in den ersten Stock. Eine Zimmerflucht tat sich auf. Hohe weiße Flügeltüren, viel Glas. Der Lift mitten im Raum.

»Wir haben zwei Etagen«, sagte er. »Oben sind die Behandlungsräume.«

»Behandlungsräume?«

»Ein Day-Spa. Massagen, Wellness, Beauty.« Er lachte. »War gar nicht so leicht, die Geldgeber zu überzeugen. Aber das Konzept ist gut, und der Architekt … wir sind fast fertig, wie du siehst.«

Sie betraten die obere Etage. Sie war beeindruckt. »Schöne

Räume. Tolle Ausstattung. Das ist nicht für Durchschnittskunden«, stellte sie fest.

»Genau. Hier bedienen wir Reich und Schön. Vorerst ausschließlich Damen.«

»Kennst du dich aus in der Branche?«

»Muss ich nicht. Ich hab ein gutes Team zusammengestellt. Wir sind fast komplett. Wir starten im Herbst.«

Sie fuhren wieder nach unten, gingen noch einmal durch alle Räume. Sie dachte an ihre erste Begegnung: er vor dem Schaufenster, Besitzerstolz im Blick. Das hier war eine andere Liga.

Er erklärte ihr das Konzept, die Ausstattung. Er hatte einen jungen Maler aufgetrieben, der hier ausstellen würde. »Und Blumen«, sagte er, »frische Schnittblumen, im ganzen unteren Bereich.«

Lena nickte. Sie stand am Fenster und ließ den Blick schweifen. Ein Teil der Möbel war bereits geliefert worden. »Die Empfangstheke«, stellte sie fest, »sollte man weiter in den Raum stellen. Das wirkt großzügiger, offener.«

Er trat neben sie. »Ja«, stimmte er zu. »Du hast recht. Ich könnte mir übrigens dich gut im Empfang vorstellen.«

Lena lachte laut auf.

»Nein, im Ernst«, beharrte er.

»Das ist nichts für mich. Zu schick. Zu viele Leute. Ich fühl mich da, wo ich jetzt bin, sehr wohl.« Sie runzelte die Stirn. »Du hast doch nicht vor, das Geschäft zu schließen?«

»Nein. Mach dir keine Sorgen.« Er legte ihr den Arm um die Schulter. »Du schupfst den Laden schon. Und ich kümmere mich um das neue Baby.«

Kurze Zeit später standen sie wieder auf der Straße. Lena befreite sich mit einer kleinen Drehung von seinem Arm und schaute auf die Uhr. »Ich muss zurück ins Geschäft.«

»Das hat Zeit. Ich wollte noch eine Kleinigkeit essen. Ich lade dich ein. Komm. Ich hasse es, allein zu essen.«

»Ich will dich nicht bedrängen«, sagte er später, als sie beim Kaffee saßen. »Du hast irgendwas. Was ist los? Raus mit der Sprache. Kann ich dir helfen? Brauchst du Geld?«

Er hatte es ihr angesehen. Daher also die Essenseinladung. Der Arm um die Schulter. Sein Versuch, sie zu trösten. Sie war wider Willen gerührt. »Die Nichte einer Bekannten«, sagte sie zögernd, »wurde tot aufgefunden. Heute früh war die Polizei im Haus. Hat die einzelnen Mieter befragt. Mein Freund hat sich ziemlich provokant verhalten, wir haben gestritten ...« Sie schluckte. »Deshalb bin ich zu spät gekommen.«

Wolfgang rührte in seinem Kaffee. Er schien zu überlegen. »Hat dein Freund etwas mit ihrem Tod zu tun?«

»Was meinst du?«, fragte sie alarmiert.

»Na ja, du sagst, er hat sich ungewöhnlich verhalten.«

»Er war irgendwie ... unwillig. Unhöflich fast. Ich kenne ihn so nicht, weißt du.«

»Das muss nichts bedeuten«, sagte er. »Vielleicht ist er ein Morgenmuffel. Oder er hat ein Autoritätsproblem ...« Er klang nicht überzeugt.

Er will mich beruhigen, dachte Lena.

»Wo hat man sie gefunden?«, fragte Wolfgang.

»In einem Lichtschacht.«

»Was? Über einem Kellerfenster? Versteh ich nicht.«

»Nein. Kein Kellerschacht. Georg lebt in einem revitalisierten Altbau. Da gibt es einen kleinen Lichthof. Da lag sie.«

»Und wie ...?«

»Vom Dach gefallen, sagt die Polizei. Vielleicht ...«

»Und du denkst, er hat sie ... kannte er sie gut?«

»Ja. Nein, ich weiß nicht.« Sie verhedderte sich. Das ging ihn nichts an. Er war ihr Chef! *Es war dumm von mir, damit anzufangen.* Sie musste das mit Georg klären. Goran Matić hatte recht.

»Er will nicht drüber reden«, stellte Wolfgang fest. Er drückte kurz ihre Hand. »Er scheint ein bisschen … kompliziert zu sein. Impulsiv. Wie er damals auf mich losgegangen ist …«

»Was meinst du?«

»Die Sache mit dem Parkplatz, du erinnerst dich?«

Sie nickte. Das alles trug nicht zu ihrer Beruhigung bei.

»Vermutlich ist nichts dran«, sagte er. »Aber – sei ein bisschen vorsichtig, Lena. Zur Sicherheit.«

»Was meinst du?«

»Du kennst ihn noch nicht lange.«

»Ich kenne ihn gut. Er würde mir nie etwas tun. Das weiß ich.« Was heißt schon kennen, hatte Matić gesagt.

»Du hast wahrscheinlich recht«, bestätigte er. »Lass dich nicht verrückt machen.« Er zögerte. »Du kannst mich jederzeit anrufen, wenn du etwas brauchst«, sagte er dann.

»Danke«, sagte Lena. Sie fühlte sich elend.

||

Der Abend war ein glatter Reinfall.

Das Mädchen ist bildschön. Perfekt geschminkt, dezent und teuer gekleidet, aber kalt. Sie treffen sich in der Lobby des neuen Hotels am Ring und bummeln über die große Einkaufsstraße. Speisen über den Dächern, vor sich den Dom, umgeben von Leuten, die er aus dem Fernsehen kennt, und plaudern. Ein kurzer Moment der Genugtuung, dann Langeweile. Sie wirft verheißungsvolle Blicke in seine Richtung, zieht selber den einen oder anderen auf sich und macht artig Konversation. Lächelt ihn an und gibt vor, ihn toll zu finden.

Beim Dessert lotet er ihre Grenzen aus, gibt sich verwöhnt. Dominant, aber großzügig. Sie ist bereit, ihn ins Hotel zu begleiten. Sie ist nahezu perfekt – ein Püppchen, Modelmaße – und geht auf seine Wünsche ein, aber er bekommt nur mit Mühe einen hoch. Er denkt kurz daran, sie härter anzufassen, starrt auf ihren Scheitel, schaut ihr zu, wie sie sich erfolglos abmüht, ihn in Fahrt zu bringen, und will plötzlich nur noch raus.

»Lass das!«

Sie sieht hoch mit einem dümmlichen Gesichtsausdruck, den sie für verführerisch hält, und flüstert: »Wir haben Zeit.«

Er wirft ihr das Geld hin. »Geh jetzt«, befiehlt er barsch, »ich bin nicht zufrieden. Zieh dich im Bad an.«

Sie wendet den Kopf, zögert. Versucht ein Lächeln, das kläglich misslingt. Ihr Lippenstift ist grotesk verwischt.

»Wird's bald?«, setzt er nach.

Sie gehorcht aufs Wort. Als sie die Tür leise hinter sich zuzieht, liegt er auf dem Bett und starrt ins Leere.

‖

Warum verliebt man sich in jemanden? Und warum verlor sich das Gefühl manchmal von einem Tag auf den anderen, wie zwischen ihr und Elias? Oder schlief nach und nach ein? Wie konnte sie sich Hals über Kopf in Max verlieben? Weil er freundlich zu ihr war? Weil sie gemeinsam gelacht hatten? Aus Einsamkeit?

Was hatte ihr Gefühl für ihn ausgeknipst? Ihre Selbstachtung? War es eine Vernunftentscheidung gewesen, wie sie sich einredete, nachdem der erste Schreck überstanden war? Er war der gleiche Mensch wie davor. Wenn man jemanden liebte, haute man doch nicht gleich ab, wenn der in Schwierigkeiten war?

Und wo blieb ihre Vernunft, wenn sie an Georg dachte, den sie zunächst gar nicht gemocht hatte? Wiederholte sich jetzt das gleiche Spiel?

Rede mit ihm, hatte Matić gesagt.

Was stimmte mit ihr nicht?

»Die Liebe macht bessere Menschen aus uns«, behauptete ihr

Vater. »Man sucht seine zweite Hälfte, und hat man sie gefunden, verschmilzt man zu einem Ganzen.«

Warum er dann immer wieder mit neuen Hälften ankam?

Sie hörte ihn lachen. »Man braucht seine Freiheit, Lena, seine Unabhängigkeit. Jede Frau bringt neue Saiten in dir zum Klingen.« War es so?

Iveta hatte Zweifel geäußert. Aber die war schließlich auch verletzt, betrogen worden.

Und was war mit den dreien auf dem Dach? Eine Eifersuchtsgeschichte?

Niemand hatte sich um Kathi gekümmert, nachdem sie in die Tiefe gestürzt war. Freunde würden nachsehen, Nachbarn fragen, wenn eine von ihnen plötzlich verschwunden war. Niemand hatte nachgeforscht außer Vera.

Sie war sich sicher: *Es war Mord.*

Vera saß noch im Zug. Lena hörte ein Rauschen im Hintergrund, Stationsdurchsagen, Stimmen und ein quengelndes Kind.

»Sie hat *Selbstmord* begangen, sagt der Polizist.« Veras Stimme zitterte. Sie wurde lauter. »Selbstmord, Lena! Wie praktisch! Damit ist die Sache für die erledigt.« Ein Auflachen, das in Schluchzen überging.

Lena saß im Wohnzimmer auf dem Sofa, die Beine an den Körper gezogen, und starrte in die Dämmerung. »Es war Mord«, sagte sie nach einer Weile.

»Ja. Oder ein Unfall.« Vera klang müde. »Weißt du, Lena, was mir am meisten wehtut? Dass sie da so lange lag. Dass sie niemandem gefehlt hat. Sie muss doch Freunde haben! Sie war so ein offener, fröhlicher Mensch – obwohl sie es so schwer hatte.« Sie schnäuzte sich. »Ich mache mir Vorwürfe, dass ich nicht schneller reagiert hab. Aber ich dachte … ich wollte nicht drängen. Sie liebte ihre Freiheit, weißt du?«

»Matić, der Hausbesorger, hat sie sehr gemocht«, sagte Lena. »Und«, sie stockte kurz, »Georg … und Kathi haben sich näher gekannt. Er wollte vor mir nichts davon sagen. Dachte, ich bin eifersüchtig.«

»Deshalb war er so … abweisend.«

»Ja, wahrscheinlich.«

»Lena, ich hab Kathis Laptop.

»Woher? Warst du in ihrer Wohnung?«, fragte Lena aufgeregt.

»Nein. Ich bekomme ja kaum Auskunft. Sie haben ihre Mutter verständigt, damit sie ihre Sachen abholt. Ich hab versucht, sie zu treffen. Aber die wollte nicht.«

»Das tut mir leid.«

»Ich hätte einfach gern gesehen, wie sie gelebt hat. Ob sie es schön hatte.« Beide schwiegen.

»Der Laptop …«, begann Lena.

»Der Laptop, ja. Entschuldige, ich bin immer noch durcheinander. Heute Mittag hat sich ein junger Mann gemeldet und mich gefragt, ob ich ihr Notebook abhole. Die Flugzettel waren also doch nicht umsonst. Ich bin sofort hingefahren.«

»Und?« Lena stand auf und wanderte zum Fenster.

»Ein flüchtiger Bekannter. Techniker …«

»Wie sieht er aus?«

»Groß, schlaksig, blond – warum?« Vera wirkte verwirrt. »Er war nett, hat mir Tee gekocht. Er wusste nicht viel über sie. Sie kannten sich nur flüchtig. Er hat ihr Notebook repariert, wenn etwas kaputt war. Kathi hat ihm hin und wieder eine Arbeit abgetippt.«

»Sie gibt ihr Notebook jemandem, den sie kaum kennt?«, fragte Lena fassungslos.

»Ja, so war sie. Was soll schon passieren? So schlecht ist die Welt nicht«, sagte Vera mit Wärme in der Stimme. »Sie hat eigentlich immer Glück gehabt …« Ihre Stimme brach.

Lena schluckte.

»Er hat mir ihr Passwort gesagt. ›Damit Sie an ihre Fotos kommen.‹«

»Hast du sie dir schon angeschaut?«

»Nein. Ich mach das zu Hause. Wenn ich allein bin. Ich kann das jetzt nicht.«

»Ja«, sagte Lena. »Klar, entschuldige.«

»Ist schon gut. Ich schicke sie dir. Vielleicht kannst du sie Georg zeigen. Oder dem Hausbesorger. Vielleicht kennen die ja jemand von ihren Freunden. Ich muss einfach mehr wissen …«

»Und wenn du etwas findest …«

»Ich melde mich bei dir. Deine Mailadresse hab ich ja.«

»Ja, gut.«

»Bis bald, Lena, pass auf dich auf.«

»Ja, du auch.«

Sie legten gleichzeitig auf.

Am Samstag arbeitete Lena nur bis fünf. Sie rief Georg an. Sie verabredeten sich am Abend zum Essen. Georg wollte für sie kochen, aber Lena lehnte ab. »Treffen wir uns beim Italiener«, schlug sie vor.

Er stand auf, als sie das Lokal betrat, und kam ihr entgegen. »Ich versteh das nicht, dass wir uns immer fetzen. Ich will das nicht. Es tut mir leid, Lena.« Er umarmte sie. »Ich lieb dich«, flüsterte er an ihrem Ohr.

Lena schloss die Augen und drückte sich an ihn. »Ich weiß nicht, wie das kommt«, sagte sie leise. »Missverständnisse, Übersetzungsfehler? Vielleicht reden wir zu wenig.«

Sofort rückte Georg von ihr ab. »Was willst du denn reden?«

»Ich weiß so wenig von dir«, sagte sie leise.

Sie nahmen Platz. Der Ober brachte die Karte. Sie bestellten beide Pizza und Apfelsaft.

Georg lachte. »Hundert Prozent Übereinstimmung! Ohne Worte. Schau, geht doch.«

Sie verzog das Gesicht.

»Was ist los?« Er beugte sich vor und streichelte ihre Wange. »Was willst du wissen?«

»Warum bist du so allergisch gegen Fragen?«

»Bin ich nicht. Ich mag es nur nicht, wenn jemand hinter mir herschnüffelt. Mich kontrolliert.«

»Aber wenn man nichts zu verbergen hat …«

Er wurde laut. »Darum geht es nicht.«

»Also – worum geht es?«

Er holte Luft. »Ich sehe nicht ein, was die Polizei mein Privatleben angeht.«

»Und deshalb …«

»Ja«, unterbrach er sie. »Deshalb!«

Es klang endgültig, trotzdem versuchte sie es noch einmal: »Aber wenn man mehr über Kathi weiß, kann man vielleicht auch herauskriegen, was genau mit ihr passiert ist.«

Er verdrehte die Augen. »Du hast zu viele Krimis gesehen.«

»Nein«, sagte Lena scharf. »Kannst du das nicht verstehen – oder willst du nicht?«

Ihre Pizzen kamen gleichzeitig mit den Getränken. Georg griff zum Besteck. Er säbelte ein großes Stück ab und schob sich einen Bissen in den Mund. »Ich wollte dich nicht stressen«, sagte er nach einer Weile.

»Ich bin nicht eifersüchtig, Georg. Darum geht es gar nicht. Kathi … das war, bevor wir uns kennengelernt haben.« Sie zögerte. »Aber – du erzählst nichts über die Leute, mit denen du dich triffst. Ich kenne keinen deiner Freunde, von Max einmal abgesehen.«

Er hörte auf zu kauen. »Ist nicht so besonders spannend. Die meisten kenne ich von irgendwelchen Jobs. Man sieht sich, verliert sich wieder aus den Augen.« Er lachte. »Du stellst mir deine Katzenbesitzer ja auch nicht vor. Die Leute, deren Viecher du versorgst. Und deinen Chef … danke, die *eine* Begegnung hat mir gereicht.« Er wandte sich wieder dem Essen zu.

»Wen soll ich dir vorstellen? Ich hab hier noch keine Freunde. Okay, Iveta, aber …«, sie suchte nach den richtigen Worten, »bei dir ist es so, als ob du zwei verschiedene Leben hättest. Und aus dem einen schließt du mich völlig aus.« Sie sah ihn an. Verstand er, was sie meinte? Er hatte aufgehört zu essen. »Wir verabreden uns«, fuhr sie fort. »Du kommst nicht. Oder viel zu spät. Du willst nicht, dass ich hinter dir hertelefoniere. Kontrolle, sagst du.« Sie seufzte. »Ich … ich … bin dieses Warten so leid, Georg, deine Entschuldigungen …«

Er beugte sich vor. »Tut mir leid«, sagte er. »Ich hatte Stress. Das wird sich ändern, ich verspreche es dir.«

Wie oft hatte sie das schon gehört? »Aber –«

»Ich hatte eine Stalkerin.«

»Wer?«, fragte Lena verblüfft.

»Kennst du nicht.« Er sah, wie sie zusammenzuckte, und griff nach ihrer Hand. »Sorry. Wir waren einmal zusammen. Sie war so – besitzergreifend. Da hab ich Schluss gemacht.«

»Wie lange ist das her?«

Er runzelte die Stirn. »Ungefähr ein Jahr. Dann ging es erst so richtig los: ständige Anrufe. Sie wollte sich treffen. Reden. Reden. Reden. Als ob das etwas gebracht hätte!« Er sprach hastig weiter. »Ich hab ihre Anrufe schließlich ignoriert. Hab nicht mehr abgehoben. Jetzt scheint sie's endlich kapiert zu haben. Seit kurzem ist Ruhe.«

»Hm. Hat sie Kathi gekannt?«

»Jaaa. Flüchtig. Hat sofort herumgezickt.« Er ließ ihre Hand los und widmete sich wieder seiner Pizza. Er schien nichts mehr sagen zu wollen.

»Denkst du«, fragte sie zögernd, »sie könnte ihr etwas angetan haben?«

»Warum denn, um Himmels willen? Wenn, dann war sie sauer auf *mich*.« Er hielt inne. »Was hast du nur immer mit Kathi? Du hast sie ja gar nicht gekannt. Warum beschäftigt dich das so?«

»Dich nicht?«

Er sog die Luft ein. »Doch«, sagte er knapp. »Doch. Ich verstehe nicht, warum sie das gemacht hat.«

»Und du hast keine Veränderung bemerkt? Dir ist nichts aufgefallen?«

»Wir haben uns doch kaum noch gesehen. Wir waren beide viel unterwegs.« Er zögerte. »Sie war ja nicht depressiv. War immer gut drauf. Und dann springt sie einfach«, sagte er wie zu sich selber.

»Warst du irgendwann einmal da oben?«

»Nein. Warum sollte ich?«

»War nur eine Frage.«

Das Gespräch stockte. Lena kaute ohne Appetit ihre kalt gewordene Pizza. Vera war mittlerweile bestimmt zu Hause. Ob sie sich die Fotos schon angesehen hatte?

»Woran denkst du?«

»Vera hat Kathis Laptop.«

»Woher?« Er wirkte überrascht.

»Von einem Bekannten von Kathi. Er hat ihn für sie repariert.«

»Und?«

»Es gibt Fotos. Vera will sie mir schicken. Sie hat mich gebeten, sie dir zu zeigen. Vielleicht kennst du ja jemand von ihren Freunden.«

»Ja. Sicher«, stimmte er zu. »Kann ich mir ansehen.« Sein Handy läutete. Er warf einen raschen Blick aufs Display und nahm das Gespräch an. »Ja? Max? Beim Italiener. Ja, mit Lena. Ich weiß noch nicht.« Er hörte zu, nickte. »Bis dann.« Er legte das Handy auf den Tisch. »Max. Er will morgen mit mir klettern gehen. Hast du Lust mitzukommen?«

»Bouldern?«

»Nein, nicht in der Stadt. Klettern. Am Berg.«

»Ich bin noch nie geklettert. Und – ich hab Höhenangst.«

»Ah, ja«, sagte er. »Genau.«

Als sie auf die Straße traten, zog Lena ihre Strickweste aus und band sie sich um die Hüften. Es war ein schöner milder Frühsommerabend. Die Fenster leuchteten in der Abendsonne auf, die Häuserwände strahlten Wärme ab.

Georg blieb stehen. »Was machen wir jetzt? Worauf hast du Lust?«

»Gehen wir ein Stück.«

Er nahm ihre Hand. Sie querten einen Park. Unter ihren Füßen knirschte der Kies. Radfahrer überholten sie. Pärchen lagen im Gras, junge Familien genossen die letzten Sonnenstrahlen. Kleine Kinder und Hunde purzelten durcheinander. Weiter hinten spielten ein paar größere Fußball. Man hörte Musik und Lachen. »Lust, schwimmen zu gehen?«

»Jetzt noch irgendwo rausfahren?« Sie verzog den Mund. »Bis wir da sind, ist es dunkel.«

»Komm, ich weiß was, ganz in der Nähe.« Er rannte los und zog sie mit sich. Sie hatte Mühe, mit ihm Schritt zu halten, und prallte gegen ihn, als er plötzlich stehen blieb. Er zog sie lachend in seine Arme. Sie fühlte ihr eigenes Herz klopfen und seinen Herzschlag an ihrem Ohr. Georg schob ihr Haar zur Seite und küsste sie in den Nacken. »Gleich gibt's Abkühlung.«

»Wo?« Sie schaute sich um. »Hier ist doch nichts.« Die breite, von Alleebäumen gesäumte Straße lag ruhig vor ihnen. Sträucher, Mauern, Bäume, hinter denen die Dächer schöner alter Villen, ein Stück einer Veranda, ein Sonnensegel sichtbar wurden.

»Hier drin gibt's einen Pool.« Er machte ihr die Räuberleiter. »Schnell«, flüsterte er und zwinkerte ihr verschwörerisch zu. »Die Luft ist rein.«

Das ist verrückt! »Wir können doch nicht einfach in einem fremden Garten ...«, sagte sie fassungslos.

»Komm jetzt«, drängte Georg. »Ist doch nichts dabei. Ein Sprung – und wir sind drin.«

»Nein.«

»Ich war schon ein paarmal da. Auch mitten in der Nacht. Man kann nackt schwimmen. Weißt du, wie lässig ...«, lockte er.

Sie verschränkte die Arme vor der Brust.

»Lena, sei keine Spielverderberin.« Er lachte. »Okay«, sagte er dann, »ich geh vor und sondiere das Terrain.«

»Das Grundstück wird sicher überwacht. Da gibt es Kameras, vielleicht einen scharfen Hund ...«

»Da ist gar nichts, Lena«, sagte er lachend und schwang sich über die Mauer. Die Büsche schlugen hinter ihm zusammen.

Na wunderbar! Jeden Moment konnte jemand auftauchen. Und dann? Wie sollte sie ihn warnen? Diese Häuser waren garantiert mit Alarmanlagen ausgestattet.

Wo blieb er nur, verdammt! Besser, sie ging ein paar Meter weiter. Sie wechselte die Straßenseite, bückte sich und band sich die Schnürsenkel neu, richtete sich wieder auf, schlenderte ein Stück die Straße hinunter und wieder zurück, blieb stehen und tat, als suchte sie etwas in ihrer Tasche. Ein älteres Paar im Sonntagsstaat spazierte an ihr vorüber. Die Frau musterte sie. Nach einigen Metern drehte sie sich noch einmal um. Vielleicht hätte sie grüßen sollen? Oder weitergehen? Hier fiel jede Fremde auf, da war sie sich sicher. Sie spähte angestrengt auf die gegenüberliegende Straßenseite. Wenn Georg nur nicht ausgerechnet jetzt auftauchte!

Das ist nicht lustig, dachte sie. Er ist viel zu sorglos. Provoziert gern. Er nimmt alles viel zu locker. Sie wandte sich um. Das Paar war verschwunden.

Ein leises Quietschen ließ sie herumfahren. Georg riss schwung-voll das Gartentor auf. »Alles sauber. Bitte einzutreten!«

Sie blickte um sich und rannte zu ihm hin. »Georg, ich …«

»Na, komm schon. Es ist wirklich schön hier.« Er drückte sie an sich. »Angsthase«, sagte er zärtlich. »Ich passe schon auf dich auf.«

Sie liefen Hand in Hand einen Steinplattenweg entlang. Georg lächelte sie aufmunternd an, aber Lenas Nerven waren zum Zerreißen gespannt. Sie atmete schnell, ihr Blick flog über das Grundstück, tastete die Fassade ab, ging zurück zur Straße. Sie erwartete jeden Moment einen Zuruf, das Rasseln eines hochfahrenden Rollladens, das Geheul einer Alarmanlage.

Nichts rührte sich.

Der Pool lag hinter dem Haus. Rundherum Rasen wie auf einem Golfplatz. Das Haus schien zu schlafen. Die Fensterläden waren geschlossen, die hellen Sitzmöbel auf der Terrasse ohne Kissen. Es schien tatsächlich niemand zu Hause zu sein. Sie entspannte sich ein wenig.

Georg blieb stehen und sah sich um. »Schön, nicht?«, fragte er mit Besitzerstolz in der Stimme.

Sie nickte verhalten.

»Zieh dich aus.« Er legte seine Uhr neben sich ins Gras. »Es ist nichts dabei«, sagte er, während er, erst auf dem einen, dann auf dem anderen Bein hüpfend, aus seinen Jeans schlüpfte. »Manche Menschen haben alles, andere nichts. Da darf man sich schon einmal etwas ausborgen. Wird ja nicht weniger …«

Er griff nach hinten und zog sich das T-Shirt über den Kopf. Streifte die Shorts ab, nahm Anlauf, sprang ins leuchtende Türkis, tauchte ein Stück und kam prustend wieder hoch. »Das Wasser ist schön warm«, sagte er lachend. »Komm!« Mit ein paar raschen Zügen schwamm er zu ihr, stemmte sich am Beckenrand hoch und setzte sich mit Schwung auf die Kante. Er sah glücklich aus.

Sie ließ sich neben ihm nieder, streckte die Beine ins Wasser und bewegte ihre Zehen. Das Wasser gluckste.

Georg zog sie an sich und küsste sie. Er roch leicht nach Chlor. Nach Sommer. Schmeckte nach Pfefferminz und ein bisschen nach sich selber. Ihr Atem vermischte sich. Wasser troff aus seinen Haaren und benetzte ihre Gesichter. Lenas Kleid. Irgendwo zirpte eine Grille. Wind kam auf, die Baumkronen tanzten und wiegten sich sacht.

»Ich will dich«, flüsterte er heiser. »Lena.«

»Aber ... wenn jemand ... es ...« Lena glühte.

»Hmmm ...« Er schob ihr die Hand unters Kleid, unter ihren Slip, knetete und streichelte ihren Hintern. Sein Atem wurde schneller. Sie wollte etwas sagen, aber da waren seine Lippen, seine Zunge. Seine Fingerkuppen auf ihrer Haut. Seine Hände in ihrem Nacken, in ihrem Haar. Ihr war heiß. Sie hatte Gänsehaut.

»Georg, ich ... wir ... besser woanders ... nicht hier ...«

»Pscht«, machte er. »Pscht.« Er sah sie die ganze Zeit an.

||

Er war mit sich zufrieden. Wir müssen mehr Zeit miteinander verbringen, dachte er. Zumindest am Anfang. Wenn sie dir dann vertraut, frisst sie dir aus der Hand. Eine wie die andere. Er lächelte.

Jetzt, wo er den Kopf wieder frei hatte und Geld keine Rolle mehr spielte, konnte er sich ganz auf die Dinge konzentrieren, die ihm Spaß machten. Er hatte es noch zweimal mit Nobelhuren versucht, aber es befriedigte ihn nicht. Sie taten, wofür er sie bezahlte, und blieben kalt.

Lena war anders. Sie erinnerte ihn ein wenig an die eine, die jetzt im Wald lag. Vorsichtig, zurückhaltend, aber loyal – nein, ergeben, wenn sie erst verliebt war. Lenkbar. Das kam ihm zugute, solange ihm niemand dreinpfuschte wie die Therapeutin vor wenigen Wochen. Solange sie unter seinem Einfluss blieb. Er war auf einem guten Weg.

Äußerlich ähnelte sie Kathrin. Aber das konnte ein guter Friseur ändern. Mit ganz kurzen Haaren würde sie noch jünger, ja verletzlich wirken. Er stellte sich vor, wie sie einen Fehler machte, eine Kleinigkeit. Wie er sie schroff anfuhr. Sie maßregelte. Wie sie die Lider senkte. Errötete. Sich erschrocken stammelnd entschuldigte. Wie er auf sie zutrat, viel größer als sie, ihren Blick genoss, die weit aufgerissenen Augen, ihren schneller gehenden Atem. Wie ihr Brustkorb unter den zarten Schlüsselbeinen sich hob und senkte, wie er sie grob anfasste und … Er stöhnte laut auf.

Ein wenig Geduld noch. Bald würde er sie so weit haben. Er durfte nichts überstürzen.

‖

Lena stieg aus der Dusche und griff nach einem Badetuch. Sie drückte ihr Gesicht in den weichen Frotteestoff, rubbelte Haare und Körper trocken und cremte sich ein. Der Spiegel zeigte breite Schürfspuren auf ihrem Hintern. Sie betastete einen blauen Fleck am Oberschenkel, strich sich über den flachen Bauch. Sie lächelte sich im Spiegel zu und bückte sich nach dem Bademantel.

Er hatte recht gehabt: Niemand hatte sie gestört. Sie waren übereinander hergefallen, hatten sich geliebt wie nach einer langen Trennung. Es war anders gewesen als sonst. Er hatte sie die ganze Zeit angesehen. Sie hatte ihn leise lachen hören. Und die Grillen zirpten wie verrückt.

Sie ging barfuß ins Wohnzimmer und öffnete die Tür zur Terrasse. Schickte ihm eine Kurznachricht. Machte Kaffee und bestrich eine Semmelhälfte mit Butter und Marmelade. Sie frühstückte am Fenster, stellte das Geschirr in den Spüler und schaltete ihren Laptop ein. Vielleicht hatte Vera sich schon gemeldet. Dann konnte sie Georg am Abend die Fotos schicken. Wenn er vom Klettern mit Max zurück war.

Es waren neue Updates verfügbar. Sie klickte die Information weg und öffnete ihr Brieffach. Keine Nachricht von Vera, aber ihr Vater hatte geschrieben: *Schau, Lena, das Haus ist fertig. Wann kommst du?* Im Anhang Fotos: Ein weißer flacher Bungalow, eine Steinmauer, Palmen. Ihr Vater, gebräunt und lachend, mit einem Glas in der Hand, auf der Terrasse. Eine Gruppe von Männern und Frauen im Garten. Um einen Tisch. Wieder ihr Vater mit einer Zigarette im Mundwinkel und dem Blick eines Filmschurken, den sie so gut an ihm kannte.

Ana lässt dich grüßen, schrieb er. Ana war dunkel und üppig. Sie trug ein enges rotes Kleid, das ihre Hüften betonte, viel Schmuck und ein amüsiertes Lächeln. Sie wirkte stark und selbstsicher.

Lena griff zum Telefon, wählte und wartete. Sie scrollte auf dem Bildschirm weiter nach unten. Die Räume waren mit ausladenden Möbeln vollgestellt. Vasen, Schalen, Bilder – alles eine Spur zu grell. *Er kann nicht anders*, dachte sie.

»Papa? Lena spricht. Wie geht es dir? Ich hab gerade deine Fotos –« Sie lauschte. »Ja, schön. Danke. Wann bist du wieder …? Nein, ich kann hier nicht weg. Im September, Oktober vielleicht, wenn es hier kühl wird. Du, Papa, ich muss dir was erzählen, ich brauche deinen Rat …« Sie hörte jemanden im Hintergrund reden. »Ach so, ja. Nein, macht nichts. Ja, ich melde mich wieder. Sag Ana … ja. Ja, Papa, du auch.«

Die Türklingel schrillte. Lena klappte das Buch zu, stopfte sich das letzte Stück Schokolade in den Mund und streckte sich. Wer mochte das sein? War Georg schon zurück? Mit Iveta hatte sie sich erst für morgen Abend verabredet. Sie machte im Vorraum Licht, warf im Vorübergehen einen Blick in den Spiegel und ging zur Tür.

Es läutete wieder. Sie hörte Stimmen und ein Lachen. Dann versuchte jemand aufzusperren. *Wer zum Teufel ...* Sie riss mit Schwung die Tür auf.

»Lena, tut mir leid. Ich hab deine Nummer verloren, die Mailadresse, alles. Wir sind beklaut worden«, sprudelte Steffi los und fiel ihr um den Hals.

Lena starrte ihr über die Schulter auf einen Berg von Gepäckstücken und einen breit grinsenden großen Jungen mit rotblonden Dreads und Sommersprossen, der entschuldigend die Schultern hochzog.

»Das ist Kris.« Steffi löste sich aus der Umarmung und strahlte ihn an. *Frisch verknallt*, dachte Lena. *Und der zieht jetzt mit ein!*

»Hi«, sagte Kris, ohne sich von der Stelle zu bewegen. »Können wir rein? Hilfst du uns mit dem Gepäck?«

»Ja, klar.« Sie öffnete die Wohnungstür ganz, schnappte sich einen roten schmuddeligen Rucksack, der merkwürdig roch, und schleppte ihn ins Wohnzimmer. Kris und Steffi folgten mit mehreren Reisetaschen.

Kris ließ seine beiden Taschen fallen und sah sich mit offenem Mund um. »Cool«, sagte er und wandte sich an Steffi. »Hier wohnst du?« Er ging durch den großen Raum, schaute aus jedem Fenster, kam zurück zu Steffi, schnuffelte und küsste ausführlich an ihrem Hals herum und ließ sich dann aufs Sofa fallen. Er hatte ein hübsches Gesicht, einen großen mageren Körper und war mit Sicherheit einige Jahre jünger als die Freundin. »Mann, bin ich müde. Und hungrig«, stöhnte er.

Steffi lachte. »Es ist normalerweise nicht so aufgeräumt hier. Lena hat das ganze Chaos beseitigt. Hey, danke«, sagte sie und zog sie in eine Umarmung. »Lena, hast du was zu essen im Haus oder sollen wir Pizza kommen lassen? Wir sterben vor Hunger.«

Sie sank neben Kris in die Kissen und stöhnte. »Alles andere klären wir dann.«

»Na ja, viel ist nicht da.« Lena ging zum Kühlschrank. »Käse, Milch, Marmelade. Ein wenig Obst. Die Schokolade hab ich gerade aufgegessen.«

Wie soll es jetzt weitergehen?, dachte sie verzagt, während sie in den offenen Kühlschrank starrte, der beruhigend vor sich hin summte. Wo sollte sie jetzt schlafen? Wo so schnell eine Wohnung herkriegen? Sie schloss die Tür und wandte sich um.

»Pizza also«, verkündeten Steffi und Kris wie aus einem Mund.

Eine gute Stunde später saßen sie vor Pizzakartons und halbleeren Bierdosen auf dem Sofa. Kris rauchte. Steffi erzählte von ihrer Reise, davon, wie sie vor drei Wochen Kris getroffen hatte, und von ihrem Entschluss, früher zurückzukommen. Sie strahlte, suchte ständig seinen Blick, während er lächelnd sein Bier trank. Es gab kein »Ich« mehr, nur noch »Wir«.

Er bleibt, stellte Lena fest. *Er zieht hier ein.*

»Das ist alles ziemlich überraschend«, begann sie. »Ich weiß jetzt nicht … ich arbeite ja, und …«

»Du bleibst selbstverständlich da«, beruhigte sie Steffi. »Wir ziehen ins Schlafzimmer, da stören wir dich nicht. Du hast das Wohnzimmer für dich, also zum Schlafen und so – und wir helfen dir, was anderes zu suchen. Wir haben ja noch Ferien und also Zeit. Du kannst aber gern bis zum Herbst hierbleiben, wir wollen dich nicht vertreiben.«

»Danke«, sagte Lena. Sie fühlte sich elend. Wie sollte das funktionieren? Schon jetzt sah der Tisch wie ein Schlachtfeld aus. Beide hatten sie darauf bestanden, aus dem Karton zu essen, Teller und Besteck abgelehnt. Kris wühlte in einer der Taschen und häufte den Inhalt daneben auf. Lena konnte sich lebhaft vorstellen, wie die Wohnung in zwei, drei Tagen ausse-

237

hen würde. Sie würde hinter den beiden herräumen wie eine pingelige, putzwütige Hausfrau und trotzdem nicht gegen das wuchernde Chaos ankommen. Verzweiflung packte sie.

»Bist du müde? Wann musst du morgen raus?«, fragte Steffi, die plötzlich wieder putzmunter wirkte. »Wir könnten noch was trinken gehen ...« Aber auch Kris hatte keine Lust.

Nachdem sie gemeinsam geduscht hatten, enterten sie im Schlafzimmer das große weiche Bett, das Lena am Nachmittag neu bezogen hatte.

»Lass stehen«, sagte Kris mit einem Blick auf das Durcheinander. »Das räumen wir morgen auf.«

Lena lüftete lange und richtete sich ihr Lager auf dem Sofa ein. Das Möbel war schön, aber unbequem. Der Stoff kratzte. Sie brauchte eine halbe Ewigkeit, um eine Schlafposition zu finden, die einigermaßen erträglich war. Über einem Sessel hingen die Kleidungsstücke für morgen. Neben ihr auf dem Couchtisch tickte der Wecker mit der Küchenuhr um die Wette. Es ging auf eins zu. Das Reisetaschengebirge im Hintergrund verströmte einen eigenartigen Geruch. Sie stand auf, öffnete die Terrassentür einen Spalt weit und kroch wieder unter die Decke. Auf der Straße kickte jemand eine Dose vor sich her. Das Geräusch näherte sich quälend langsam und entfernte sich wieder. Ein Hund bellte hysterisch. Autos fuhren vorüber, ein Moped. Jemand lachte. Sie schloss die Tür. Gegen halb drei erwachte sie durch lautes Seufzen und Stöhnen von nebenan. Das Betthaupt knallte rhythmisch gegen die Wand hinter ihr. Ihr war zum Heulen. Sie zog sich die Decke über den Kopf und presste die Hände gegen die Ohren.

Am Morgen war sie wie gerädert. Der Rücken schmerzte, ihr Nacken war verkrampft. Kopfschmerzen kündigten sich an. Als sie sich aufsetzte, piepste der Wecker. Sie stellte ihn ab und schlich auf Zehenspitzen ins Bad. Aus dem Schlafzimmer kam kein Laut. Sie duschte rasch und achtete darauf, dass ihre Haare nicht nass wurden, kämmte sich, griff zur Zahnbürste und schlüpfte in ihren Bademantel.

Die Klotür stand offen. Sie sah Kris' nackte Hinterseite, hörte ein Plätschern und floh ins Wohnzimmer.

Ich muss hier raus! Eine kleine Wohnung, ein Zimmer – egal. Aber wieder allein sein.

Sie legte die Bettwäsche ordentlich zusammen und zog sich an. Schnappte sich die Umhängetasche und zog die Wohnungstür hinter sich zu.

Im Lift lehnte sie sich an die Wand und schloss die Augen. Selbstmitleid überfiel sie mit einer Heftigkeit, die ihr fremd war. Sie fühlte sich wie aus dem Nest geworfen. Aber hatte sie nicht damit rechnen müssen, dass ihr Wohnluxus im Laufe des Sommers enden würde? Dass Steffi, die Spontane, Großzügige, Unzuverlässige, ihre Pläne änderte und vor der Zeit zurückkam? Freunde einlud? Ich hätte mich früher nach etwas Eigenem umsehen müssen, dachte sie. Aber sie hatte es schleifen lassen. *Selber schuld.* Sie fühlte sich elend.

Sie trat auf die Straße. Und jetzt? Sollte sie Georg fragen, ob sie ein paar Tage bei ihm bleiben konnte? Ihren Chef, ob er eine Wohnung für sie wusste? Oder Matić? Vielleicht war ja im Haus etwas frei? Sie verwarf den Gedanken sofort. Georg würde sich womöglich bedrängt fühlen. Kontrolliert. Und sie selber konnte nichts weniger brauchen, als so nah an den Geschehnissen der letzten Wochen zu sein, die sie nach wie vor in Bann hielten. Wollte nicht täglich an der Stelle vorbeigehen, wo Kathi in den Tod gestürzt war.

Sie lief schneller, ließ Georgs Haus, ließ Matić links liegen, überquerte eine stark befahrene Straße, eilte an der Kirche vorbei durch den Park und betrat ein kleines Kaffeehaus, das bereits geöffnet hatte.

Zwei ältere Herren saßen an weit voneinander entfernten

Tischen und lasen das gleiche Wochenmagazin. Draußen wurde es dunkler. Es begann zu regnen. Die Lichter gingen an. Lena bestellte ein kleines Frühstück und holte die Tageszeitungen. Der Immobilienteil war unergiebig, die Angebote entweder völlig überteuert oder verdächtig günstig. Sie würde am Vormittag weitermachen, Makler anrufen, im Internet suchen. Selber eine Annonce aufgeben? Mittlerweile schüttete es wie aus Kübeln. Es würde ein ruhiger Vormittag werden. Sie erwartete keine Lieferungen. Die Kunden blieben bei diesem Wetter zu Hause.

Sie aß eine Semmelhälfte mit Butter und Marmelade, orderte eine zweite Melange und blätterte den Lokalteil des Kleinformats durch: Unfälle, Raube, ein *Familiendrama*, wie üblich groß aufgemacht. *Aus Eifersucht*, stand da. *Weil seine Frau ihn verlassen wollte.* Einer rottete seine Familie aus, und die Zeitung zeigte Verständnis! Fotos: *Hier ereignete sich der tragische Vorfall.* Gleich daneben ein *Hundedrama. Drei hilflose Welpen ausgesetzt. Verwirrte Frau gefunden. So macht der Sommer Spaß.*

Lena legte das Blatt beiseite, rief nach dem Ober und zahlte. An der Tür hielt sie kurz die Luft an, schnappte sich ein großes schwarzes Ungetüm aus dem Schirmständer und trat auf die Straße. Die Gewissensbisse begleiteten sie durch den halben Vormittag. In der Mittagspause brachte sie den Schirm zurück. Die beiden alten Herren saßen immer noch vor ihren Zeitungen. Der Ober servierte eben ein neues Glas Wasser. Er schaute kurz auf und nickte ihr zu.

»Ist Steffi wieder da?« Der Nachbar – wie hieß er doch gleich? Leo? – blockierte die Lifttür und ließ Lena einsteigen. Er hatte sie heute Nacht also auch gehört!

»Ja«, sagte sie. »Seit gestern.«

»Steffi gibt's nur mit Musik.« Er lachte. Der Lift stoppte, sie stiegen aus. Jetzt hörte sie es auch.

»Sehe ich dich einmal im Lokal? Das war nicht nur so dahingesagt. Ihr könnt gern beide gemeinsam kommen. Würd mich freuen. Iveta fängt übrigens nächste Woche bei mir an.«

»Okay.« Sie zögerte. »Ich sehe sie heute. Schönen Abend noch. Und – danke für die Einladung.« Sie steckte den Schlüssel ins Schloss, zog ihn dann wieder heraus und läutete.

Sie hörte Schritte näher kommen, dann wurde geöffnet, die Musik lauter, und Kris stand mit geröteten Augen und einem großen Messer vor ihr. »Ah, du bist es!«, schniefte er.

Lena starrte auf die feuchte Klinge. »Wo ist Steffi?«

»Im Bad.« Er blickte sie verwundert an, dann verstand er und prustete los. »Ich hab sie nicht … ich koche«, sagte er unter schallendem Gelächter. »Steffi!«

Die Freundin kam aus dem Bad, mit nassen Haaren und leuchtenden Augen, tanzte singend auf Lena zu.

»And you danced. Oh what a dance. And you laughed. Oh what a laugh. Does he know what I do? And you'll pass this on, won't you? And if I ask him once what would he say? Is he willing? Can he play?« Sie zog Lena zu sich, machte noch ein paar Schritte, lachte wieder, aber Lena blieb stehen, wo sie war. Steffis Lächeln erlosch. »Kopfschmerzen?«

»Hm. Ja.« Das ersparte ihr weitere Erklärungen.

Die Freundin legte ihr den Arm um die Schultern. »Ich mach die Musik leiser, gut?«

Kris stand neben dem Herd und hackte mit atemberaubender Geschwindigkeit Zwiebeln. »Wir wollten dich überraschen, wenn du heimkommst«, sagte er, ohne eine Sekunde zu unterbrechen.

»Was wird das?«

»Bœuf Stroganoff. Hat sich Steffi gewünscht. Ich hoffe, du magst das.«

Er war in Ordnung. Steffi war in Ordnung. Es lag an ihr.

Ihr Handy läutete.

»Hi, Lena.«

»Georg! Ich hab … warte einen Augenblick. Ich hör dich ganz schlecht …« Sie stand auf, verließ den Raum und schloss die Tür. Hinter ihr wurde die Musik wieder lauter, pumpte der Bass. Sie hörte Kris etwas sagen, Steffi lachen. Ihr Blick fiel ins Badezimmer: ein Haufen bunter Schmutzwäsche auf dem Boden, dazwischen frisch gewaschene Pullover, ein benütztes Badetuch. Zahnpaste auf der Armatur, Wasserflecken auf dem Spiegel. Eine Tube lag offen auf dem Waschbecken, rosafarbene Creme tropfte aufs Porzellan.

Genau so habe ich mir das vorgestellt! Sie wandte sich ab und starrte grimmig auf die geschlossene Schlafzimmertür, hinter der sie eine noch größere Unordnung vermutete.

»Hörst du mich jetzt besser? Nein, keine Party. Steffi ist wieder da.« Sie lauschte. »Seit gestern. Mit ihrem Freund. Ja, ich hab sie erst in zwei Monaten zurückerwartet.« Sie schwieg und nickte. »Sag, Georg, kann ich vielleicht ein paar Tage … Du machst *was*?« Sie begann im schmalen Vorzimmer auf und ab zu gehen. »Warum? Deine Wohnung ist doch … Und du ziehst sofort um? Aha … gut. Aber …« Sie blieb stehen. »Spinnst du? Spuren verwischen? Was zum Teufel …? Das ist nicht lustig!«, pfauchte sie. »Nein, wirklich nicht. Ja, okay – dann bin ich eben humorlos. Wie du meinst.« Sie setzte sich wieder in Bewegung. »Und wo? Das ist doch in der Gegend, wo wir…« Ein zaghaftes Lächeln. »Ja, war schön«, sagte sie gepresst. Sie streichelte gedankenverloren ihre Halsbeuge. »Sag, brauchst du Hilfe beim Umzug? Aha, Max … Rufst du mich an, falls doch? Ja, gut. Du auch.«

Was war *das* jetzt? Klar – er hatte davon geredet, dass er sich etwas anderes suchen wollte, dass diese Wohnung nur eine Übergangslösung war. Aber – so schnell? Von heute auf morgen? Plötzlich hatte er Zeit. Das nötige Geld. Er hatte bereits einen Leihtransporter bestellt. Morgen zog er um. Sie wusste nicht, was sie denken sollte.

Und seine dummen Scherze! Jedes Mal wieder fiel sie darauf herein. Sie war auf sich selber mindestens so wütend wie auf ihn. *Die Spuren verwischen!* Das war definitiv nicht lustig!

Sie ging zurück ins Wohnzimmer. Steffi und Kris lagen ineinander verschlungen auf dem Sofa vor dem Fernseher. Sie kraulte seinen Nacken. Er hatte die Augen geschlossen, sein Mund stand ein wenig offen. Er sah sehr jung aus. Auf dem Bildschirm lief eine Talkshow. Eine stark geschminkte Frau wehrte sich gegen die Untergriffe einer älteren, stämmigen mit Bulldoggengesicht. Der Raum war von Essensgerüchen erfüllt.

Kris öffnete die Augen, lächelte sie an und erhob sich langsam. »Essen ist bald fertig.« Er streckte sich. Lena schaute auf seinen flachen gebräunten Bauch und wie ertappt gleich wieder weg.

Steffi griff nach der Fernbedienung. Während Kris zum Herd schlurfte, schaltete sie den Fernseher lauter. Die Topfdeckel klapperten. Der Essensgeruch verstärkte sich.

»Ich muss noch weg.«

»Ist etwas passiert?« Steffi riss sich vom Bildschirm los.

»Nein.« Lena nahm ihre Strickweste vom Sofa und hob sie ans Gesicht. Sie roch nach Zwiebeln. »Ich hab einer Freundin versprochen … ich bin gegen zehn, halb elf wieder da.« Zur Not würde sie eine Runde spazieren gehen. Oder Matić aufsuchen. Sie musste hier raus. Das Durcheinander, der Wirtshausgeruch, die Musik, der Fernseher … Das Herumturteln der beiden. *Ich halte das nicht aus!*

»Schade. Ich dachte, du isst mit uns. Wir heben dir was auf.«

»Hm. Danke.« Sie schlüpfte in einen Kurzarmpullover, stieg über die Schmutzwäsche im Bad und widerstand mit Mühe dem Impuls, aufzuräumen, den Spiegel zu putzen oder die Armatur, sich hinzuknien und die Kleidungsstücke in die Waschmaschine oder in die Wäschetonne zu schaufeln.

Der Schrankraum sah einigermaßen ordentlich aus. Steffi hatte zwei Fächer leergeräumt, in denen jetzt Kris' zusammengerollte, gewaschene Hosen und T-Shirts lagen. Rasch kämmte sie sich die Haare. *Raus hier!* Sie schnitt eine Grimasse. »Bis später«, rief sie über die Schulter.

»Bis später. Schönen Abend.«

Lena floh.

‖

Er war enttäuscht, wie wenig ihm das Geld plötzlich bedeutete. Er hatte sich mehr davon erwartet. Mein Gott, er konnte sich ab jetzt alles kaufen, wonach ihm war, aber es war nicht dasselbe. Er war unzufrieden. Es fehlte der Kick.

Zeit für etwas Neues!

Er machte sich nicht allzu viele Gedanken. Das hatte er nie getan. Wenn sich eine Gelegenheit ergab, musste man zugreifen. Wer zögerte, hatte schon verloren. Er hatte nie verstanden, warum andere Skrupel zeigten, ewig hin und her überlegten, bevor sie eine Sache in Angriff nahmen. Er machte, worauf er Lust hatte. Immer schon. Sobald er den Spaß daran verlor, sah er sich nach etwas anderem um.

Er hatte sich wieder auf Partnerbörsen verlegt – ein Spiel, früher auch Einnahmequelle, ein Zeitvertreib, der ihn für eine gewisse Zeit zu fesseln vermochte und ihn rasch mit verschiedensten Frauen in Kontakt brachte. Für ein paar schöne Worte, den Traum von einer gemeinsamen Zukunft waren die meisten zu allem bereit. Er konnte sie zum Leuchten bringen, dazu, über ihre Grenzen zu gehen und aus *Liebe* – er grinste hämisch, während seine Finger über die Tastatur flogen – Dinge zu tun, die sie gestern noch entrüstet von sich gewiesen hatten und für die sie sich später schämen würden. Er konnte ihr Strahlen ausknipsen, wenn er die Lust am Spiel verlor.

Sie waren alle gleich. Egal, wie stark sie auftraten, träumten sie doch von einem Prinzen wie in den Filmchen und verzuckerten Romanen, dicken Wälzern, die sie in sich hineinstopften wie Verhungernde. Die Botschaft, die sie vermittelten, kam ihm zugute: Man musste um den Einen, den Einzigen, den Richtigen, kämpfen, musste andere Frauen, Gegenspielerinnen, und eine Reihe von Hindernissen überwinden, musste leiden und seine Liebe unter Beweis stellen, bevor er ihr schließlich liebevoll lächelnd den ersehnten Ring über den Finger schob und sie in seine Arme nahm.

Die einen fuhren auf gebrochene Charaktere ab, die sie kraft ihrer Liebe heilen würden, andere suchten selber Halt, den Mann, der sie vor der Welt draußen beschützte.

Du kriegst, was du willst, murmelte er. Kein Problem.

||

Auf der Straße sah Lena den alten Mann mit dem Hund wieder. Sie zuckelten diesmal einträchtig nebeneinander her. Der Mann schien dünner geworden zu sein. Er ging am Stock und trug trotz der Wärme ein Flanellhemd mit langen Ärmeln. Sie überholte die beiden, angelte ihr Handy aus der Tasche und tippte Ivetas Nummer ein.

»Hallo, Lena spricht. Bist du zu Hause, kann ich kommen? Gut, dann bin ich in einer halben Stunde bei dir. Soll ich was mitbringen? Passt. Bis dann.«

Die Plakatwand war neu beklebt. So schnell ging es, dass man von der Bildfläche verschwand. Aus der Wohnung. Aus dem Leben. Aus den Suchmeldungen. Bald würden die sterblichen Überreste, wie man es nannte, unter der Erde sein. Und wenn die sich gesenkt, gesetzt hatte, eine Steinplatte darübergelegt werden konnte – *als wollte man sichergehen, dass die Toten blieben, wo sie waren –*, war auch das Trauerjahr vorüber. Man

245

hatte sich daran gewöhnt, dass jemand nicht mehr da war. Das Leben ging weiter.

Sie konnte sich kaum noch an ihre Mutter erinnern. Die Parfums der verschiedenen Frauen an Vaters Seite hatten nach und nach auch den Geruch überdeckt, der sie ausgemacht hatte, die vielen Stimmen die eine, erste, die ihr Kinderlieder vorgesungen und ins Ohr gesummt hatte, wenn sie nicht hatte schlafen können. Sie hatte kaum noch Bilder von damals, nur Geschichten aus zweiter Hand. Und einen kleinen Karton mit Fotos, die sie ihrem Vater abgerungen hatte.

Iveta bot ihr sofort Quartier an. »Du kannst bei mir einziehen. Ich räume ein paar Fächer frei. Auf der Couch haben wir bequem beide Platz. Das geht zur Not schon eine Weile. Ich kann mich auch umhören. Vielleicht weiß ja jemand eine freie Wohnung, die erschwinglich ist.« Sie hatte das Problem augenblicklich erfasst. »Wie viel kannst du ausgeben?«

»Vierhundert, fünfhundert. Mehr ist momentan nicht drin.«

»Hm. Wir finden schon was.«

Lena verzog das Gesicht. »Ich weiß nicht«, sagte sie. »Ich muss jedenfalls wieder runter ins Parterre. Erster Stock ist das Höchste, wenn ich Glück hab.« Sie sah sich in Ivetas kleiner, sauberer Wohnung um, die kaum Tageslicht hatte, jetzt am Abend aber freundlich und einladend wirkte. »Danke«, sagte sie. »Das vergesse ich dir nie. Aber ich denke, ein paar Tage schaffe ich das schon noch.« Sie waren doch beide Einzelgängerinnen. Aber vielleicht war es ja einfacher mit einer, die ihr ähnlich war.

Iveta stellte den Teller mit Kuchen, den sie eben aufgenommen hatte, wieder hin. »Wenn es dir zu viel wird, kommst du her, versprochen?«

»Ja, Iveta. Mach ich. Danke«, sagte sie noch einmal. »Ich hab schon überlegt, ob ich nicht einfach nach Spanien fliege. Zu meinem Vater. Er hat sich dort ein Haus gekauft …«

»Und deinen Job aufgeben? Der macht dir doch Freude?«

»Ja.« Sie zögerte. »Du hast recht. Und – ich kann auch Wolfgang nicht im Stich lassen. Wo soll der so schnell Ersatz für mich herkriegen, jetzt, so kurz vor der Eröffnung seiner … äh … Schönheitsfarm …«

»Hast du mit ihm schon gesprochen?«

»Nein, ich sehe ihn morgen. Er kommt am Nachmittag kurz vorbei.«

»Lena?«

»Hm?«

»Was ist mit Georg? Kannst du nicht zu ihm?«

Lena schaute auf. Dann senkte sie den Blick. Erzählte von ihrem Telefonat. »Ich versteh seinen Humor nicht. Und das ist doch wichtig, dass man miteinander lachen kann?«

Iveta schwieg.

»Manchmal ist er so nahe. Dann wieder weit weg. Er wirkt so sicher in allem. Und wirft ständig unsere Pläne um. Wir haben es unglaublich schön. Dann reicht wieder ein Wort und wir streiten.« Sie zögerte. »Bin ich zu kompliziert, Ivi?«

»Ich glaube nicht, dass es das ist.« Iveta lachte. »Übersetzungsfehler«, sagte sie. »Ihr kennt euch noch nicht so lange. Ihr müsst eben mehr Zeit zusammen verbringen. Etwas miteinander unternehmen. Dann weißt du, wie er tickt. So kriegst du Sicherheit.«

»Hm.«

Iveta rückte näher und legte ihr den Arm auf die Schulter. »Gut, ich bin vielleicht auch nicht die große Beziehungsexpertin. Der eine Mann war Spieler. Der zweite nahe am Psychopathen. Und ich hab's nicht gesehen.«

Lena riss die Augen auf. »Psychopath? Was meinst du damit?«

Iveta ließ sich aufs Sofa zurückfallen und starrte an die Decke. »Ich war noch nicht lange allein in der Wohnung. Da hab ich jemanden kennengelernt. Es war wie im Film. Ich bin ihm fast ins Auto gerannt. Er war erschrocken, hat sich entschuldigt, mich zum Essen eingeladen. Hat mir die Tür aufgehalten und mir in den Mantel geholfen. Mir jedes Mal Blumen geschenkt. Er war charmant, respektvoll, zurückhaltend, ein wunderbarer Zuhörer. Das hab ich damals gebraucht. Ich konnte es nicht fassen, dass *mir* das passiert. Es war unwirklich schön. Das hätte mich warnen sollen.« Sie räusperte sich. »Er hat sich hin und wieder Geld ausgeborgt. Nicht viel. Ich habe es meistens wieder zurückbekommen. Ich wollte nicht kleinlich sein. Er hatte viel zu tun, ich hab begonnen, auf ihn zu warten. Dachte erst, er sei verheiratet. Dann hat er mich zu sich eingeladen. Ich bin über Nacht geblieben. Ich hab mich verliebt.«

»Und dann?« Lena rutschte auf dem Sofa nach vorne.

»Sah ich sein Bild in der Zeitung. Er hatte eine Frau schwer verletzt. Zwei andere ausgenommen wie Weihnachtsgänse. Ich hab mich so geschämt.«

»Ivi«, sagte Lena hilflos.

»Wahrscheinlich waren da noch einige mehr, die wie ich den Mund gehalten haben. Keine Anzeige gemacht. Aus Scham. Versucht haben zu vergessen.«

Beide schwiegen.

»Wie lange ist das her?«

»Ein paar Monate.« Iveta setzte sich auf und griff nach ihrem Glas. Sie trank, stellte es ab und stand auf. »Ich fange kommende Woche bei deinem Nachbarn im Lokal an«, sagte sie übergangslos.

»Ich weiß. Ich hab ihn heute getroffen. Und deine Jobs?«

»Ich höre mit dem Putzen auf. Okay, vielleicht drei, vier private Kunden nach der Arbeit. Bis ich das Geld für eine schöne Wohnung zusammenhab.« Sie lächelte. »Weißt du, ich hab's mir lange überlegt. Jetzt freu ich mich richtig drauf. Das ist ein ganz kleines Team, alle sehr nett.«

Lena sah auf die Uhr und stand auf. Sie umarmte die Ältere. »Ich muss nach Hause.«

Iveta nickte. »Bevor dir das alles zu viel wird«, sagte sie, »kommst du hierher. Versprochen?«

»Ja, Ivi. Danke.«

Als Lena nach Hause kam, war die Wohnung dunkel. Halb elf. Schliefen die beiden schon? Sie schlüpfte aus den Schuhen und schlich auf Zehenspitzen ins Bad. Sie hatten aufgeräumt, die Wäschehaufen waren verschwunden. Die Waschmaschine gluckerte leise vor sich hin. Gegen Mitternacht würde sie schleudern und die Nachbarn aus dem Schlaf reißen. Sie stellte sie ab, seufzte, wusch sich das Gesicht und putzte sich die Zähne. Sie wischte über den Spiegel und polierte die Armatur. Aus dem Schlafzimmer kam kein Laut.

Im Wohnzimmer war der Tisch für sie gedeckt. Es sah verlockend aus. Sie kostete zwei, drei Bissen von der Vorspeise aus Birnen und Avocados mit Feldsalat und aß sie schließlich auf. Die Nachspeise bestand aus flaumigem Gries mit einem Schaumhäubchen und Himbeeren. Sie aß das Schälchen leer, schleckte genießerisch den Löffel ab und ging zum Herd. Auf der Anrichte lag ein Zettel: *Wir sind tanzen. Lass es dir schmecken. KS*

KS! Nach dem vielen »wir« hatten sie nun auch noch ihre Namen miteinander verschmolzen! Lena verzog den Mund. War sie neidisch? Der Gedanke war ihr unangenehm. Sie hob den Deckel vom kleinen Topf, der auf dem Herd stand. Fleisch- und Zwiebelgeruch schlug ihr entgegen. Sie stellte den Topf in den Kühlschrank und räumte den Tisch ab.

Sie haben gelüftet, stellte sie fest. *Und aufgeräumt. Ich tue ihnen unrecht.* Das Wohnzimmer sah ganz passabel aus. Die Küche war blitzblank. Kris' Messerset lag auf der Anrichte. Über dem Backofengriff hing ein frisches Geschirrtuch. Sofort hatte sie ein schlechtes Gewissen.

Sie öffnete die Terrassentüre, bezog das Sofa, saß eine Weile da und lauschte auf die Geräusche von unten: ein Auto, das langsam die Straße entlangfuhr, ein leises Lachen, Schritte, ein verkühlt klingender Hund … Das Gespräch mit Iveta ging ihr nach. Wie konnte es sein, dass man es nicht merkte, wenn jemand so schwer gestört war? Wie gelang es so einem Typen, sich dermaßen zu verstellen? Oder – sie stutzte: War es am Ende so, dass man das Offensichtliche nicht sehen wollte? ›Ich konnte es nicht fassen, dass mir das passiert‹, hatte Iveta gesagt und das Glück gemeint, das ihr vermeintlich widerfuhr.

Musste man jedem misstrauen?

Sie dachte an Kathi. War sie so jemandem in die Hände gefallen? Wer, wenn nicht ein Verrückter, war imstande, eine vom Dach zu stoßen! Und die Frau? Die mit den langen weiß-blonden Haaren. Warum hatte sie nichts unternommen? War untergetaucht und … Vielleicht war ja die Frau verrückt. Oder beide. Oder …

Du siehst schon überall Gespenster. Kein Wunder, dass er sie damit aufzog!

Sie stand auf und holte sich ein Glas Wasser. Das alles hatte und ergab keinen Sinn!

Sie zog sich aus, schlüpfte in ein eilig hervorgekramtes Nachthemd und legte die Kleidung für den nächsten Tag bereit. Sah den Mond über den Himmel wandern und dachte an die Sonnenfinsternis damals. An ihren Vater, der so einsam gewesen war wie sie. All die Jahre. Erst jetzt verstand sie: die Frauen, die Reisen, die Geschäfte – Ablenkung. Flucht. Wenn er jetzt tatsächlich sesshaft wurde, war er endlich angekommen. Wie diese Ana wohl war? Sie war älter als die Frauen vor ihr. Dunkel. Sie sah ihrer Mutter nicht ähnlich. Aber das besagte nichts. Lena seufzte.

Irgendwann fuhr sie aus dem Schlaf hoch, weil eine Tür

ging. Sie meinte Stimmen zu hören. Eine riesige Zentrifuge wirbelte alles durcheinander: schmutzige Wäsche, Wortfetzen, einen alten dünnen Mann mit Hund. Hinter dem Bullauge schaukelten sie sanft hin und her. Der Mond ersoff in dunkler Lauge. Dann setzte sich die Maschine wieder in Bewegung. Das Geräusch steigerte sich, sirrte minutenlang und erstarb.

Wolfgang stellte einen Kaffee vor sie hin, machte sich selber einen und zog einen Hocker heran. Er setzte sich und blies in die Tasse. »Lena, was ist los?«

»Nichts. Wieso?« Sie gab Zucker in die Tasse. Ein Déjà-vu: Sah er ihr an, dass sie schlecht geschlafen hatte? Dass sie sich den Kopf zermarterte? Sie rührte um, nippte vorsichtig, stellte die Tasse ab. »Ich brauche eine Wohnung. So schnell wie möglich. Ich kann dort nicht mehr bleiben.«

»Was ist passiert?« Er rückte näher und sah sie besorgt an.

»Steffi – meine Bekannte ist wieder zurück«, sagte sie zögernd. »Viel früher als erwartet. Sie hat jemanden kennengelernt. Es ist …«

»Und du kannst nicht mit ihm?«

»Nein, nein, das ist es nicht. Kris ist in Ordnung. Aber sie sind beide so chaotisch, ganz anders als ich. Ständig läuft Musik. Steffi hat noch Ferien. Er noch keinen Job. Sie machen die Nacht zum Tag. Ich schlafe auf dem Sofa, es gibt keine Rückzugsmöglichkeit.«

»Kannst du nicht übergangsweise bei deinem Freund wohnen?«

»Nein. Der zieht gerade um.« Sie merkte selber, wie kläglich es klang. »Eine Freundin hat mir angeboten, bei ihr einzuziehen, aber das ist eine Einzimmerwohnung … da steigen wir einander auf die Zehen. Und sie steht ganz früh auf und braucht ihren Schlaf.«

»Wie suchst du? Zeitungen, Internet? Na, komm, Lena – so

schlimm ist das doch nicht.« Er legte ihr die Hand auf den Arm.

Verdammt, jetzt weine ich auch noch! Sie schniefte und wandte sich ab.

Er tat, als würde er es nicht sehen.

»Ich schau mir die Anzeigen in den Tageszeitungen durch.« Sie wühlte nach einem Taschentuch und putzte sich die Nase.

Wolfgang stand auf, ging in den Nebenraum und kramte dort herum. Sie war ihm dankbar dafür.

Als er wiederkam, hatte sie sich gefasst. »Entschuldige«, sagte sie. »War ein bisschen viel die letzten Tage.«

Er nickte.

»Keine Sorge – die Arbeit wird nicht darunter leiden. Du kannst dich auf mich verlassen.«

»Weiß ich doch.« Er lachte, dann wurde er ernst. »Die neue Wohnung ist zwar noch nicht fertig, aber … wenn es dir hilft, bring ich heute die restlichen Sachen hin und du kannst in ein, zwei Tagen umziehen.«

»Wie jetzt?« Lena war verwirrt.

»Ich hab noch keine Küche. Die kommt in drei Wochen. Ein Teil der Möbel ist aber schon da. Bett, Schränke, Sofas. Ich hab am Wochenende bereits den Großteil übersiedelt. Wenn du willst, kannst du in meine alte Wohnung ziehen.«

Lena starrte ihn fassungslos an. *So einfach ist das?* »Wolfgang … ich … ich …« *Jetzt bloß nicht schon wieder heulen!*

»Schaut nicht sehr wohnlich aus im Moment. Du brauchst eine Kaffeemaschine und Bettzeug. Der Rest ist da. Ich nehme nicht viel an Möbeln mit.«

»Echt? Kein Scherz?« Sie schluckte. »Danke!« Sie fiel ihm um den Hals und fuhr erschrocken zurück, als sie sich dessen gewahr wurde. »Entschuldige. Du bist meine Rettung. Ich …«

»Passt schon.« Er lachte. »Wenn du etwas brauchst …«

»Und die Miete?«

»Die Wohnung ist nicht groß. Aber Eigentum. Momentan bin ich mit den Betriebskosten zufrieden. Dreihundertfünfzig«, sagte er. »Wenn du länger bleiben willst, machen wir einen Mietvertrag. Keine Sorge, mit dem Job kannst du dir das leisten.« Er zwinkerte ihr zu.

»Wo liegt sie? Kann ich sie mir ansehen?«, fragte sie aufgeregt.

»Zweimal ums Eck. Komm, wir machen zu. Ich zeig sie dir!«

Zwei Tage später zog sie ein. Georg war mit seiner eigenen Übersiedlung beschäftigt.

»Ich muss alles noch einmal ausmalen, die Farbe deckt nicht gut«, erklärte er. »Ich könnte Ende der Woche ...«

Sie lehnte ab. »Danke. Es muss schnell gehen. Ich will da raus. Wir sehen uns am Wochenende, gut? Ich kann dir helfen, falls du da noch nicht fertig bist.«

Keiner von uns hat den anderen eingeladen, sich die neue Wohnung anzusehen! Wir driften langsam auseinander.

»Unseretwegen musst du nicht gleich ausziehen«, sagte Steffi. »Lass dir Zeit.« Dann lachte sie. »Wir sind dir zu unordentlich, gib's zu!«

»Das ist es nicht«, wehrte Lena ab. »Aber diese Wohnung, das ist eine einmalige Gelegenheit. Ich musste mich sofort entscheiden.« Sie wollte Steffi nicht kränken.

Während KS, wie sie Kris und Steffi mittlerweile im Stillen nannte, mit Freunden unterwegs waren, verstaute sie ihre Habseligkeiten in Kartons und ihren beiden Reisetaschen. Sie besaß nicht viel. Die drei leeren Fächer im Schrankraum würden sich schnell wieder füllen.

Verrückt, wie viel manche Menschen anhäufen, dachte sie. So viele Schuhe, Klamotten, Schminkkram, Schmuck. Kein Mensch konnte das je auftragen. Steffi hatte die Beute von ihren Streifzügen, Gekauftes wie Geklautes, oft noch in der Tragtasche und mit Preisschildern versehen großzügig an Freundinnen verschenkt. So wie sie ihr, Lena, angeboten hatte, sich aus ihrem Kleiderschrank zu bedienen.

Nach dem Kaufrausch die Ernüchterung. Wozu diese Fülle, wenn man sie weder brauchte, noch sich daran freuen konnte?

»Du bist eine Trendsetterin«, hatte Steffi lachend gesagt.

»Was meinst du?«

»Kleiderfasten.« Sie hatte ihr ein paar Blogs gezeigt: Man kaufte sich ein Jahr lang nichts Neues und berichtete darüber.

Das hatte mit *ihr* nichts zu tun. Sie hatte nie viel Geld gehabt. Aber das war es nicht. Sie mochte keine vollgeräumten Zimmer. Zu viel Zeug um sie herum machte sie nervös.

Sie schulterte eine Tasche, nahm die zweite, kleinere in die rechte Hand und verließ die Wohnung. Es dämmerte bereits. Der Gurt schnitt ihr in die Schulter. Sie hatte das Gewicht unterschätzt. Sie blieb stehen und stellte die Taschen ab.

»Lena?«

Sie wandte sich um. Goran Matić kam direkt auf sie zu. »Wo willst du hin? Machst du Urlaub?«

Lena lachte. »Ich ziehe um. Zwei Bezirke weiter.«

»Mit der Straßenbahn? Das ist nicht dein Ernst. Warte hier.« Er klopfte ihr auf die Schulter. »Ich bin gleich wieder da.«

Wenig später hielt ein angejahrter weißer Kombi neben ihr. Matić stieg aus und öffnete die Heckklappe.

Lena bückte sich nach den Taschen, er nahm sie ihr aus der Hand. »Und der Rest?«

»Steht noch in der Wohnung.«

Ihre Sachen waren schnell verstaut. Matić schloss schwungvoll die Heckklappe und startete den Wagen. *Er fährt wie ein Rennfahrer.* Lena überprüfte den Gurt und drückte sich in den Sitz. In dem Punkt waren alle gleich!

Matić lächelte zu ihr herüber. »Du musst dir merken, was du heute Nacht träumst«, sagte er. »Der erste Traum in der neuen Wohnung geht in Erfüllung.«

»Woher hast du das?«, fragte sie.

»Meine Großmutter war eine kluge Frau«, sagte Matić. Beide lachten.

»Ich werde mich bemühen«, versprach sie.

Sie fanden einen Parkplatz direkt vor der Tür. Georg sollte jetzt an meiner Seite sein, dachte Lena. Mit ihr die neuen Räume in Besitz nehmen, neben ihr am Fenster stehen und auf die Straße schauen, auf das schöne Bürgerhaus gegenüber. Sie in die Arme nehmen. Sie in dem großen Bett lieben.

»Schöne Wohnung«, sagte Matić an ihrer Seite. »Du brauchst Teppiche, ein paar Bilder, aber sonst – sehr schön.«

Sie nickte. Wolfgang war am Vortag noch einmal hier gewesen und hatte den Rest seiner Sachen abgeholt. Die Bilder abgehängt. »Dann muss ich dich nicht mehr stören.«

Matić ging in der Wohnung herum, prüfte die Fenster, die Armaturen in der Küche und im Bad. Er ging in die Knie, stand wieder auf. »Das ist ein Glücksgriff«, lobte er. »So etwas kriegt man nicht so ohne weiteres. Wo zieht er hin?«

»In die Innenstadt. Zwei Etagen über seinem Spa, das in zwei Wochen eröffnet.«

»Ein Mann mit viel Geld.«

»Er arbeitet mit ein paar Geschäftsleuten zusammen. Hat irgendwelche Geldgeber an der Hand.« Sie lachte. »Mein Vater hat all seine Unternehmen auf die Art hochgezogen.«

»Was will er von dir?«

»Wieso?«, fragte sie irritiert.

Matić lachte. »Ich tausche dir das Schloss aus«, sagte er, ohne auf ihre Frage einzugehen. »Du weißt nicht, wer alles einen Schlüssel für die Wohnung hat.« Er zwinkerte ihr zu.

»Denkst du, dass …?«

»Ich denke gar nichts«, sagte Matić. »Man muss nur vorsichtig sein.«

Die Wohnung war nicht groß. Knapp fünfzig Quadratmeter, schätzte Lena. Schlafzimmer, Wohnküche, Nebenräume, weiß ausgemalt, Böden und Wände wie neu. Sie hatte das Bett in die Mitte des Raums geschoben, den Schrank feucht ausgewischt und ihre Sachen eingeräumt, das Bett bezogen. Den Wecker auf den Boden gestellt. Wie immer die Sachen für den nächsten Tag bereitgelegt. Vier Kartons und die beiden Reisetaschen standen im größeren Raum. Sie würde sie morgen auspacken.

Matić war weggefahren und wiedergekommen, hatte das Schloss ausgetauscht. Ihr Brot und Salz in die Hand gedrückt. Und einen *Slivovica*, für alle Fälle. Sie hatten gelacht und zwei, drei Gläser miteinander gekippt. Dann war er gegangen. »Vergiss nicht, was du träumst«, hatte er sie noch ermahnt.

Er hat gemerkt, dass ich traurig bin.

Georg hatte sich nicht gemeldet. *Jetzt liegt auch noch die halbe Stadt zwischen uns.* Sie stand am Fenster und schaute auf die Straße hinunter. Die Wohnung war im dritten Stock. Eine ruhige Wohnstraße. Eine reich verzierte Fassade gegenüber. Vorhänge vor den gegen Mitternacht bereits dunklen Fenstern. Ein bürgerlicher Bezirk.

Ihr Chef hatte sie vor dem Elend einer Substandardwohnung im Erdgeschoss bewahrt. Sie war ihm unendlich dankbar.

Am nächsten Morgen rief sie Vera an. »Wie geht es dir? Ist alles in Ordnung?« Sie biss sich auf die Zunge. *Nichts ist in Ordnung.*

»Lena! Ich wollte dich längst anrufen, aber – ich war krank. Kaum zu Hause, bin ich umgekippt. Drehschwindel. Panikattacken im Lift. Herzrasen. Ich dachte, ich muss sterben.«

»Bist du ... ?«

»Zu Hause. Meine Freundin ist für zwei Wochen zu mir gezogen. Aber ich halte es kaum aus, wenn ständig jemand da ist, bin anstrengend, ungerecht. Ich kenne mich selbst nicht wieder.« Sie klang müde. »Ich versuche mich zu beschäftigen. Abzulenken. Ich hab den halben Garten umgegraben.«

»Du trauerst«, sagte Lena. Damals, als ihre Mutter starb, war sie plötzlich von Fremden umgeben: Der Vater, erst versteinert, dann voller Wut, stürzte sich in die Arbeit wie ein Verrückter. Dann wieder saß er stundenlang da, trank und starrte auf die gegenüberliegende Wand. Sie schmiegte sich still an seine Beine und wagte kaum zu atmen vor Angst, auch er könnte gehen. Die Tanten rissen sie hoch, mitten aus dem Spiel, überschwemmten sie mit Tränen, stellten sie ab und vergaßen sie gleich wieder. Die Wohnung war voller Menschen, aber niemand dachte daran, ihr ein Brot zu schmieren...

»Ich mach mir Vorwürfe«, sagte Vera heiser. »Kathi klang so aufgedreht, sie wollte mir was erzählen ...«

»Aber du hast doch nicht wissen können –«

»Ich hatte einen Kuchen im Rohr. Eine Freundin hatte sich zum Kaffee angekündigt. Ich musste noch den Tisch decken ... ich war unter Zeitdruck ... ich ...«

»Aber du konntest doch nicht wissen ...«

»Das verzeihe ich mir nie«, sagte Vera tonlos.

Es läutete. Lena stellte die letzten Bücher ins Regal und schob den Karton beiseite. Georg? Sie eilte zur Tür, schaute durch den Spion, riss überrascht die Augen auf und öffnete.

Wolfgang hielt eine Flasche hoch. »Ich dachte, du brauchst vielleicht Unterstützung.« Er lachte.

»Bin gerade fertig geworden. Komm rein.« Sie strich sich die Haare hinter die Ohren und gab die Tür frei.

Er schlüpfte aus den Schuhen und folgte ihr ins Wohnzimmer. »Wie geht's dir? Ich hoffe, du fühlst dich wohl hier.«

»Ja, ich bin glücklich. Wieder meine eigene Ordnung, Stille nach einem langen turbulenten Tag ...«

»War viel los? Hast du Gläser?«

Lena hielt zwei Flöten aus billigem Pressglas hoch. »Ja, die Hölle. Die Leute haben gekauft wie verrückt. Zum Glück hab ich letzte Woche noch einiges nachbestellt.«

»Na ja.« Ihr Chef betrachtete die Gläser kritisch. »Sagen wir, es ist ein Notfall. Ich sollte noch irgendwo ein paar schöne Kelche haben. Erinnere mich bei Gelegenheit dran.« Er schraubte den Draht ab und lockerte vorsichtig den Korken. Lena hielt ihm die Flöten hin. »Ich hab eigentlich erwartet, dass du volles Haus hast. Also, ein paar Freunde da sind. Ich wollte nur kurz mit dir anstoßen …«

Sie hoben die Gläser und tranken.

»Du bist die beste Verkäuferin, die ich je hatte, Lena. Ich meine, du hast echt ein Talent dafür. Stil, ein Auge für das Besondere, ein gutes Händchen für die Kunden.« Er lachte. »Und das Beste – ich kann mich voll auf dich verlassen.«

Ihr wurde heiß. »Ich bemüh mich …«, sagte sie und nahm hastig einen Schluck.

»Ich muss schauen, dass ich dich bei Laune halte«, unterbrach er sie. »Sonst wirbt dich womöglich die Konkurrenz ab. Oder du suchst dir was anderes.« Ein breites Lächeln.

»Ich geh sicher nicht weg, keine Sorge. Mir gefällt der Job«, sagte sie leise.

»Ich hab Lust auf eine Zigarette. Du auch?« Er fingerte eine Packung hervor.

Er schob die Gardine beiseite und öffnete die Balkontüre. Lena folgte ihm. Es war ein winziger Balkon, der kaum Platz für ein Tischchen und zwei Stühle bot. Sie standen nahe nebeneinander, sie roch sein Parfum oder Rasierwasser, ein ganz leichter, aber unverwechselbarer Duft, vermutlich teuer. Er ist eine jüngere Ausgabe meines Vaters, dachte sie wieder. Genauso umtriebig und charismatisch, aber dezenter im Auftreten. Weniger dominant. Hätte Papa einen jüngeren Bruder, würde er ihm wohl ähneln.

Sie blickten direkt in eine Baumkrone. Ein leichter Wind bewegte die Blätter.

»Darf ich dir kurz mein Glas geben?«

Sie nickte. Er zündete sich eine Zigarette an.

»Du auch?«, wiederholte er, die Zigarette lässig im Mundwinkel.

Warum nicht? »Ja, gern.«

Er steckte ihr eine zwischen die Lippen, gab ihr Feuer und nahm ihr sein Glas wieder ab. Sie rauchten.

»Wirst du bleiben?«, fragte er und nahm einen tiefen Zug.

»In der Stadt? Ja. Ich fühl mich wohl hier.«

Er nickte. »Mittlerweile kennst du ja auch schon viele Leute. Übrigens – ich hab deinen Freund gestern Abend gesehen. In einem dieser sauteuren Lokale in der Innenstadt. War in Begleitung. Hat mich wohl nicht erkannt. Jedenfalls hat er meinen Gruß nicht erwidert.«

Lena hustete. »Hm«, sagte sie schließlich. *Noch einmal ausmalen … Die Farbe deckt nicht gut.* Sie schluckte.

»Eine schöne Frau, ein bisschen älter als er. Bin gleich wieder da.«

Er kam mit seinem vollen Glas und der Flasche wieder und schenkte ihr nach, bevor sie abwehren konnte. Ihr war ein wenig flau.

»Willst du dich nicht setzen? Du schaust ein bisschen blass aus.« Er brachte ihr einen Stuhl und drückte sie sanft nieder.

»Ich bin das Rauchen nicht gewöhnt«, sagte Lena mit einem kleinen Lächeln und dämpfte die Zigarette am Geländer aus.

»Ein Glas Wasser?«

»Nein danke. Geht schon wieder.« *Das fehlt noch – hier umzukippen.*

Wolfgang hockte sich neben sie hin. »War vielleicht alles ein bisschen viel die letzten Tage«, sagte er.

»Was meinst du?«

»Na ja. Du schaukelst den Laden allein, musst gleichzeitig umziehen.«

»Georg ist auch gerade am Übersiedeln. Er malt dieses Wochenende die neue Wohnung aus. Er …«

Wolfgang nickte und schwieg. Er dämpfte die Zigarette aus und führte sein Glas zum Mund. »Hast du sie schon gesehen?«, fragte er.

Lena schüttelte den Kopf.

»War er schon hier?«

»Nein. Wir sehen uns morgen. Warum fragst du?«

Er musterte sie, nahm noch einen Schluck und starrte dann auf seine Hände. Er stand auf, stützte sich auf das Geländer und schaute nach unten. »Es geht mich nichts an, Lena«, sagte er, ohne sich umzuwenden. »Aber ich hab doch Augen im Kopf. Du hast dich verändert, seit du ihn kennst. Du bist manchmal so still, nachdenklich, in dich gekehrt.« Er schwieg. »Er ist nicht da, wenn du ihn brauchst. Du machst alles allein.«

»Er hat grade Stress«, sagte sie gepresst.

Er wandte sich um und betrachtete sie mitfühlend. »Man muss doch wissen, was einem wichtiger ist. Das hast du nicht verdient.«

Lena senkte den Blick.

Er kam näher. »Entschuldige«, sagte er. »Es steht mir nicht zu, aber … Wenn du etwas brauchst …«

Lena lächelte krampfhaft.

»Jetzt hätt ich's fast vergessen: Ich hab unten im Auto einen Teppich. Vielleicht kannst du den brauchen. Er ist schön, passt aber nicht in meine neue Wohnung.«

»Aber ich kann doch nicht …«, wehrte sie ab.

»Komm«, sagte er und stupste sie an die Schulter. »Ich kann damit nichts anfangen. Wenn er dir nicht gefällt, nehme ich ihn wieder mit. Kein Risiko.« Er lachte.

»Warum machst du das alles?«

»Ich will glückliche Mitarbeiter«, sagte er und zwinkerte ihr zu. »Ich bin froh, Lena, dass ich dich hab. Ich konnte mich kaum um das Geschäft kümmern in letzter Zeit. Das Spa, die Verhandlungen – ein Gezerre, der Umbau, die Wohnung. Ich weiß zu schätzen, was du leistest. Und«, nun wurde er ernst, »ich mag dich.« Er drückte kurz ihre Oberarme und sah sie aufmunternd an.

Sie verliebte sich sofort in den Teppich. Er hatte die Farbe von rotem Mohn.

Ein Klingeln zerriss Lenas Schlaf. Sie fuhr auf, verheddert sich in der Decke und schaute sich verwirrt um. Das war nicht ihr Schlafzimmer. Der Regen klatschte gegen die Scheiben. Wieder klingelte es.

Ja, verdammt! Sie zog die Decke weg und schwang die Beine über die Bettkante. Riss den Morgenmantel vom Haken und tappte barfuß zur Tür. Da war niemand! Wieder läutete es. Das musste unten sein. *Das Haustor.* Der Hörer der Gegensprech-anlage rutschte ihr aus der Hand und baumelte im Leeren. Sie fasste danach und hob ihn ans Ohr. »Ja bitte?«, krächzte sie und räusperte sich.

»Lassen Sie mich rein?« Auch die Frauenstimme klang ein wenig rau. »Ich muss in den dritten Stock.«

Und wegen eines vergessenen Schlüssels klingelte man sie aus dem Schlaf? *Nette Nachbarn!* Sie seufzte und drückte den Türöffner. Der Wecker zeigte kurz vor acht. Es war Sonntag.

Sie gähnte, streckte sich, ging zurück ins Schlafzimmer und zog sich Wollsocken an. Das Wohnzimmer mit der schmalen Küchenzeile lag im Dämmerlicht. Der Wind zerwühlte den Baum vor dem Balkon. Sie machte die Lampe über dem Herd an und setzte Teewasser auf.

Wieder läutete es. Sie fuhr herum, stürmte durch den Vor-raum und riss die Tür auf. »Was zum …?«

Ein blasses Gesicht starrte sie aus der Kapuze eines Plastik-regenmantels an, der Mund öffnete sich langsam, ohne etwas zu sagen. Die Kinnlade sackte herab. Dann wich die Frau langsam zurück, Schritt für Schritt, ohne Lena aus den Augen zu lassen, als könnte sie sie unvermutet anspringen. Sie knallte mit dem Rücken ans Geländer, sprang erschrocken nach vorn, auf sie zu – Lena riss die Hand hoch –, schlug einen Haken, stolperte die Stufen hinunter, knallte irgendwo dagegen, schrie auf. Rannte weiter. Das Quietschen ihrer nassen Schuhe entfernte sich. Die Eingangstür fiel ins Schloss.

Das hätte ins Auge gehen können! Was nützte das beste Schloss, wenn sie einfach jedem X-Beliebigen öffnete, ohne nachzuse-hen? Die Frau war ja völlig neben der Spur! *Was, wenn sie ein Messer gehabt hätte?* Solchen Menschen war alles zuzutrauen.

Lena merkte, wie ihre Hände zu zittern begannen. Sie warf die Tür zu und drehte den Schlüssel zweimal um. *Es ist nichts geschehen, es ist vorbei, sie ist weg.* Langsam ging sie zurück ins Wohnzimmer.

Das Wasser brodelte, der Topf war nur noch halb voll. Sie füllte Wasser nach, wartete eine Weile, bis kleine Bläschen aufstiegen, und schaltete den Herd aus. Vorsichtig goss sie eine Kanne Tee auf. Blieb unschlüssig stehen. Setzte sich aufs Sofa. Stand wieder auf und ging ans Fenster. Die Straße war menschenleer. Ein Auto fuhr langsam vorbei und schoss zwei Wasserfontänen hoch. Weiter vorne in einer Hauseinfahrt be-wegte sich etwas.

Sie kramte nach ihrer Brille und ging zurück zum Fenster. Aber da war niemand mehr.

»Treffen wir uns in der Stadt?« Diesmal war Georg pünktlich. »Ich bin hier fertig. wir könnten essen gehen, dann zeige ich dir die Wohnung …«

»Und ich dir meine.« Lena lachte.

»Ja, klar.«

Sie trafen sich vor dem Dom. Es regnete nicht mehr. Trotzdem waren nur wenige Leute unterwegs. Sie sah Georg schon von weitem. Er kam ihr entgegen und zog sie in seine Arme.

»Schön, dass du da bist«, murmelte er. Sie schmiegte sich an ihn. Seine Jacke roch nach Farbe, der raue Stoff scheuerte auf ihrer Wange.

Es war kühl geworden. Sie zog den Zipp ihres Pullovers hoch.

»Hunger?«, fragte Georg.

»Ja, auch.« Sie schmiegte sich an ihn. »Ich bin neugierig, wie du jetzt wohnst. Wie weit bist du mit allem?«

»Die Möbel sind alle schon dort. Ich bin mit dem Ausmalen fertig, hab geputzt. Max hat ordentlich mit angepackt.« Sie gingen Hand in Hand. Georg streichelte mit einem Finger ihren Handrücken. Hin und wieder blieb er stehen und drückte sie an sich.

So könnte es immer sein, dachte sie. Sie schaute zu ihm auf. »Und die alte Wohnung?«

»Gebe ich in den nächsten Tagen zurück. Mit ein bisschen Geduld hättest du sie übernehmen können.« Er lachte. »Warum hattest du es so eilig?«

»Hm. Ich war irgendwie im Weg. Nein, Steffi hat nichts gesagt, aber … ehrlich gesagt, ich halte das Durcheinander nicht aus. Ständig läuft der Fernseher. Beide sind wahnsinnig chaotisch.«

»Du bist wahnsinnig ordentlich, Lena.«

»Ja, das auch«, gab sie zu.

»Nehmen wir das da? Magst du? Ich lad dich ein.«

Sie betraten ein kleines heimeliges Restaurant und setzten sich in eine Nische. Lena schälte sich aus ihrem Pullover und rieb die Hände aneinander.

»Kalt?« Georg beugte sich über den Tisch zu ihr. »Deine Hände sind ja eisig. Komm, ich wärm dich auf.« Seine dunklen Augen strahlten sie an. »Ich hab dich so vermisst«, sagte er leise.

Die Serviererin brachte die Karten.

»*Verde*«, las Lena laut. Sie sah sich um. »Woher kennst du das?«

»Keine Ahnung, Zufall, ich war ein-, zweimal da.«

»Mit wem?«, fragte sie übertrieben streng.

»Mit Kollegen. Einmal mit Max. Sonst noch Fragen? Kannst du mit dem Anlegen der Daumenschrauben bis nach dem Essen warten?«

»Gut«, sagte Lena. »Ausnahmsweise.«

»Lena?« *Das ist doch* … Ihr Nachbar, ihr früherer Nachbar, stand vor ihr. »Hast du es doch noch geschafft? Steffi sagt, du bist weggezogen? Und – passt alles, geht's dir gut?«

Er wandte sich an Georg und stellte sich vor. Die Männer musterten einander.

»Was nehmt ihr? Oder wollt ihr euch überraschen lassen?«

Georg bestellte aus der Karte, Lena klappte ihre zu. »Gern. Ich esse alles. Ich bin gespannt.«

Das Essen schmeckte phantastisch. Leo setzte sich kurz zu ihnen, bevor das Lokal sich füllte und er wieder in die Küche musste. Lena fühlte sich wohl wie schon lange nicht.

Unsere Beziehung ist einfach nicht gleich in die Gänge gekommen, dachte sie. *Aber jetzt, jetzt fühlt es sich richtig an.* Sie aßen und plauderten, Georg war entspannt. Sie selber – glücklich.

Als sie schließlich aufbrachen, war es bereits halb zehn. Er steuerte einen Taxistand an. »Zu dir oder zu mir?«

»Ich möchte gern sehen, wie du jetzt wohnst. Aber wir können doch mit der Straßenbahn –«

»Pscht«, machte er. »Zur Feier des Tages.« Er öffnete ihr mit großer Geste die Tür des ersten Wagens und nannte die Adresse.

»Genau hier waren wir doch letztens erst?« Verblüfft erkannte sie die gepflegten Gehwege, die schönen Villen hinter diskreten Hecken. Das Taxi hielt. Georg zahlte.

»Jepp. Komm.« Er nahm sie an der Hand und steuerte auf das Haus zu, in dem sie den Pool geentert und dann im Garten miteinander geschlafen hatten. Das ausgebaute Dachgeschoss war hell erleuchtet.

Sie sah sich verwirrt um und blieb stehen. »Was ... was soll das?«

»Ich wohne jetzt hier«, sagte er lachend und zog sie weiter. »Im Parterre.« Er ließ ihre Hand los und angelte nach dem Schlüsselbund.

Das ist nicht sein Ernst! Sie trat ein paar Schritte zurück, schaute nach oben, wo Licht brannte, zögerte und kam schließlich langsam näher.

Georg hob sie schwungvoll hoch und trug sie über die Schwelle.

»Lass mich sofort runter«, forderte sie energisch. »Sag, dass das ein Zufall ist!«

Er küsste sie und setzte sie vorsichtig ab. »Na, gefällt's dir?«

»Ich versteh das nicht«, murmelte sie und sah sich um. Es waren schöne helle Räume, die noch stark nach Farbe rochen. Georgs Möbel standen ein wenig verloren herum. In der rechten hinteren Ecke gegen den Pool hin türmten sich Kartons.

Er trat zu ihr und legte ihr den Arm um die Schulter. »Das Haus gehört Max' Vater. Max bewohnt den ersten Stock, der Vater das Dachgeschoss. Die Wohnung hier stand leer, war voll mit altem Zeug. Wir haben entrümpelt. Sie haben mir angeboten ...«

Sie riss sich los. »Du bist echt ... ich fasse es nicht«, pfauchte sie. »Und unser ... Einbruch? Das Baden im Pool ... du hast die ganze Zeit gewusst ... du hast mich verarscht ...« Ihre Stimme kippte. Sie schlug mit den Fäusten gegen seine Brust.

»Du hast dich lustig gemacht über mich, wie ängstlich ich bin, hm? Und dann haben wir hier, für alle einsehbar … und Max … ich fasse es nicht!«

»Lena, ich hab befürchtet, dass du jetzt ärgerlich –« Er griff nach ihren Händen.

»Ich bin nicht ärgerlich. Ich bin satt. So was von satt.« Sie trat einen Schritt zurück und hob die Arme. »Bleib mir vom Leib!«

»Lena, das hat doch Spaß gemacht. Ein bisschen Abenteuer, wie früher, als wir Kinder waren. Über einen Zaun klettern. Herzklopfen. Was Verbotenes machen. Wir hatten es doch schön. Du warst ganz anders als sonst, viel gelöster.« Er sah sie eindringlich an. »Du wärst doch nie hier mit mir baden gegangen, wenn du gewusst hättest, dass Max hier wohnt.«

»Ich geh jetzt.«

Er packte sie am Arm. »Lena, bitte. Ich schwöre, es war niemand zu Hause. Kein Mensch hat uns gesehen. Denkst du, ich … Lena! Ich hab mich nicht über dich lustig gemacht. Hach, es hat alles keinen Sinn.« Er ließ sie los. »Was hast du denn? Es ist doch nichts passiert. Ich hab mir nichts dabei gedacht.« Er sah sie beschwörend an. »Es kommt nicht mehr vor, ich verspreche es dir.«

»Warum hast du mir nicht gesagt, dass du hier einziehst? Warum?«

»Ich hab gehofft, dass du und Max … ich meine, er ist mein bester Freund … Man hat keine Chance bei dir, wenn man sich einmal danebenbenimmt, stimmt's? Du bist unglaublich selbstgerecht, Lena.«

Sie starrte ihn fassungslos an.

»Ich kann mir die sauteure Wohnung dort nicht länger leisten«, fuhr er fort. »Ich will nicht nur noch fürs Wohnen arbeiten. Ich hab keine Lust auf all die Scheißjobs, dieses ständige kurzfristig Einspringen, wenn jemand ausfällt. Das ist kein Leben, Lena. Das solltest du am besten wissen! Ich möchte langsam mein Studium beenden, mehr Zeit mit dir verbringen, ich …« Er wandte sich ab und barg sein Gesicht in den Händen.

Es klopfte.

Lena ging zum Fenster und starrte in die Dunkelheit. Sie hörte ihn zur Tür gehen und drehte sich um.

Ein schmächtiger älterer Herr mit sorgfältig gescheiteltem schütterem Haar blickte vom einen zur anderen. »Ich wollte nicht stören. Georg, hier sind die beiden anderen Schlüssel für die Wohnung.« Er kam auf Lena zu, lächelte und gab ihr die Hand. »Ich bin Max' Vater.«

Der die Mutter seines Sohnes beinahe erstochen hat. »Lena«, sagte sie.

Er nickte. »Ich hab schon viel von Ihnen gehört. Ich hoffe, Sie fühlen sich hier wohl.«

»Danke«, sagte Lena tonlos. *Er sieht ganz normal aus. Unauffällig.* Er sah Max kein bisschen ähnlich. Was hatte sie erwartet? Du bist unglaublich selbstgerecht, Lena. Der Satz saß.

Als sie wieder allein waren, sagte keiner ein Wort. Lena starrte auf ihre Schuhspitzen.

Georg räusperte sich. »Und jetzt?«, fragte er.

»Ich möchte nach Hause«, sagte sie leise. »Ich muss drüber schlafen. Ich brauche Zeit.«

»Gut«, sagte er knapp. »Ich ruf dir ein Taxi.«

»Nicht nötig.« Sie berührte ihn kurz an der Schulter und stolperte hinaus in die Nacht.

Am nächsten Tag, kurz vor sechs, stand plötzlich Max im Geschäft. Lena bediente zwei quirlige Mädchen, die ein Geburtstagsgeschenk für eine Freundin suchten. Sie ließ sich Zeit, verwickelte die beiden in ein Gespräch. Max nahm ein Geduldsspiel in die Hand und ließ die Kugeln aneinanderklacken, schaute immer wieder zu ihnen herüber. *Das Geräusch macht mich wahnsinnig. Hör auf damit.* Sie räusperte sich mehrmals. Klick-klack, klick-klack.

»Könntest du – bitte – damit aufhören?«, pfauchte sie schließlich entnervt.

Er zog die Brauen hoch, nickte und stoppte die Kugeln.

»Danke.«

Sie brachte die Mädchen zur Tür und griff nach ihrer Tasche.

»Ich schließe jetzt«, sagte sie.

Max folgte ihr. »Du bist verdammt hart, Lena«, sagte er. »Hätte ich mir nicht gedacht.« Seine grünen, leicht schräg stehenden Augen fixierten sie. »Wenn du mit *mir* ein Problem hast, okay. Obwohl – ich weiß bis heute nicht, was genau ich dir getan hab.«

Sie traten auf die Straße. Sie versperrte die Tür, rüttelte daran und ließ den Schlüsselbund in ihre Tasche gleiten. »Noch was?«, fragte sie schroff.

»Lena, du tust ihm weh. Das hat er nicht verdient. Hast du noch nie einen Fehler gemacht?«

»Das werde ich sicher nicht mit *dir* besprechen.«

»Dann rede mit ihm. Du kannst nicht immer weglaufen, wenn etwas nicht nach deinem Kopf geht.« Er wurde laut. »Lena, man kann's auch übertreiben.«

Sie blieb stehen.

»Menschen machen Fehler, weißt du.«

»Und?«, blaffte sie.

»Ich mochte dich sehr, Lena. Vom ersten Moment an. Und ich ... Dann dieser Abend ... Du bist sofort gegangen, wolltest mich nicht mehr sehen. Kein Nachfragen, kein Verstehenwollen, woher das kommt – nichts. *Ein* Fehler und dein Gegenüber ist ausgelöscht. Wie nie gewesen. Und jetzt machst du das Gleiche mit Georg?«

Sie zuckte die Achseln. »Was gibt's da zu verstehen?«, sagte sie kühl.

»Man könnte es zumindest versuchen«, sagte er leise. Er lehnte sich an einen Fahrradständer und schaute sie nachdenklich an. »Oder dem anderen die Möglichkeit geben, zu erklären, was los ist.«

Sie schwieg.

»Sich zu entschuldigen, was auch immer«, schlug er vor. »Wenn du dann noch immer sagst: *Ich kann damit nicht,* akzeptiere ich das. Auch, wenn du mit meinem besten Freund was anfängst.«

»Machst du mir jetzt Vorwürfe oder was?«

»Nein, wer bin ich denn, dass ich … ich … ich verstehe es nur nicht. Du sorgst dich um ein Mädchen, das du nie gesehen hast, und machst die Suche nach ihr zu deiner Sache – warum?«

»Was soll *das* denn jetzt?«

»Georg sagt, du redest ständig davon.«

»Und wenn schon. Hast du sie gekannt?«

»Kathrin? Sie war ein paarmal mit uns weg. Kennen ist zu viel gesagt. Wir hatten Spaß.«

»Wie gut kanntest du sie? Und Georg?«

»Warum interessiert dich das so? Warum jemand völlig Fremdes?« Er nahm einen neuen Anlauf. »Ich kenne Georg schon so lange. Wir sind Freunde. Er hat grade ziemlich viel um die Ohren. Er liebt dich.« Er schnaubte. »Lena, ich hab's kapiert. Ich will nichts mehr von dir. Aber …«

»Aber dich trifft er regelmäßig, zieht sogar bei dir ein.«

»Wir sind Freunde. Soll er mich auf der Stelle fallenlassen, weil *du* jetzt da bist und … Sag, was erwartest du? Lena, du bist so stur.«

Sie schwieg und zog mit der rechten Fußspitze kleine Kreise auf dem Asphalt. »Man kann Verständnis auch übertreiben«, murmelte sie.

»Was meinst du damit?«

»Dein Vater ...«

Max schnellte hoch. »So nicht, Lena. So nicht! Es steht dir nicht zu, darüber zu befinden ... Wenn du dich mit mir auseinandersetzt, wenn du wissen willst, wer ich bin, was war, wenn du verstehen willst und nicht bloß deine Bilder bestätigt haben, dann können wir reden. Aber du versuchst es ja nicht einmal.« Er klang resigniert.

Sie wollte weg, aber er hielt sie am Arm fest.

»Meine Mutter war Alkoholikerin«, sagte er nach einer Weile. »Meine Kindheit war ein einziges Minenfeld. Sie hat mich in ihre Arme gerissen, wenn sie Trost brauchte. Mich weggestoßen, wenn ihr danach war. Sie ist nicht zum ersten Mal auf meinen Vater losgegangen. Er hat versucht, ihr das Messer zu entwinden. Ich hab mich zwischen sie geworfen. Er ist ausgerutscht und ...«

»... hat sie beinahe erstochen.«

Max riss den Mund auf, sein Gesicht erstarrte. Sein Brustkorb hob und senkte sich. Er ließ sie abrupt los. Sie wich zurück und sah sich hastig um.

Fußgänger, Radfahrer, eine Frau mit einem Windhund. *Wenn er jetzt austickt, wird mir jemand helfen. Ganz sicher.* Sie stolperte und fing sich wieder.

Max stand wie eingefroren. Sie wusste nicht, warum sie das gesagt hatte. Sie war wütend gewesen. Er hatte sie zornig gemacht. Aber er hatte recht, es stand ihr nicht zu.

Hitze schoss ihr ins Gesicht. Sie öffnete den Mund, um etwas zu sagen. Sie schloss ihn wieder.

Max drehte sich um und ging.

Du bist verdammt hart, Lena.

Hatte er recht? War sie das? War sie eine, die davonlief, wenn jemand in Schwierigkeiten war, die zickte, wenn sie ihren Willen nicht bekam?

Sie ging schneller.

Erwartete sie, dass sich alle Welt nach ihr richtete, nach ihrer Ordnung, ihrem Zeitplan, ihren Wünschen? Max tat ihr unrecht. *Ich bin nur erschrocken,* dachte sie. *Ich brauche jemanden an meiner Seite, auf den ich mich verlassen kann. Ich brauche meine Ordnung, ein Stück Sicherheit.* Wollten das nicht alle? Was war daran falsch?

Ihr Handy läutete. Sie drückte das Gespräch weg. *Was erwartet er von mir! Ich bin schließlich keine Sozialarbeiterin,* dachte sie. *Ich muss nicht jeden verstehen.*

Es läutete wieder. Sie fummelte das Handy aus der Tasche. »Ja?«

»Lena, was ist los?« Ihr Chef.

»Wieso?«

»Du klingst so atemlos. Stör ich dich?«

»Nein. Nein«, wehrte sie ab. »Ich bin unterwegs.«

»Hast du am Abend kurz Zeit? Ich brauche deinen Rat. Ich überlege hin und her, aber ich komme nicht drauf, was hier nicht passt.«

»Worum geht's?«, fragte sie. Hatte sie etwas übersehen? Einen Fehler gemacht? Stimmte die Abrechnung nicht?

»Ach so, entschuldige.« Er lachte. »Es geht um die Lobby im Spa. Wir sind fertig, alles wie geplant, aber irgendetwas stört mich. Und ich komm nicht drauf … Der Architekt ist zufrieden, Frau Wolter, die Geschäftsführerin, findet die Ausstattung toll. Lena, ich weiß nicht. Du hast doch einen Blick für so was. Schaust du dir das Ganze noch einmal an? Vielleicht verstehst du ja, was ich meine. Es ist irgendwie – unharmonisch.«

»Hm, und dann?«

»Dann ändere ich das. Und wenn du sagst, es passt, lassen wir es so.«

Sie fühlte sich wider Willen geschmeichelt. »Ja, gern. Soll ich gleich hinkommen? Sag mir bitte noch einmal die genaue Adresse. Warte …« Sie wühlte in ihrer Tasche nach ihrem Kalender und einem Stift.

»Ich hol dich ab, wenn's dir recht ist. Ich könnte um neun bei dir sein. Wir brauchen nicht lang, keine Sorge.«

»Ja, ist gut. Bis später, Chef.«

Er lachte.

Lena saß auf dem Sofa. Sie war frisch geduscht und aß einen Apfel. Vera hatte geschrieben. Es ging ihr besser. *Fotos im Anhang.* Lena trug den Laptop zum Tisch.

Sie legte den Apfel beiseite und beugte sich zum Bildschirm vor. Klickte die erste Datei an: Kathi lachend inmitten einer Gruppe junger Frauen in knappen Phantasieuniformen. Messehostessen, dachte sie. Alle trugen schimmernde Strumpfhosen und Schuhe mit schwindelerregenden Absätzen. Auf dem letzten der fünf Bilder hingen sie schlapp in einer Art Lounge herum und prosteten einander mit Bier zu. Eine beugte sich hinab und massierte sich die Füße. Alle zeigten ihre bestrumpften Zehen, die Schuhe hatten sie weggekickt. Kathi hinter einer Nähmaschine, eine Zigarette im Mundwinkel, neben ihr eine Frau, die mit angespanntem Gesichtsausdruck ein Stück Stoff zurechtzupfte. Kathi mit verschiedenen Männern, Schnappschüsse in einer Bar, an einer Theke, an einer Hotelrezeption mit professionellem Lächeln, einen dunkelhäutigen Kollegen an ihrer Seite. Kathi mit vier Leuten beim Picknick in einem Park. Lena vergrößerte das Foto. Sie kannte niemanden.

Kathi in einer Wohnung, hinter sich ein wildes Durcheinander von Kleidungsstücken. Georg, der sie auf den Hals küsste. Lena hielt den Atem an. Starrte das Foto eine Weile an, schluckte, klickte dann weiter.

Noch einmal Georg: Kathi und er lachend Hand in Hand, Kathi mit ihm auf einer Brücke, daneben zwei, drei Leute, die offenbar dazugehörten. Lena kannte sie nicht. Sie kannte niemand von Georgs Freunden! Ein großer Kahlköpfiger und Kathi vor einem Supermarkt. Georg, Kathi und Max vor einer Kletterwand, alle drei strahlend. Georg und eine ernst blickende blonde Frau. Kathi und jemand, der auf keinem der bisherigen Fotos zu sehen war, kopfüber auf einer Klopfstange. Kathi und Matić vor dem Haustor …

Es läutete an der Tür. Lena sah auf die Uhr. Kurz nach acht. Er war viel zu früh dran. Sie stand auf und öffnete.

Es war nicht Wolfgang. Sie hatte die Frau noch nie gesehen. Oder doch? Sie stellte den Fuß gegen die Tür. Sie war groß und sehr schlank. Schon etwas älter. *Schätzungsweise Anfang, Mitte dreißig.* Sie hatte die Haare straff zurückgekämmt und hinten zusammengebunden.

Sie verzog den Mund zu einem kleinen Lächeln. »Guten Abend. Entschuldigen Sie bitte, ich weiß, es ist spät. Ist Wolfgang da?«

Lena atmete auf. »Der wohnt nicht mehr hier«, sagte sie. »Ich kann ihm etwas ausrichten, wenn Sie möchten.«

Die Frau schüttelte den Kopf. »Nicht nötig«, sagte sie. Sie schien zu überlegen. »Kennen Sie ihn gut?«

»Hm«, sagte Lena. »Wieso fragen Sie?«

»Entschuldigen Sie: Haben Sie eine Schwester? Tut mir leid, Sie … Sie sehen jemandem, den ich kannte, sehr ähnlich.«

»Nein, ich habe keine Schwester«, sagte Lena. »Ich bin ein Einzelkind.«

Die Fremde wirkte erleichtert. »Sagt Ihnen der Name Kathi etwas? Hat …«, sie zögerte, »hat Ihnen Ihr Freund von ihr erzählt?«

273

»Wer sind Sie?«, fragte Lena atemlos.

»Claudia. Ich hab sie gekannt«, sagte die Frau ruhig.

Sie schaute auf die Uhr. *In einer guten halben Stunde wird Wolfgang da sein.* Er kannte die Besucherin. Was sollte schon passieren? Sie ließ die andere eintreten. »Kommen Sie. Möchten Sie etwas trinken?«

»Danke. Ich bleibe nicht lange.«

Sie nahmen am Tisch Platz.

»Ich weiß nicht, wie ich anfangen soll«, sagte die Frau. »Ich war bis vor kurzem im Spital.« Sie betrachtete ihre Hände und hob dann den Blick. »Ich hatte Glück. Man hat mir den Magen ausgepumpt und mich wieder aufgepäppelt. Ich hatte viel Zeit nachzudenken …«

»Haben Sie versucht, sich umzubringen?«, fragte Lena mit wachsendem Unbehagen.

»Nein.« Ihr Gegenüber klang erstaunt. »*Er* hat versucht, mich aus dem Weg zu räumen. Er hat Kathi getötet. Ich wollte zur Polizei. Da hat er mich betäubt, mir etwas eingeflößt. Mich im Wald liegen lassen. Ein Jogger hat mich gefunden. Er hat mir das Leben gerettet.« Sie sprach ruhig, fast monoton, als hätte sie den Text auswendig gelernt, ihn immer wieder vor sich hin gesagt.

»Nehmen Sie Medikamente?«, fragte Lena hastig. Wie kam es, dass sie immer wieder an so jemanden geriet? *Man muss gelassen bleiben, beruhigend auf sie einwirken*, dachte sie. Die Zeit verging quälend langsam.

»Nicht mehr«, sagte die Frau. »Ich brauche einen klaren Kopf.«

»Claudia, warum sind Sie hergekommen?« *Ich klinge wie eine Talkshowmoderatorin*, dachte Lena. *Wie die übermotivierte Leiterin einer Selbsthilfegruppe. Wie irgendeine Psychotante.*

Die Blonde wirkte verärgert. »Sie glauben mir nicht. Sie halten mich für krank, oder? Für verrückt.«

»Nein, nein«, wehrte Lena ab. Wolfgang würde bald hier sein. »Und Sie kennen beide?« *Einfach weiterreden. Fragen stellen.* Sie wusste nicht, worauf die Frau hinauswollte.

»Ja. Hören Sie mir nicht zu?« Ihre Stimme klang schrill. »Er ist krank. Ein Psychopath«, sagte sie beschwörend. »Er kümmert sich nicht darum, was andere fühlen. Er tut, wonach ihm gerade ist. Er nimmt sich, was er will. Ich weiß nicht, warum er sie getötet hat. Er hat sie vom Dach gestoßen, einfach so«, erklärte sie. »Vielleicht war er sie auch einfach nur leid. Und dann mich.« Sie begann zu zittern und legte wie zum Schutz die Arme um sich. »Er geht davon aus, dass niemand sie findet, wissen Sie? Dass er damit durchkommt. Aber das wird er nicht. Das wird er nicht.« Es klang, als müsste sie sich selber Mut zusprechen.

»Sie waren mit den beiden auf dem Dach?« Lena starrte sie fassungslos an. Und nun war sie hier, um sie zu warnen? Aber die hier sah doch ganz anders aus! Gut, sie war blond, aber ihre Haare waren dunkler und reichten kaum bis zur Schulter.

»Ja. Sicher.« Die Frau neigte den Kopf ein wenig zur Seite. Sie schien zu überlegen. »Hören Sie«, sagte sie hastig. »Sie sind in Gefahr. Sie dürfen ihm kein Wort glauben. Er biegt sich die Wahrheit zurecht, wie er sie braucht. Er manipuliert seine Umgebung. Meine Therapeutin hat mir erklärt, wie solche Leute ticken. Ich hab ihr nicht geglaubt. Man neigt dazu, Erklärungen zu finden, Entschuldigungen – wenn man jemanden liebt.« Sie zuckte die Achseln und stand auf. »Ich gehe zur Polizei. Sagen Sie ihm nichts davon, dass ich noch lebe. Und passen Sie auf sich auf. Bleiben Sie nicht allein mit ihm.«

»Ja, klar. Mach ich«, stammelte Lena. *Sie soll endlich gehen*, dachte sie. Sie konnte keinen klaren Gedanken fassen. War das die Stalkerin, von der Georg gesprochen hatte? Sie wusste von Kathis Sturz vom Dach. Von wem? Hatte Georg selber ihr davon erzählt? Wollte sie ihm etwas anhängen? Sie wusste nicht, dass man die Tote bereits gefunden hatte. Und woher kannte sie Wolfgang?

Die Türglocke ging. Die Frau schrak zusammen.

Lena eilte in den Flur. »Hallo, Wolfgang«, rief sie erleichtert.

Im Wohnzimmer schrammte ein Sessel über den Boden. Ein hässliches Geräusch, das ihr durch und durch ging.

»Lena.« Er küsste sie auf die Wange. »Fahren wir gleich? Der Wagen steht vor der Tür. Im Halteverbot. Ging nicht anders.« Er lachte.

»Ich hab Besuch«, sagte Lena zögernd. »Aber sie wollte ohnehin grade gehen. Komm mit. Ihr kennt einander.«

Er folgte ihr ins Wohnzimmer. Die Frau hatte sich hinter dem Stuhl verschanzt. Ihre Hände krallten sich in die Lehne. Sie starrte ihnen entgegen, ihr Atem ging stoßweise.

Einen Moment lang sagte niemand etwas. Dann setzte sich Wolfgang in Bewegung. Mit drei Schritten war er bei ihr und nahm sie in die Arme. »Um Himmels willen, Claudia, wieso bist du nicht in der Klinik? Ich hab dir doch gesagt, dass ich dich morgen besuche. Komm her.«

Sie wehrte sich heftig. »Lass mich los, du ... du ... Lass mich.«

»Claudia«, murmelte er und strich ihr übers Haar. »Wir hatten doch ausgemacht, dass du diesmal bleibst, dass du versuchst durchzuhalten. Ich weiß, wie schwer es ist ...« Er packte ihre Arme, hielt sie ein kleines Stück von sich weg. »Du hast deine Medikamente abgesetzt.« Er klang verzweifelt. Wieder zog er sie an sich. Er wandte den Kopf zur Seite und warf Lena einen langen Blick zu, der um Verständnis bat.

Lena starrte ihn an. Was erwartete er von ihr?

Die Frau versuchte sich loszureißen.

»Pscht«, murmelte er, »beruhige dich. Es wird alles wieder gut.« Die Frau keuchte. Wolfgang hatte Mühe, sie zu bändigen.

»Claudia hat« – er klang gepresst, während er versuchte, ihre Hände abzuwehren, die gegen sein Kinn schlugen, gegen sein Gesicht – »Probleme. Wir sind schon lange … befreundet. Lena, es tut mir leid, das wird heute nichts mehr. Ich muss sie zurückbringen. Ooooch …« Er schrie auf. »Sie hat mich gebissen. Komm, meine kleine Wilde, komm, das nützt dir jetzt nichts.«

»Ich rufe den Notarzt«, entschied Lena. Die Situation geriet allmählich außer Kontrolle.

»Nein!« Wolfgang fuhr herum. »Das geht nicht ohne großes Drama ab. Das hatten wir schon. *Und* einen Polizeieinsatz. Nein, ich bringe sie hin. Es ist nicht weit. Sie ist immer im selben Krankenhaus. Das wird schon wieder. Hast du … irgendwelche Schlaftabletten, Beruhigungsmittel?«

Was hatte er vor? »Nein«, sagte sie und blickte fassungslos auf die beiden.

Die Frau riss sich halb los, schlug und trat um sich. Sie malträtierte mit dem rechten Fuß Wolfgangs Knöchel.

»Spinnst du?«, fuhr er auf und schlug ihr ins Gesicht. Blut schoss aus ihrer Nase.

Lena schnappte sich ihr Handy und wählte den Polizeinotruf. Das hier lief eindeutig aus dem Ruder.

Die Frau schrie auf.

»Reiß dich zusammen. Du bist ja völlig hysterisch.« Er schlug noch einmal zu. Und wieder. Claudias Kopf flog von einer Seite zur anderen. Ihre Nase stand seltsam schief im Gesicht, das Blut rann über ihr Kinn und den Hals und tropfte auf den Boden. Sie schrie gellend.

»Hör auf! Hör sofort auf. Wolfgang, lass sie los!« Lena stürmte mit Anlauf auf ihren Chef zu und trat gegen seine Beine.

Er schien es nicht zu spüren. Er schüttelte die Frau. »Wie hast du das gemacht, wie? Sag schon! Du warst so gut wie tot«, brüllte er.

»Hör auf!«, schrie Lena und schlug erneut nach ihm.

Endlich meldete sich die Polizei. Eine ruhige, gelassene Männerstimme forderte sie auf, ihren Namen zu nennen, ihre Adresse und den Grund für ihren Anruf.

Lena gab die Adresse durch. »Kommen Sie schnell«, schrie sie. »Er bringt sie um.« Sie stopfte sich das Handy in die Hosentasche und versuchte verzweifelt, Wolfgang von der Frau wegzuzerren.

Er wirbelte herum – ihre Blicke trafen sich – und schlug sie mit dem Handrücken hart und schnell mitten ins Gesicht.

Lena schrie auf und taumelte. Sie betastete ungläubig ihre rechte Wange. Dann stürzte sie sich erneut auf ihn.

Er schlug nach ihr wie nach einer lästigen Fliege. Die Frau hing schlaff in seinen Armen. Ihr Gesicht war blutverschmiert, die Augen halb geschlossen. Einzelne Strähnen ihrer hellen Haare hingen ihr ins Gesicht. War sie tot?

Lena verfiel in Panik. Sie tastete nach ihrem Handy, rannte in den Flur, wieder zurück. Sie konnte sie nicht allein lassen. Wo blieb die verdammte Polizei? Warum reagierte kein Nachbar, kam niemand zu Hilfe? »Lass sie los!«, schrie sie. Ihre Stimme kippte.

Er schien sie nicht zu hören. Er redete unentwegt auf die Frau ein. »Warum machst du das, hm? Warum provozierst du mich? Du machst das absichtlich, du Schlampe. Wie hast du es bloß geschafft, dich wieder aufzurappeln, hm? Hast du das Zeug rausgekotzt? Was? Oder hast du mich beschissen und nur so getan, als würdest du alles schlucken? Sag schon.«

Die Tür! Sie musste die Tür aufmachen, damit die Polizisten hereinkonnten. Wieder rannte sie in den Flur. »Feuer«, brüllte sie ins Stiegenhaus, »Feuer!«

Sie lauschte atemlos – niemand kam. Ihr war übel vor Angst. »Feuer«, schrie sie wieder, »Feuer! Hilfe!« Sie steckte den Schlüssel in die Hosentasche und rannte zurück. Wenn er sie einsperrte, waren sie verloren!

Er kniete auf dem Boden, vor ihm lag die Frau. Sie bewegte sich nicht mehr.

Er blickte auf. »Hilf mir«, herrschte er sie an. »Wir tragen sie runter zum Auto. Du musst sie stützen.« Jetzt klang er ruhig, sachlich, als wäre nichts geschehen. Er erhob sich langsam und streckte sich.

Da zog Lena durch und trat ihn mit voller Wucht gegen das linke Knie. Er heulte auf und ging zu Boden.

Lena fasste die Frau, die leise stöhnte, unter den Armen und versuchte sie in den Vorraum zu schleppen. Es gelang ihr nicht.

Wolfgang hatte sich zur Seite fallen lassen. Er stützte sich auf seinen rechten Ellenbogen und robbte langsam näher. Sein Gesicht war schmerzverzerrt. »Du elendes Miststück. Das wirst du mir büßen«, keuchte er.

Lena rannte weg. Wieder schrie sie wie von Sinnen. Die Nachbartür öffnete sich einen kleinen Spalt weit. »Kommen Sie, tun Sie was. Hilfe! Er bringt sie um«, wimmerte Lena. Die Tür schlug wieder zu.

Dann Geräusche auf der Treppe. Plötzlich war der ganze Gang voll mit massigen Männern in dunklen Overalls. Polizei.

Sie starrte auf ihre martialische Ausrüstung, auf ihre Waffen. »Sie ist noch drin«, schrie sie, »in der Wohnung. Im Wohnzimmer. Auf dem Boden. Er bringt sie um.«

Sie wurde zur Seite gestoßen. Jemand fasste sie am Arm und schob sie energisch in den Lift.

Sie lehnte ihren Kopf an die Wand und schloss die Augen. Rang nach Luft, hechelte, klammerte sich an dem Uniformierten fest und versuchte verzweifelt, sich auf den Beinen zu halten.

»Ist Ihnen schlecht?« Seine Stimme kam von weit her. »Wir sind gleich unten. Ein Arzt wird sich um Sie kümmern. Sie sind in Sicherheit.«

»Die Frau«, wisperte Lena. »Die Frau ... Sie müssen ...« Ein hoher Pfeifton setzte ein. Ihr wurde übel.

Das Letzte, das sie wahrnahm, war ein rauer Stoff, der über ihre schmerzende Wange scheuerte.

Dann riss der Film.

Lena hielt die Augen geschlossen. Sie zog den weichen Schal, ein Geschenk von Iveta, enger um sich. Das beruhigende Vibrieren der Maschine machte sie müde. Ihre Gedanken kamen und gingen.

Alle waren zum Flughafen gekommen. Iveta stand ein Stück abseits und lächelte ihr zu, während sie Georg umarmte und Max, mit dem sie in den letzten beiden Wochen mehr geredet hatte als mit allen anderen. Während sie Steffi küsste und Kris und Leo die Hand schüttelte.

Goran Matić hatte sie hergefahren und das Gepäck für sie aufgegeben. Er stand neben Claudia und tat unbeeindruckt. »Du wirst bald zurückkommen. Du wirst sehen. Hier sind alle deine Freunde. Du wirst vergessen. Und neu anfangen.«

Lena lächelte.

Sie hatte sich geweigert, die Wohnung noch einmal zu betreten. Iveta hatte ihre Sachen zusammengepackt. Matić hatte sie zurückgebracht in die Wohnung von Steffi und Kris, wo Lena wieder das Sofa bezog und die ersten drei, vier Tage im Wesentlichen döste oder schlief.

Max und Goran begleiteten sie zweimal zu Vernehmungen aufs Kommissariat und warteten geduldig vor der Tür, bis sie ihre Aussage gemacht hatte.

Sie telefonierte lange mit ihrem Vater. Sie trank mit Matić und erzählte ihm von Spanien.

Zweimal saß sie im Spital an Claudias Bett, aber sie hatten einander nicht viel zu sagen.

Sie schickte Georg Veras Fotos und bat ihn, sie anzurufen. Sie kümmerte sich nicht darum, ob er es auch tat.

Iveta bezog in Kürze eine größere Wohnung. Mit einem kleinen Balkon. »Ich werde Blumen pflanzen, Lena. Alles wird blühen.«

Matić wurde zum ersten Mal Großvater. Er trug ein Ultraschallbild in seiner Brieftasche. Er musste noch fünfeinhalb

Monate warten, bis das Kind kam, aber er würde Lena auf dem Laufenden halten. »Für dich lerne ich Internet.«

Kris arbeitete seit gestern als Koch im *Verde*. Und Steffi hatte ihre Shoppingtouren wieder aufgenommen.

Das Leben ging weiter.

||

Er hört den Schlüssel ins Schloss fahren und erhebt sich.

Der Beamte nickt anerkennend. »So wünscht man sich einen Haftraum. Ein perfekt gebautes Bett, alles an seinem Platz.«

Er lacht. »Ich bin Ordnung gewöhnt. Wer verlangt nach mir: Richter? Anwalt?« Er hat zwei Staranwälte engagiert. Meister ihres Fachs, keine Dilettanten. Geld spielt schließlich keine Rolle. Er wird hier mit Sicherheit nicht versauern!

»Psychologischer Dienst.« Der Beamte sperrt den Haftraum ab. »Wie lange sind Sie schon hier? Drei Wochen?«

»Vier«, korrigiert er.

»Nächste Woche wird ein Job in der Bibliothek frei. Interesse?«

Er nickt. Perfekt, so kommt er unter die Leute.

»Gut. Schreiben Sie ein Ansuchen. Ich kümmere mich darum.«

Er schlendert den Gang entlang, am Dienstzimmer vorbei, grüßt und nickt einem Hausarbeiter zu. Der kommt näher. Ein kleines Päckchen wechselt den Besitzer.

Die Tür ist angelehnt. Sie wendet sich um, als er eintritt. Er zieht die Tür hinter sich zu. Er meint einen Anflug von Erröten zu erkennen. Sehr gut, denkt er. Es geht schneller als gedacht.

Sie räuspert sich. »Guten Morgen.«

Er ergreift ihre Finger, umschließt sie mit beiden Händen

und sieht ihr tief in die Augen. »Danke«, sagt er leise, »dass Sie Zeit für mich haben. Es ist mir nicht leichtgefallen, wieder herzukommen, wissen Sie. Ich bin es gewohnt, alles mit mir selber auszumachen. Aber – mit Ihnen zu reden tut mir gut. Ich …« Er senkt den Blick, als zögere er, sieht unvermittelt wieder auf.

Sie befeuchtet ihre Lippen und greift sich nervös in die Haare. Dann schlägt sie ihren Kalender auf und blättert hektisch vor und zurück.

Er wartet lächelnd, bis sie ihn wieder ansieht. »Hatten Sie ein schönes Wochenende?«, fragt er.

»Ja, danke«, sagt sie knapp.

»Ich habe an Sie gedacht …«, sagt er leise. Seine Stimme klingt traurig.

Sie beugt sich vor. Er sieht ihren Brustansatz. »Was beschäftigt Sie?

»Sie haben gesagt, dass man niemanden verurteilen darf, dass man versuchen muss zu verstehen.«

Sie nickt.

»Ich bin Unternehmer. Ich kenne so viele Leute. Ich hatte schöne Frauen …«

Sie sieht ihn unverwandt an.

Er schluckt und zögert, als fiele es ihm schwer, darüber zu reden. »Kluge Frauen«, fährt er fort. »Ich hatte ein richtig gutes Leben – bis zu diesem Unglück. Ich habe nichts vermisst. Aber jetzt, nach dem letzten Gespräch mit Ihnen … Ich bin durcheinander. Das alles war nichts wert, verstehen Sie. Talmi, Tand. Oberfläche. Es ging nie um mich. Ich hatte noch nie jemanden, der *mich* gesehen hat, der wirklich versucht hat, mich zu *verstehen*. Ich habe mich selber nicht verstanden! Ich habe mich für einen glücklichen Menschen gehalten.« Er schließt die Augen und schluckt erneut, als ringe er um Fassung.

»Und das sind Sie nicht«, stellt sie fest.

Er schüttelt den Kopf. Sie schweigen.

»Ich brauche Ihre Hilfe«, bittet er schließlich. »Ich vertraue Ihnen.«

Sie legt ihre Hand ganz kurz auf seinen Arm. »Gut«, sagt sie und lächelt. »Ich werde vorerst zweimal die Woche zu Ihnen kommen.« Sie klappt ihren Kalender zu und schaut ihn aufmunternd an.

»Danke«, sagt er leise. Er geht ganz nahe an ihr vorbei und streift ihre Hand mit den Fingerspitzen.

Sie sind so unfassbar dumm. Alle.

Ein Hauch von Österreich

Gepflogenheiten:

Wenn Lena an ihr Handy geht, sagt sie nicht Hallo, sondern »Lena spricht.« Was wir in Hamburg eine Tüte nennen würden, ist in Wien eine Tragtasche. Zigaretten drückt man nicht aus, man dämpft sie aus. Eine Weste ist nicht etwa ein grundsätzlich ärmelloses Kleidungsstück, sondern bezeichnet auch fast jede Art von Jacke, deshalb kann Lena sich die Weste um die Taille binden. Satt sein heißt, dass man »bedient« ist, die Nase voll hat. Auch beim Sitzen ist in Österreich einiges anders: Zum einen bedeutet »Sessel« ziemlich genau das, was im Norden ein Stuhl ist, während der nördliche Sessel eher als Fauteuil bezeichnet wird. Zum anderen erfolgt die Perfektbildung des Verbs sitzen (wie auch stehen und liegen) im Hochdeutschen mit »hat«, in Österreich aber mit »ist«: Wir sind gesessen …

Außerdem:

alsdann: (als Ausruf oder Bemerkung) na also, »wer sagt's denn«

am: auf dem (z. B. am Programm, am Speiseplan stehen)

anläuten: an der Tür klingeln

anschaffen: anordnen, befehlen

aufsperren: aufschließen

ausmalen: die Wände streichen

Bankomatkasse: Kartenzahlungsgerät

Folgetonhorn: Martinshorn

hanteln: hangeln (ich hantle mich von einem Provisorium zum nächsten)

Jus: Jura/Rechtswissenschaft

Kasten: Schrank (Nachtkästchen: Nachtschränkchen, Nachttisch)

Lade: Schubfach

Mistplatz: Wertstoffhof zum getrennten Sammeln von Altstoffen. In Wien werden die Recyclinghöfe als Mistplatz bezeichnet. Die Entsorgung ist bis auf Ausnahmen entgeltfrei.

pfauchen: fauchen (österreichisch muss das p sein!)

Schnalle: Türklinke

schupfen: stoßen, werfen (den Laden schupfen: den Laden schmeißen)

sperren: schließen

Stiegenhaus: Treppenhaus

Substandardwohnung: Wohnung ohne eigene Toilette und ohne fließendes Wasser

Trafik, Trafikant: Kiosk, Kioskbetreiber

Untergriff: beleidigende Äußerung, versteckter Angriff

Anne Goldmann

Das Leben ist schmutzig
Ariadne Krimi 1194 · ISBN 978-3-86754-194-7

Ein altes Mietshaus in der Wiener Vorstadt, wo jede und jeder
Geheimnisse hat, wird zum Tatort …

»Goldmann beweist, dass sich auf dem weiten Feld des
Kriminalromans immer noch ein neues Pflänzchen ziehen lässt.«
Frankfurter Rundschau

»Melancholisch und kriminell: ein Roman über das Verstreichen des
Lebens in den kleinen Wohnwaben der Stadt.« *Tages-Anzeiger*

»Kaleidoskopartig, warmherzig und geradezu
sensationell unzynisch.« *Spiegel online*

»Ein Krimi für Krimiverweigerer: liebevoll beschriebener Makro-
kosmos der vom Leben gebeutelten Kleinbürger. Gut!« *Wienerin*

»Sehr präzise, sehr liebevoll und mit einer ganz eigenwilligen
Spannung. Ein paradoxes Meisterstück.« *Berliner Zeitung*

Triangel
Ariadne Krimi 1202 · ISBN 978-3-86754-202-9

Vollzugsbeamtin sucht Frieden im Grünen. Doch unterm Rosen-
garten lauert ein grausiges Geheimnis, und zwei Männer drängen
sich in ihr Leben – der eine will Liebe, der andere Geld.

»Der entlassene Strafgefangene, die Justizbeamtin, der Liebhaber –
ein Reigen der Unehrlichen. Enorm.« *KrimiZEIT-Bestenliste*

»Clou dieser Kunst, der jeglicher Zynismus fremd ist:
Sie packt ungemein.« *Buchjournal*

»Eine ganz und gar eigenwillige Geschichte von Scham, Angst
und Befangenheit, die nicht mehr loslässt. Und in ihrer einfachen
Raffinesse an die Britin Celia Fremlin erinnert.« *Perlentaucher*

»Goldmann ordnet ihre Figuren und Verhältnisse nie den
Bedürfnissen eines Krimi- oder Thrillermusters unter,
dieses Lob soll man aber nicht falsch verstehen: Dies ist
hochgradige Spannungsliteratur.« *Stuttgarter Zeitung*